Mireille Calmel

LA LOUVE CATHARE

Tome 2

roman

XO
EDITIONS

ISBN : 978-2-37448-258-3

La Louve cathare

À la mémoire de Solenne Peltier.

Elle fut la première à qui j'ai dédicacé Le Lit d'Aliénor, *tendu d'une main fébrile. Elle avait quinze ans alors. Notre complicité a grandi au fil de mes livres, de sa passion pour l'histoire, de son insatiable curiosité.*

Et je l'ai aimée.

Pour cet appétit de vivre, ce rire, ce courage et cette désinvolture auxquels elle n'a jamais renoncé, même lorsque le combat menaçait de cesser.

Elle l'a perdu le 10 octobre de cette année 2020.

Mais elle sera toujours là, comme toi, ma douce Camille Pierre, et toi, mon si cher Sébastien Claret.

Vous vous êtes éteints à l'âge où tout commence. Puissent mes lignes, toujours, vous garder en leurs rets, comme autant d'invisibles gardiens de cette force, de cette énergie, de cette lumière que j'essaie, depuis vingt ans, de transmettre.

De préserver.

PROLOGUE

Abbaye royale de Montmartre
15 décembre 1226

Griffonelle se redressa dans un sursaut, le souffle rare et court, le corps moite, les yeux exorbités.

— Foutus cauchemars, jura-t-elle entre ses dents serrées avant de se laisser retomber sur la couche austère.

Quand elle n'était hantée par l'image de sa mère étendue rue Saint-Denis-de-la-Chartre, c'était celle de Triboulet gisant dans la travée centrale de la chapelle Saint-Michel qui l'éveillait.

Elle ne l'y avait abandonné que quelques minutes pourtant. Le temps de traverser le souterrain qui reliait l'édifice à la chambre de Louis de Poissy dans le palais royal de la Cité.

Elle tenta de réguler les battements désordonnés de son cœur sur lequel tressautait ce médaillon qu'elle était allée y récupérer. Médaillon qui, correctement placé sur la couverture tissée par sa mère, constituait le point de départ d'une carte menant à la mine d'or des seigneurs de Cabaret.

Un mois. Cela fera un mois aujourd'hui…

Elle emprisonna le bijou dans son poing. Rancœur et colère finissaient d'ordinaire par rabattre son chagrin, même si tout son être en demeurait imbibé. Elle attendit qu'elles balayent de ses narines l'odeur toujours vive du sang. Une tache qu'elle avait vue s'élargir autour de son ami tandis qu'elle courait vers lui, affolée. Tandis qu'elle le retournait sur le dos et découvrait l'entaille profonde. Tandis qu'elle se confrontait à la sinistre réalité au travers des mots de Louis penché au-dessus d'eux :

— C'est fini, Griffonelle. Il est mort.

En dépit de l'évidence, elle avait secoué le petit corps, priant pour que ce visage livide lui accorde une dernière grimace, un dernier regard de son œil unique. Mais sa nuque était restée molle, sa paupière fermée.

Elle s'était effondrée sur lui en hurlant de rage et de douleur mêlées.

Parce que l'histoire se répétait.

Parce que Na Loba avait frappé après avoir fait d'Altéric son complice. D'abord en convainquant le jouvenceau de vendre Mahaut à Amaury de Montfort puis, l'ayant libéré des geôles du palais, en se faisant conduire à Triboulet pour la récupérer.

— Tout. Elle m'aura tout pris, avait-elle gémi en s'accrochant désespérément au nain, malgré cette plaie qui régurgitait, empoissant son visage, ses mains, ses vêtements.

La paume de Louis s'était appesantie sur son épaule.

— En vengeant mon père, je le vengerai aussi. Tu as ma promesse, Griffonelle. Humbert de Beaujeu part à l'aube pour l'Occitanie. Il ravagera le comté toulousain s'il le faut : Na Loba ne s'en tirera pas. Et Altéric non plus.

Elle avait senti ses forces l'abandonner.

Un vertige l'avait saisie alors que Louis affirmait encore :

— Je m'occupe de tout, Griffonelle. Et de toi aussi.

Pour s'occuper de moi, sûr, il s'est occupé de moi !

Elle avait repris connaissance dans cette cellule, sous ce crucifix piqué au mur blanchi à la chaux, réveillée par les battements d'une cloche sonnant matines.

Ahurie, elle s'était découverte lavée et revêtue d'une bure.

Elle avait bondi sur la porte cintrée qui faisait face à sa couche, craignant d'être prisonnière. Elle s'était rassurée de pouvoir l'ouvrir. Las, cela n'avait pas duré. La minute suivante, elle croisait l'une des moniales puis se retrouvait devant la mère supérieure, figure austère de l'abbaye royale de Montmartre où Louis l'avait déposée.

— Le roi vous a confiée à nous, ma chère enfant, dans l'attente.

— L'attente de quoi ? s'était liquéfiée Griffonelle.

Un sourire forcé avait traversé les traits sans grâce de l'abbesse.

— L'attente du conseil de sa mère à votre sujet.

Dans un premier temps, elle s'était morfondue entre ces murs, coincée entre les tâches coutumières et les offices canoniaux, espérant que Louis en franchirait le portail et la rendrait aux siens.

Puis, ne voyant rien venir, elle avait tenté de fuir. Ce n'avait été qu'une fois bloquée par deux imposantes nonnes qu'elle avait compris que sa première idée était la bonne : Louis l'avait cloîtrée pour lui interdire de faire vengeance par elle-même ou de se prostituer.

Consciente que le sommeil ne viendrait plus, elle se tourna sur le côté, faisant craquer les tréteaux épais qui soutenaient son lit. Il n'était constitué que d'une planche recouverte d'un matelas de paille. Même à Glatigny, dans le bors-d'eau de Gaïa, elle était installée plus confortablement.

Gaïa... Sibylle... Solenne.

La maquerelle lui manquait, les ribaudes lui manquaient, le chahut des bâtards de la maisonnée lui manquait, le vacarme ininterrompu de l'île de la Cité et du port lui manquait. Elle ne savait pas ce que Louis avait fait du corps de Triboulet, s'il l'avait rendu à leur famille, s'il reposait dans le petit cimetière de leur paroisse, à Saint-Landry, près de leurs mères respectives. Elle ne savait pas non plus si Louis avait prévenu qu'elle était en sécurité.

La maintenant dans l'inconnu, il n'avait répondu à aucune de ses lettres. Quatre. Elle en avait écrit et remis quatre à la mère supérieure.

Les a-t-elle seulement transmises ?

Elle attarda son regard sur le fenestron grillagé ouvert sur l'enclos de l'abbaye. Un rai de lune cherchait à percer l'obscurité de la pièce étroite et longue, sans parvenir à déligner autre chose qu'un rectangle de lumière blafarde au mur.

Sous ce plafond bas, voûté, elle avait l'impression d'étouffer. Lors, malgré les frimas de cet hiver qui commençait et au risque d'attraper la malemort, elle gardait la croisée ouverte. Elle dormait tout habillée en resserrant autour d'elle les pans d'une couverture de laine grise, rugueuse.

La sienne lui manquait aussi, non pour ce qu'elle dissimulait dans ses fils, mais pour ces parfums d'hier qu'elle abritait. Plus que jamais elle aurait eu besoin de s'y enrouler. Là, elle n'avait que son courage et sa rage intérieure à opposer à sa détresse et à sa précarité.

Si seulement ma porte n'était pas bouclée la nuit ! se répéta-t-elle pour la énième fois.

Mais visiblement Louis avait donné ses ordres. Elle logeait seule, enfermée jusqu'au réveil de la maisonnée. La cinquantaine de nonnes et de converses qui vivaient là se relayaient discrètement à sa surveillance, sans lui autoriser le moindre temps de vacuité, le moindre espoir d'escalader un mur.

La journée finie, une autre commençait.

Elle bâilla, épuisée de ne parvenir qu'à somncler, mais ne put se résoudre à fermer les yeux.

Trop tôt...

Elle n'avait pas suffisamment trompé sa faiblesse. Elle savait que l'image du meurtre de sa mère, de celui de Triboulet reviendrait. Elle s'obligea à fixer l'esquisse de la lune au travers de la croisée.

Elle commençait à papillonner des paupières lorsqu'il lui sembla percevoir des pas dans le couloir voisin. Elle tourna la tête, avisa une lueur au ras du sol, sous sa porte.

Alertée, elle se redressa sur un coude. À cette heure, l'abbaye était silencieuse et personne ne circulait. Elle reconnut pourtant le bruit de la tirette extérieure.

Angoissée, ne sachant à quoi s'attendre, elle bondit, les poings serrés, prête à se défendre si besoin était.

Mais le battant s'ouvrit franchement et elle reconnut Blanche de Castille dans l'éclairage de la lanterne qu'elle portait.

— Relevez-vous, la pria la reine devant sa piètre révérence. Je ne suis pas ici de manière formelle. Je voulais voir par moi-même celle dont chaque jour mon fils me brosse le portrait.

— Alors j'espère qu'il vous conviendra, Votre Majesté, se troubla Griffonelle.

Blanche posa le falot sur un petit meuble qui faisait office de desserte de nuit, entre un hanap et un cruchon d'eau.

— Je ne doutais pas de la joliesse de votre minois. C'est votre âme que je viens sonder, mon enfant.

Griffonelle en conclut que c'était à la fille d'une cathare qu'elle s'adressait. Aussitôt la rancœur qu'elle nourrissait envers Louis reflua dans ses veines. Elle s'efforça de la tempérer. Après tout, à défaut de son fils, la reine s'était déplacée. Ce n'était pas à sous-estimer. De ce qu'elle dirait dépendrait peut-être sa liberté.

— Je suis une bonne catholique, crut-elle donc utile d'affirmer.

— Certes. Il n'en demeure pas moins que vous détenez un secret cathare de la plus haute importance pour le royaume. Sauriez-vous reproduire cette carte que vous avez eue si longtemps en votre possession ?

Derrière la beauté de ses prunelles d'émeraude, Griffonelle lut de la cupidité. Bien loin de l'image qu'elle s'était forgée de la reine.

Méfiante, elle ne put empêcher son instinct de parler :

— Hélas, non, Votre Majesté. Cette carte n'était qu'une couverture de laine pour moi. Je m'y suis réchauffée maintes fois sans pour autant en détailler les motifs. Si j'avais su vers quoi elle menait, cela aurait été différent.

Les traits de Blanche se durcirent. Elle se dirigea vers le fenestron, le referma dans un claquement sec.

— Dommage. Je vous en aurais offert une belle récompense.

Griffonelle prit une profonde inspiration mais garda les mains croisées sur ses reins, jouant la soumission quand son sang bouillonnait.

— À quoi m'aurait-elle servi, entre ces murs ? Si je pouvais en sortir, peut-être qu'en recoupant mes souvenirs à ceux des amies de ma mère à Glatigny...

— Les interroger n'a rien donné non plus, objecta Blanche en revenant face à elle.

Elle la dominait d'une large tête autant que de sa souveraineté et Griffonelle sentit une lame de glace la poignarder de nouveau.

— Vont-elles bien ?

Blanche de Castille se fendit d'un rire cynique.

— Évidemment ! Ai-je l'air d'un bourreau ?

— Non, Votre Majesté. Je ne peux en dire autant du comte de Montfort, bredouilla-t-elle en rougissant.

Blanche battit l'air d'une main baguée de diamants.

— Croyez-vous donc que j'aie envie de partager ce secret avec lui ?

Griffonelle en fut soulagée, même si une part d'elle restait sur la défensive.

— Que comptez-vous faire de moi ?

La reine se perdit un instant dans la contemplation du crucifix puis replongea dans son regard anxieux.

— Vous écarter définitivement du roi. Pour cela, je vous laisse le choix : épouser l'un de nos modestes barons et rester sous sa coupe en un lointain château ou demeurer ici sous le regard de Dieu. Dans les deux cas, pour plaire à mon fils et afin d'éviter qu'il ne le fasse lui-même, je payerai pour votre garde et votre entretien.

Les jambes coupées, Griffonelle dut s'asseoir sur le lit. Une fois encore son instinct parla à sa place.

— Ici. Je resterai ici.

Parce que la compagnie des sœurs lui sembla préférable aux assauts répétés d'un vieil homme.

Et parce que, dans ce lieu sacré, personne ne la pourfendrait si elle tentait à nouveau de s'échapper ou lorsque l'on estimerait n'avoir plus besoin d'elle.

L'Abbaye de Montmartre

AN DE GRÂCE 1229

12 avril

1.

Paris
Île de la Cité

Une foule immense s'agglutinait ce midi aux abords de la cathédrale Notre-Dame, envahissant tout, des toitures aux encorbellements, des fenêtres de l'Hôtel-Dieu au seuil des portes. Même le vent, qui soufflait par rafales en ce jeudi saint, peinait à s'y frayer un passage.

Tous tendaient le cou en direction du comte de Toulouse. Le trentenaire à la carrure de guerrier venait de gravir les marches d'une estrade surélevée, dressée au pied de la cathédrale.

Dans le silence religieux nouvellement installé, on ne voyait que lui. Parce qu'il était le symbole de l'insoumission enfin vaincue après de longues années de guerre en Occitanie. Parce que, malgré ses traits tirés, il portait beau avec ses cheveux de jais que les rafales balayaient en mèches rebelles autour de son visage. Parce qu'il émanait de son regard d'aigle une profonde dignité que la contrainte ne parvenait pas à masquer.

Indifférent à cette assemblée venue se réjouir de sa défaite, lui ne voyait qu'elle au milieu des gentilshommes, chevaliers et légats installés sur les gradins qui lui faisaient face.

Elle, assise au côté de son fils, Louis le neuvième du nom.

Blanche de Castille.

Régente du royaume par la volonté de son défunt époux Louis VIII, mais reine par les actes. Sublime dans une robe pastel brodée de fils d'or.

Elle écoutait sentencieusement le cardinal de Saint-Ange égrener les termes du traité que lui, Raymond VII de Toulouse, avait été contraint d'accepter pour mettre un terme à la croisade contre les albigeois et rendre à son pays sa prospérité.

Une soumission dictée par la politique de terre brûlée qu'Humbert de Beaujeu pratiquait depuis des mois pour le compte de la reine.

Garce...

En cet instant, elle lui retournait un regard empli de morgue et, bien qu'elle fût sa cousine, bien que le sang de la duchesse Aliénor d'Aquitaine soit en lui comme en elle, en cet instant, oui, il la haïssait du plus profond de son être.

Il croisa les doigts dans son dos pour interdire à ses épaules de se voûter, regretta cette épée qu'on lui avait demandé de déposer en signe d'allégeance. Il aurait été capable de monter à l'assaut de ces tribunes, de se jeter sur elle et de la pourfendre en plein cœur.

Juste pour lui faire baisser les yeux.

Des raisons de jubiler, elle n'en manquait pas. Ce traité, malgré le soutien actif du cardinal de Saint-Ange et de l'archevêque de Narbonne, c'était son œuvre à elle, rudement menée, négociée. Une succession d'humiliations qu'elle avait choisi de rendre publiques. Ici, symboliquement, au pied de cet édifice que Na Loba avait embrasé trois ans plus tôt pour prix des bûchers dressés par Simon de Montfort et la chrétienté. Par ce geste, Blanche avait voulu reprendre l'avantage sur les cathares, sur la Louve et ceux qui les protégeaient. Elle ne pardonnait ni le sacrilège ni l'assassinat de son époux à Montpensier.

À peine son fils avait-il été sacré en la cathédrale de Reims qu'elle avait donné l'ordre d'abattre des centaines de troncs et, tandis qu'on déblayait l'ancienne charpente, de les plonger dans de l'eau de mer afin de les rendre ignifuges et imputrescibles.

« Comme la royauté, l'Église est invincible. Rien ni personne ne les fera plier », avait-elle déclaré.

Plus d'une centaine de charpentiers et de couvreurs s'étaient mis à l'ouvrage. Même si ce n'était que la première étape des renforts et embellissements que le jeune roi souhaitait, de nouveau la toiture rutilait. Et malgré sa rage intérieure, lui, Raymond le septième du nom, se sentait écrasé. Écrasé par cette masse de pierres, de statues, de vitraux et de couleurs dans son dos. Écrasé par ce soleil ardent. Écrasé par la respiration dolente de la foule.

Redresse la tête ! s'obligea-t-il.

Mais, hautaine et narquoise depuis sa tribune, mains refermées sur la rambarde devant elle comme un rapace, Blanche lui affirmait qu'il serait le dernier de sa lignée. Une lignée qui jusque-là avait toujours interdit à quiconque de s'emparer du comté toulousain.

Demain, les Occitans et tous les cathares avec eux me verront comme un traître. Na Loba la première, songea-t-il avec amertume, convaincu que la Louve saurait lui faire payer l'engagement qu'il prenait ce jourd'hui de poursuivre les hérétiques.

Il ferma un instant les paupières, se souvint de son corps musculeux au-dessus du sien, de sa bouche conquérante, mais aussi de cette lame acérée qu'elle faisait tournoyer en dévalant les sentiers abrupts du Carcasses[1]. Na Loba allait au combat comme elle allait à l'amour. Avec la même voracité et sans compromis.

Un long frisson l'ébranla qu'il ne parvint pas à masquer, rajoutant du plaisir dans le regard de Blanche.

Il s'en détourna.

Près de lui, continuant de dérouler ce long parchemin rédigé à Meaux une semaine plus tôt, le cardinal de Saint-Ange poursuivait implacablement sa lecture. Sa voix portait, montait malgré le bruissement du fleuve et des bateliers, rebondissait sur les édifices, lui revenait en pleine face. Chaque nouveau paragraphe le poignardait, soulevant des hourras dans la foule et autant de sourires et d'expressions jubilatoires sur les visages qui le défiaient.

Et sur celui de Blanche, l'éclat puissant, total, de la victoire. Pour elle, comme pour l'Église.

De fait, le Saint-Siège s'appropriait le marquisat de Provence, l'obligeait à fonder et à financer une université à Toulouse, puis à combattre pendant cinq ans en Terre sainte.

Mais ce n'était rien à côté de ce dont le royaume de France s'emparait.

Blanche lui prenait la majeure partie de son territoire. Elle réclamait le démantèlement des fortifications de plusieurs villes ainsi que d'une trentaine de châteaux. Récupérait en garantie et pour dix ans la demeure[2] qui les avait vus naître, lui, son père et son grand-père. Exigeait qu'il lui remette dès maintenant Jeanne[3], son unique enfant.

Jeanne, qui serait élevée à la cour de France dans la stricte rigueur monastique. Jeanne, qu'elle marierait à son

1. Domaines dépendant de la vicomté de Carcasonne.
2. Le château Narbonnais à Toulouse.
3. Née en 1220.

fils Alphonse afin de rattacher un jour au domaine royal les miettes qu'elle l'autorisait, lui, le comte de Toulouse, à conserver.

Cette dernière requête lui était un crève-cœur. Outre qu'il chérissait profondément sa fille, il devinait que, peinant à enfanter de nouveau, son épouse ne s'en remettrait pas.

Et Blanche le savait.

L'œil mesquin dont elle le couvrit à l'instant où le cardinal énonçait cette clause du traité suffit pour qu'il la maudisse intérieurement, elle qui s'était tant de fois par le passé déclarée mère avant que d'être reine.

Fourbe. Cruelle. Totalement inféodée à l'Église, voici ce qu'elle est devenue depuis que Saint-Ange a pris le pouvoir sur elle, rumina-t-il en serrant les poings sur ses reins.

Ce n'était un secret pour personne. Frère Guérin mort, le légat avait pris sa place. Une place omnipotente à la cour. Rien, plus rien ne se faisait ni ne se décidait sans lui. Certains affirmaient même qu'il avait fait de la reine sa maîtresse. C'était la seule rumeur que Raymond refusait de croire, la connaissant assez pour l'imaginer se repaître de bras plus puissants et masculins. Si toutefois elle s'y autorisait.

En réalité cela lui était égal.

Un élan de fureur lui battit les tempes, empourprant ses traits.

Elle se veut l'égale d'Aliénor ! Fi ! elle n'en est qu'un pâle reflet. Celui de la lueur des cierges !

Rallumé de l'intérieur, il soutint son regard que son sursaut semblait amuser.

Tu es bien loin, oui, bien loin de la reine et de la mère qu'elle était. Cette femme radieuse, charnelle, qui célébrait les troubadours et qui a permis à ses enfants de briller dans toutes les cours d'Europe par leur esprit et leurs lectures profanes ! Les tiens sont fats, frileux et émasculés !

Il n'eut qu'à observer Louis.

Prisonnier du poids de sa mère et de l'Église, le jeune roi peinait à s'affirmer. Même ce jourd'hui où, au lieu de se réjouir comme tous, il se rongeait les ongles, les yeux perdus dans la contemplation des hauteurs de la cathédrale.

Comme si un lointain souvenir le happait…

Et soudain Raymond comprit.

Na Loba. Il pense forcément à Na Loba ! À la menace qu'elle représente pour lui et pour sa protégée. D'autant plus grande aujourd'hui qu'elle va être enragée par la signature de ce traité.

Il connaissait le contenu de la lettre que la Louve avait adressée à Sa Majesté avant de quitter Paris. Elle lui en avait elle-même révélé le contenu un soir de mai où elle s'était invitée à l'improviste dans sa couche. Une habitude qu'elle avait gardée depuis le jour où elle l'avait dépucelé.

Louis a peur.

Et cela suffit soudain à lui rendre sa maîtrise sur lui-même.

Il sourit à pleines dents, déstabilisant cette fois Blanche.

Je te cède, ma cousine. Mais Humbert de Beaujeu pourra retourner chaque buisson de la Montagne Noire, jamais il n'en délogera Na Loba. Non, jamais il ne s'emparera de la mine d'or des Cabaret.

2.

Abbaye de Montmartre

Un franc soleil, chaud pour la saison, obligea Griffonelle à essuyer son front emperlé de sueur. Elle s'appuya du coude au manche de sa bêche, plissa les yeux en direction du carré de terre qu'il lui restait encore à biner.

Plus que la moitié, se réjouit-elle, même si après ce long et froid hiver qui avait convaincu l'abbesse de les chausser de bottes fourrées, retrouver le grand air l'avait rendue joyeuse.

Elle se dirigea d'un pas gaillard vers la petite source située en bordure du champ clos. C'était là que, épisodiquement dans la journée, les moniales se retrouvaient le temps de se désaltérer.

Elle s'était liée à l'une d'entre elles. Sensiblement de son âge, Guliguerne avait, elle aussi, préféré épouser Dieu plutôt qu'un vieillard acariâtre et violent.

Mais ce n'était pour Griffonelle qu'une amitié de façade. Elles n'avaient rien d'autre en commun. La novice ignorait le vrai goût de la liberté quand elle brûlait toujours de reconquérir la sienne.

Elle la vit courbée sur les mauvaises herbes qu'elle arrachait puis jetait dans un panier, un peu plus bas sur la butte. Elle lui adressa un signe de la main sous l'œil infatigable et froid de sœur Laurence qui, posée comme une pierre sur un banc abrité par une tonnelle de tuiles, ne la quittait pas d'une semelle.

– Voulez-vous un peu d'eau, ma sœur ? lui demanda-t-elle, affable, en lui offrant un sourire aussi contrefait que jovial.

L'acariâtre haussa les épaules.

– N'avez-vous donc point écouté les conseils de sœur Bénédicte ?

– Lesquels ? s'enquit Griffonelle.

– Boire chaud quand il fait chaud, froid quand il fait froid pour ne pas contrarier les humeurs du corps.

– Oh, certes, mais elle dit aussi qu'il faut s'abreuver à sa soif, rétorqua-t-elle en poursuivant son chemin vers le petit réservoir creusé dans une belle pierre.

Sœur Laurence ne trouva rien à répondre et se remit à perdre son ennui dans la contemplation d'un vol de corbeaux.

Griffonelle eut une pensée affectueuse pour l'apothicaire. C'était la seule qu'elle regretterait à son départ. Une petite femme qui ne vivait que pour la culture des simples et leur usage médicinal. Elle lui avait beaucoup appris.

Pour le reste, elle continuait d'espérer que son intégration au sein des moniales, sa soumission aux règles de l'abbaye, son travail pour la communauté autant que son assiduité à la prière finiraient par donner l'illusion qu'elle était guérie de sa vie passée et lui vaudraient un relâchement de surveillance.

Mais l'abbesse ne semblait pas pressée de lui offrir l'occasion de s'évader.

Vingt-neuf mois…

Vingt-neuf mois qu'elle donnait le change, honnissant chaque jour un peu plus les crucifix, les missels, les sermons, le son des cloches, le silence de l'église, les chants liturgiques, les Vierges de bois ou de plâtre, les reliques qu'on l'obligeait à vénérer.

Vingt-neuf mois qu'elle courbait le front et l'échine, étouffant sa véritable nature, retenant ses jurons, l'envie de crocheter la serrure de la bibliothèque, ne fût-ce que pour y déchirer la vie des saints.

Vingt-neuf mois que les paroles de Gaïa à propos des cathares tournaient en boucle dans sa tête : pauvreté, bienveillance, réfutation des lieux et objets de culte, des images pieuses, des statues, des canonisations décidées par des hommes au service d'une Église corrompue, suffisante, cupide et meurtrière.

Huit cent soixante-dix-neuf jours avec celui-ci.

Elle tenait son compte, ayant enfin réussi à entrer dans le cœur de sa mère, à entrevoir ce qu'il lui avait fallu de courage et d'abnégation pour se fondre à son nouvel environnement et survivre.

À cette différence près qu'elle n'avait, elle, aucun enfant à protéger.

Elle plaça la louche sous le filet d'eau claire puis la porta à ses lèvres, l'œil continuant de balayer l'espace autour d'elle.

Un réflexe d'hier. Du temps où elle parcourait les rues de Paris avec Triboulet en quête de la meilleure opportunité.

Cette fois encore elle n'en trouva pas.

Les murs qui ceinturaient le domaine de l'abbaye avec ses champs, son église et le logis des moniales étaient trop hauts pour être franchis. Aucun buisson, aucun arbre susceptible de masquer une escalade ne se trouvait à proximité. Et quand bien même. Derrière, ce n'étaient que pâtures et vignobles jusqu'en lisière de la forêt. Un territoire auquel elle n'avait pas accès, journellement occupé par les moniales et les converses et qu'il fallait traverser pour rejoindre la route ramenant à Paris.

Résignée, elle retourna à son labeur, s'activa quelques minutes avant que sa bêche, dans une butée, ne lui renvoie un son métallique.

Surprise, elle se baissa et, après avoir constaté d'un regard opportun que sœur Laurence servait toujours d'épouvantail sur son siège, rejeta la terre par côté. Bientôt, les contours d'une boîte apparurent entre ses mains fébriles.

— Qu'avez-vous trouvé ? trembla la voix grêle de sœur Laurence, revenue à son implacable surveillance.

Griffonelle ne répondit pas. Mue par l'instinct de la voleuse d'autrefois, elle acheva de déterrer l'objet tandis qu'arrachant ses vieux os au banc de pierre, la moniale décidait de rompre la distance qui les séparait.

Sous le feu des rayons solaires, Griffonelle comprit qu'elle ne s'était pas trompée : le coffret était d'argent, somptueusement travaillé sur le pourtour, bien que sévèrement attaqué par l'oxydation.

Elle parvint toutefois à lire la locution gravée sur le couvercle, comme si, malgré les siècles, Dieu avait voulu la préserver :

Hic jacet in manu Episcopi evangelica Denis. Anno MIX A.U.C. Catulla[1]...

Se souvenant de l'histoire de ce mont des Martyrs sur lequel avait été construite l'abbaye, elle en mesura aussitôt l'importance. C'était ici qu'était tombé saint Denis. L'année correspondait. Le nom de la femme romaine qui avait récupéré ses ossements aussi.

1. « Ci-gît la main évangélique de l'évêque Denis. Par Catulla en l'an 1009 » de la fondation de Rome (année 256 de l'ère chrétienne).

Un éclat franc illumina ses prunelles pour la première fois depuis sa réclusion.

Retrouvant soudain ses vieux réflexes, ceux d'improvisation que Triboulet avait toujours loués, elle tourna sur elle-même en brandissant son trophée :

— Un miracle ! C'est un miracle ! Dieu m'a choisie pour messagère ! cria-t-elle à la cantonade, forçant les nonnes à relever la tête et sa jeune amie à se précipiter.

À l'instant où sœur Laurence s'arrêtait, éberluée devant elle, Griffonelle jubilait, certaine de détenir enfin le moyen d'attirer Louis ici.

Et, à l'aide d'un bon plan, de repartir avec lui.

3.

Paris
Île de la Cité

De nouveau la foule s'était tue aux abords de Notre-Dame, les yeux rivés sur ces épaules, ce torse viril et puissamment musclé que Raymond de Toulouse venait de dénuder d'un geste félin.

Qu'il ait, haut et clair, prêté serment de respecter toutes les clauses du traité que venait de lire le cardinal ne suffisait pas à la reine. Qu'il l'ait paraphé et signé non plus. Elle en voulait davantage. Elle voulait voir la souffrance s'inscrire sur son visage. Elle voulait qu'à jamais sa chair soit marquée du souvenir de sa soumission.

À croire qu'elle en a besoin pour se mettre en paix, pour cicatriser la morsure que laisse en son cœur le crime impuni de son époux, avait-il pensé devant l'abîme des lacs d'émeraude de son regard quand, quelques jours plus tôt, elle avait réclamé de lui qu'il expie ses fautes en public.

Bien qu'en rien il ne se sentît responsable des actes de Na Loba, il avait accepté. Outre qu'il en escomptait plus de clémence à l'égard de son pays et de ses habitants, la douleur physique lui importait peu. Il était aussi à l'aise dans une cour d'amour que sur un champ de bataille et les cicatrices qui ornaient sa poitrine étaient là pour en témoigner.

À présent pourtant, il le regrettait. Ce qu'il avait pris en elle pour de la résilience n'était rien de plus qu'un besoin profond de vengeance. Elle n'en serait jamais guérie. Au contraire. Son triomphe d'aujourd'hui ne ferait que l'encourager.

Il la vit disparaître avec Louis sous l'imposant portail central de la cathédrale.

Toutes ces humiliations se payeront, Blanche. Oui, toutes. Tôt ou tard. Je t'en fais la promesse.

— Comte, chanta la voix faussement contrite du cardinal de Saint-Ange.

Le prélat lui inspirait autant de dégoût que la reine. Si l'une était revêche malgré son implacable beauté, l'autre était aussi libidineux qu'un assoiffé devant une flasque de vin. Ses longs cils efféminés battaient l'air comme ceux d'une donzelle à un rendez-vous galant tandis que ses doigts boudinés en direction des marches de l'estrade l'invitaient à descendre.

Sûr que ce cancrelat éprouvera de la jubilation à me flageller, s'agaça-t-il en songeant que Blanche en retirerait, elle aussi, un plaisir malsain.

Assez pour que ces deux-là en jouissent ensemble ?

Un instant il les imagina nus, jouant de cierges, de langues et de vit, avant, écœuré, de se convaincre une nouvelle fois que c'était du domaine de l'impossible.

La détestation qu'il éprouvait pour sa cousine n'allait pas jusqu'à la salissure. Elle était trop pieuse pour se damner.

Freinant pourtant à les satisfaire l'un comme l'autre, il s'accorda cette fois le temps de toiser les Parisiens qui n'avaient rien perdu de sa capitulation. À sa grande surprise, il lut en eux autant d'admiration que de respect. Visiblement, sa dignité avait réussi à gommer la marque de l'infamie dessinée par la reine.

Cela lui suffit pour qu'il emprunte d'un pas vif l'escalier sommaire, les sourcils froncés sous la morsure du soleil, mais un sourire aux lèvres.

Un jeune clerc l'attendait sous le tympan monumental. De visage, il ressemblait à l'une des innombrables sculptures qui le composaient, un démiurge aux gestes obscènes. L'ecclésiastique pliait sous le poids d'une croix d'une demi-toise[1] de haut qu'il venait pourtant à peine de décoller du mur.

Raymond l'en délesta comme d'une brindille avant de tourner la tête vers le prélat. Le pervers en lui s'attardait en préliminaires, vérifiant l'état de la lanière du fouet qu'un autre moinillon, sorti de dessous l'estrade, venait de lui remettre.

— Tout est dans le jeu du poignet, Éminence, pas dans la qualité du cuir. Si vous en usiez contre vous-même, vous le sauriez, lui lança-t-il, narquois.

Le cardinal s'empourpra.

— Avancez donc et vous verrez !

Raymond ne se le fit pas répéter. Il avait hâte d'en terminer à présent. Il franchit le portail, marcha d'un pas égal, les bras tendus devant lui, portant la croix suffisamment haut pour masquer à Blanche la vision de ses traits.

Raide, les mains jointes, elle se tenait à la croisée du transept, près de Louis et de Jean de Nesle qui l'avait soutenue lorsque les grands vassaux du royaume s'étaient soulevés contre elle pour s'emparer du trône. Une coalition forte, déterminée, qu'elle avait pourtant éclatée en faisant preuve d'une impressionnante habileté politique.

Comme avec moi… Mais c'est terminé. Tu n'as pas tué le loup, Blanche. Il a juste revêtu une peau de mouton pour

1. Environ un mètre.

avancer parmi les agneaux. De la même manière que le feront les autres...

Lorsque le premier coup cingla ses épaules, il l'accusa sans sourciller et se contenta de bander ses muscles davantage.

Le deuxième claqua comme un coup de tonnerre en entaillant ses chairs.

Le troisième, le quatrième se répondirent en écho sous les hautes et majestueuses voûtes tripartites de la nef tandis que, derrière lui, encourageant la vigueur du cardinal, archevêques et évêques récitaient les prières du chapelet.

Il esquissa une grimace sous le cinquième, sentit faiblir sa prise. Les plaies se creusaient au recoupement des traits. Il se tendit un peu plus, supporta le sixième, puis le septième.

Au dixième on le laisserait parcourir la distance qui le séparait de la reine. Avant, devant elle, d'achever le châtiment.

Il se crispa, parvint à maintenir son fardeau à la hauteur qu'il s'était fixée.

Dix...

Il n'avait pas lâché une plainte. Le fouet retomba dans le prolongement du bras du cardinal. L'Église avait obtenu son dû en quittance de son indulgence envers les cathares.

Restait à combler la frustration de la reine pour n'avoir pu saisir les richesses de Toulouse quand elle l'escomptait.

Le claquement de ses talons remplaça celui du cuir dans le silence de la nef : les religieux s'étaient immobilisés pour le laisser achever seul son cheminement.

Refoulant la douleur au plus profond de lui, il examina ses bourreaux. Il nota de l'admiration dans l'œil de Jean de Nesle : l'apanage d'un chevalier conscient de la valeur d'un autre. Et il subodora que l'homme s'en souviendrait.

Louis, quant à lui, était pâle, comme s'il sentait ce que masquait son courage.

À moins que ce ne soit la vue du sang qui l'indispose... Mais non... Je le crois plus endurci que cela...

Il déposa la croix devant Blanche tandis que, dans son dos, la procession reprenait dans un parfum d'encens. Il vit alors sortir de l'ombre des arcades qui soutenaient les tribunes, de chaque côté du chœur, les barons qui s'étaient opposés à elle mais aussi à lui en Occitanie.

En leur offrant le spectacle de ma déchéance, elle espère les dissuader de lever une nouvelle conjuration contre elle, devina-t-il avant d'esquisser un sourire. *Elle se trompe. Aucun homme n'acceptera qu'une femme réussisse là où il a échoué. Au contraire ! Ce n'est plus seulement moi qu'elle humilie ce jourd'hui en public. C'est eux. Et ils ne seront pas près de le lui pardonner.*

Ragaillardi par cette perspective, il s'agenouilla, soutint ce regard qui le narguait.

— Puisse mon sang, Votre Majesté, permettre à celui de centaines d'innocents de cesser de couler.

Elle hocha la tête. Le cardinal s'était immobilisé. Déjà il levait le fouet.

Cinq. Juste cinq coups.

Raymond serra les dents pour mieux les encaisser.

Au troisième, il tressaillit. Non sous la morsure renouvelée, mais pour cette lueur de désir qui venait d'embraser les pupilles de Blanche.

Elle fixait ses épaules nues, ses muscles qui tressautaient sous le feu ardent des brûlures, alors même qu'il se refusait à y céder.

Il la vit se mordre la lèvre inférieure, perçut ce trouble, puissant, qui la gagnait à le regarder souffrir sans se plaindre, sans plier. À le regarder la défier.

Soudain, il comprit ce qui lui manquait depuis la mort du Lion. Il comprit ce que désespérément elle cherchait dans la vengeance : un homme à sa mesure. Un homme qu'elle pourrait griffer, mordre, tourmenter avant de jouir. Un homme qui ne lui laisserait pas dans le cœur et dans l'âme l'impression d'avoir péché.

À cet instant sa décision fut prise.

Cette nuit tu seras mienne, Blanche de Castille. Et je le jure, oui je le jure, tu m'aimeras et Toulouse sera vengée.

Nuit du 12 au 13 avril

4.

Paris
Palais de la Cité

Une nuit noire, profonde, de celles qu'enfantent les démons, venait d'envelopper l'île de la Cité, tuant tout bruit dans ses rets, tout remugle autre que ceux, fétides, dégagés par la vase. C'était ainsi avant chaque orage. Terre, pavés et fleuve exhalaient la souillure la plus excrémentielle, comme pour appeler le diable à frapper.

Louis frissonna, brusquement rattrapé par ce silence, par cette puanteur. Il referma la fenêtre de sa chambre devant laquelle il se tenait depuis de longues minutes. Tout à ses sombres pensées, le regard perdu vers l'horizon, il n'avait pas vu celui-ci s'effacer puis disparaître.

Détourné de la croisée, il avança à tâtons jusqu'au chandelier posé sur le manteau de la cheminée orné d'une fleur de lys. Il récupéra sa pierre à feu ainsi qu'un morceau d'étoupe dans un panier posé à côté, puis alluma la mèche de la bougie.

Une lueur douce estompa les ténèbres autour de lui. Il y avait longtemps qu'il avait cessé d'avoir peur d'elles, à l'inverse de l'aréopage d'ecclésiastiques qui les cernait, lui et sa mère. Ici, dans cette vaste pièce contiguë à l'oratoire de la Vierge, pièce qu'il s'était appropriée après son sacre, il se savait en sécurité.

Et pourtant elle rôde, frémit-il de nouveau, saisi d'un doute pernicieux.

Pieds nus, il foula le long tapis d'Orient rapporté de croisade par son illustre aïeul, Louis le septième, entra dans la petite chapelle, ranima la flamme d'un cierge, puis contourna le piédestal de la statue qui en ornait le fond.

C'est stupide, se réprimanda-t-il en s'immobilisant sous les vitraux.

Mais il ne put s'interdire de vérifier que le mécanisme permettant d'accéder au souterrain était toujours bloqué. Il avait fait de même avec les deux autres qu'il connaissait. Une précaution qu'il avait prise après avoir découvert que Na Loba connaissait le moyen d'entrer et sortir du palais de la Cité à sa guise.

À moins de briser la trappe à coups de burin, nul n'entrera par là...

Il s'en voulut de s'être laissé piéger par cette angoisse profonde qu'une simple silhouette entièrement vêtue de vert, jusqu'au capuchon qui recouvrait sa chevelure de jais, avait réussi à faire naître.

Elle était apparue au pied de l'estrade tandis que Raymond VII écoutait la lecture du traité par le cardinal. Louis n'était pas certain que le comte de Toulouse l'ait vue, tant il était absorbé par son besoin de soutenir le regard de la reine. Mais lui, lui avait été saisi par la beauté sauvage et mûre de cette inconnue, par l'éclat furieux de ses prunelles que, se détournant du comte, elle avait fini par relever vers lui.

Une fraction de seconde.

Elle s'était fendue d'un sourire narquois à son intention.

Une fraction de seconde seulement.

Et il avait été convaincu que c'était elle.

Na Loba.

Il avait eu l'impression d'être vidé de son sang.

Sorcière.

Le temps d'un frisson pourtant et elle avait disparu. Il avait sondé la foule, désespérément, sans parvenir à la retrouver dans la multitude. Il avait passé le reste de la cérémonie tendu, convaincu qu'elle n'avait pas quitté l'Occitanie sans raison, qu'elle s'apprêtait à châtier.

Qui ? Quand ? se demanda-t-il encore.

Le comte, qui venait de faillir envers son pays ? Lui, qu'elle avait averti, trois ans plus tôt, de cesser toute traque envers les cathares, toute quête des richesses de la Montagne Noire ? La reine, qui, informée de la lettre qu'elle lui avait adressée, cette lettre d'aveu et de menaces, avait rugi avant de fondre sur Humbert de Beaujeu, avant d'exiger de lui qu'il ravage l'Occitanie jusqu'à ce que Raymond VII capitule et que la tête de cette hérétique roule à ses pieds ?

Ou elle ? Si elle était venue pour elle ?

Personne. Personne à part sa mère et lui ne savait où se trouvait Griffonelle. Et depuis que la jouvencelle avait changé de nom, bien instruit serait celui qui pourrait encore l'identifier.

Non. Elle est en sécurité. Et puis, il n'y a aucune raison pour que Na Loba se soucie encore d'elle maintenant qu'elle a récupéré la carte.

Il ne devait plus se concentrer que sur le danger que la Louve représentait pour sa mère et pour lui.

Au comte Raymond de s'accommoder de celui qu'il encourt désormais. Il n'avait qu'à résorber la plaie quand elle était encore superficielle ! Aujourd'hui, qu'il vive ou meure ne changera plus rien pour le royaume. L'Occitanie nous appartient, se déculpabilisa-t-il en repassant devant la statue.

La douceur des traits de la Vierge, de son regard de marbre couvant l'enfançon qu'elle tenait dans le repli de son coude concourait toujours à l'apaiser.

Il s'agenouilla devant, se mit à prier jusqu'à ce que le souvenir de Griffonelle cède. Jusqu'à ce que la crainte de leur ennemie commune s'efface et qu'il évalue la situation de manière posée.

Na Loba aurait pu sans peine nous abattre tous les trois tandis que nous étions dans la cathédrale, estima-t-il en revoyant la scène : le lent cheminement de Raymond, seul au centre de la travée une fois la procession ecclésiastique suspendue, sa mère et lui le regardant approcher depuis la croisée du transept. À découvert, tous les trois.

Il aurait suffi qu'elle se poste en hauteur, arc bandé. Malgré le grand nombre de chevaliers présents, je suis persuadé qu'elle aurait réussi à filer. Elle excelle à cet art, affirme Humbert.

Il soupira, empreint d'incompréhension.

Quelle meilleure occasion aura-t-elle d'ébranler à nouveau la Chrétienté et le royaume de France ? Non... Si elle s'est abstenue, c'est qu'elle a autre chose en tête.

Il referma les portes de l'oratoire, résolu à n'en parler à sa mère qu'une fois son enquête menée.

Dévêtu, il se glissa dans ses draps, moucha la chandelle, puis posa la tête sur l'oreiller.

Sitôt qu'il eut fermé les yeux, l'image de Griffonelle s'enroulant autour de lui fit surface, le couvrant d'une sueur ardente. Il rejeta la couverture par côté, s'assit, le souffle court, le cœur palpitant.

— Ne plus penser à elle. Je ne dois plus penser à elle. C'est mal, répéta-t-il à voix haute pour se calmer.

Combien de fois s'y était-il contraint depuis qu'il l'avait déposée dans ce couvent en novembre 1226 ? Il avait cessé de compter.

Et soudain il se tétanisa, le vit brutalement retombé entre ses cuisses.

Autre chose en tête… Na Loba a autre chose en tête… mais quoi sinon ce qu'elle m'a promis si je ne me montrais pas plus clément que mon père ?

Lors de nouveau la peur fut là, comme un poison dans ses veines. Griffonelle ne représentait plus rien pour Na Loba mais elle représentait encore tant pour lui !

Quel meilleur moyen aurait la Louve de se venger que de la lui arracher ?

À cet instant sa décision fut prise. Dès que possible il filerait au couvent et demanderait à l'abbesse d'en renforcer la sécurité.

13 avril

5.

Paris
Île de la Cité

C'était l'heure de la messe. Une messe sans appel de cloches selon la tradition pascale.

Dans cette chapelle Saint-Nicolas qui jouxtait le palais, Blanche avançait d'un pas plus lourd qu'elle ne le voulait.

Si les circonstances avaient fait d'elle une femme de pouvoir, contrainte de prendre des décisions rapides autant que judicieuses, de gérer les mécontents du peuple, du conseil ou du royaume, elle n'en demeurait pas moins une mère et une fervente catholique, jonglant entre l'éducation de ses enfants, les moments de prière, la gestion de sa mesnie et la pratique de la vertu.

Jusque-là, elle avait été fière de cet équilibre chèrement acquis à grands coups de précepteurs puisés chez les dominicains, de larges dotations, de châteaux assiégés, de feintes stratégiques, d'âpres négociations, ou de pardons à l'image de celui qu'elle avait accordé à Thibault de Champagne[1].

Je dois continuer. Coûte que coûte. Garder la tête froide, soupira-t-elle intérieurement en s'agenouillant auprès de Louis qui l'avait précédée.

1. Devenu son plus fidèle allié contre ceux qui tentèrent de la renverser.

Enveloppée par la lueur des cierges, elle regarda autour d'elle. Suivant son exemple, ses cinq autres fils[1] avaient joint leurs mains et baissé le front devant le cardinal, debout près de l'autel. Ils ne manquaient aucun office. Pas plus qu'Isabelle, âgée de quatre ans, que Louis avait placée près de lui, éprouvant pour elle, seule fille de la maisonnée, une tendresse particulière.

Si Blanche se réjouissait souvent de ce que sa famille soit si unie, elle ne pouvait s'empêcher de penser que le rire joyeux et pétillant tout autant que l'esprit facétieux de sa fille rappelaient à Louis ceux de Griffonelle. Et cette idée lui pesait profondément. D'autant plus à présent que cette petite garce sortait, par la grâce de Dieu, de l'ombre dans laquelle elle l'avait emmurée.

Hors de question que Louis s'approche à nouveau d'elle. J'irai étudier cette relique avec le cardinal. Quant au souvenir réveillé en lui par la jovialité d'Isabelle, sitôt que la petite Jeanne de Toulouse arrivera au palais, il sera gommé par la complicité que j'entends bien instaurer entre elles. Louis n'y trouvera pas sa place.

C'était l'une des raisons qui l'avaient décidée à exiger que la fille de Raymond lui soit confiée sitôt le traité de Meaux signé. Écarter Louis de sa sœur. Et de tout ce qui pouvait maintenir en lui le parfum du péché.

Un acte égoïste.

Elle en avait d'autant plus conscience que négocier cette clause avec Raymond avait été houleux. Houleux et douloureux. Elle-même aurait été déchirée si elle avait dû être séparée trop tôt de ses enfants. Mais son devoir était de protéger les siens. Y compris d'eux-mêmes. Lors, elle n'avait pas cédé, s'efforçant de paraître hautaine et

1. Robert, douze ans ; Jean, neuf ans ; Alphonse, huit ans ; Philippe Dagobert, six ans ; Charles, trois ans.

insensible. S'efforçant de dépasser ses propres émotions pour atteindre à la morgue nécessaire, celle qui ferait plier tout rival, tout ennemi. Raymond le premier pour avoir été si long à lui livrer ce comté de Toulouse tant convoité.

Elle ne s'attendait juste pas à en payer, elle, le prix.

Elle essuya un long frémissement sous sa cotte d'une élégante sobriété.

Ne pas y penser. Non, je ne dois pas y penser.

Mais elle sentit une perle de sueur se former entre ses seins tendus, ses paumes moitir et son cœur s'emballer. Elle baissa les yeux, espérant ne rien trahir de son trouble. Il grandit sous le bruit, pourtant discret, d'un toussotement derrière elle.

Elle fut certaine que c'était lui.

Lui qui logeait au palais depuis son arrivée. Lui qui, la veille au soir, après avoir fait panser ses plaies, s'était assis à sa table en compagnie de Jean de Nesle et des amis fidèles au royaume. Lui qui avait mangé, bu, plaisanté, sans trahir la moindre animosité, la moindre rancœur, la moindre grimace de douleur alors même qu'un peu de fièvre aiguisait la profondeur de son regard et emperlait son front sous ses mèches longues et brunes.

Lui qui les avait tous dupés sur ses intentions. Et elle la première.

Elle sentit son regard peser sur ses épaules et de nouveau un lent frisson ondula sur sa peau. Le savon y avait chassé l'odeur du fruit défendu mais, en cet instant, elle remontait en elle, diabolique.

L'accent italien du cardinal s'éleva sous la voûte étoilée du chœur.

Me concentrer. Je dois me concentrer.

Ce fut peine perdue. Des images obscènes transgressèrent l'évocation des Saintes Écritures.

Non... Non... Je ne peux m'autoriser ce que je refuse à mon fils !

Pourtant, les effluves du sang qui perlait sur les muscles bandés de Raymond revinrent à ses narines et tout bascula autour d'elle. De la même manière qu'elle avait été incapable de refuser le plaisir, elle ne put résister à la violence de sa mémoire mortifiée.

En un instant elle se revit dans sa chambre, éveillée en sursaut par la violence d'une main lui écrasant la bouche, d'une autre qui la précipitait genoux à terre dans l'obscurité, face à la couche dont elle avait été tirée. Le temps que, terrifiée, elle prenne conscience de ce qui se passait, un corps chaud derrière elle se moulait au sien, nu, et une poigne ferme lui maintenait les poignets joints sur la courtepointe.

— Crie, débats-toi et je jure par saint Georges de te terrasser tel le dragon que tu es !

Elle s'était mise à trembler en reconnaissant la voix. À trembler tout entière. Malgré tout elle avait hoché la tête. Parce qu'une part d'elle, une part sombre qu'elle avait enfouie dans la prière en rentrant de Notre-Dame avait eu envie du diable en elle.

Lorsque Raymond l'avait libérée, elle n'avait pas bougé. Elle avait seulement murmuré d'un timbre le plus égal possible :

— Force-moi et tu es un homme mort.

Une langue sensuelle s'était promenée entre ses omoplates, remontant jusqu'à la base de sa nuque, puis au lobe de son oreille, éveillant en elle des sensations oubliées.

— Qui parle de te forcer ? avait-il ricané en l'attirant délicatement en arrière pour la décoller du lit.

Cabrée, les seins tendus, le ventre dur, elle avait senti son souffle s'accélérer sous l'humidité de ce baiser qui suivait l'arrondi d'une épaule, ces doigts devenus agiles qui traçaient des arabesques sur sa peau moite.

Lorsqu'ils s'étaient enroulés autour d'un téton, jouant sensuellement avec, sa chair s'était embrasée.

À cet instant, Raymond l'avait lâchée, narquois.

— Je suis venu te rappeler qui je suis, Blanche. Et le fait qu'à l'égal des excommunications passées ce traité ne changera en rien mes manières et ma liberté d'agir. Le comté de Toulouse, c'est moi ! Moi et moi seul. Tu le veux ?... Prends-moi !

Un désir sauvage l'avait dévastée, le même que celui qui l'avait saisie dans la cathédrale tandis qu'il la défiait.

Les lèvres charnues et impertinentes de Raymond voisinaient toujours sa joue. Elle n'avait eu qu'à tourner la tête pour s'en emparer.

La suite n'avait été qu'une joute sans fin jusqu'à l'aube. Jusqu'à ce qu'il la laisse épuisée, les ongles maculés du sang qu'elle avait arraché de ses plaies comme autant de victoires et de défaites.

Au bord du vertige, elle s'était traînée jusqu'à son cabinet d'aisances, avait vidé le broc d'eau dans une bassine d'argent et, face au miroir suspendu au-dessus, s'était frottée jusqu'à ce qu'il n'en subsiste de traces que dans son regard perdu.

Ensuite seulement elle s'était recomposé une contenance et était sortie de sa chambre.

Juste à temps pour recevoir le message envoyé par l'abbesse de Montmartre.

Le chœur des moines éclata dans la chapelle Saint-Nicolas, la ramenant au présent. Elle déglutit, se pinça discrètement l'intérieur du bras pour imprimer du sang à ses membres.

La messe touchait à sa fin. Elle n'en avait rien écouté.

Un instant elle songea à se confesser. Mais il y avait plus urgent : décider de la conduite à tenir concernant Griffonelle.

Et puis cela ne changera rien… Pas cette fois.

Outre qu'elle se voyait mal raconter tout cela au cardinal, que la chair tourmentait déjà plus que de raison, Raymond avait été clair avant de la quitter.

— Tu n'as validé qu'une clause de ce traité. Je reviendrai pour les suivantes… Aussi longtemps qu'il le faudra.

Et une part d'elle, Dieu lui pardonne, se souvenait fort bien de la longueur du parchemin que le prélat avait déroulé.

6.

Paris
Palais de la Cité

— Puis-je vous interrompre un instant ?

Jean de Nesle se fendit d'un sourire en reconnaissant la voix du roi derrière lui, à l'orée des lices qui servaient aux exercices d'armes. Louis n'exigeait jamais rien de ses proches. De la même manière qu'il laissait les miséreux envahir la cour du palais et se fondait parmi eux, en bure de lin, pour leur distribuer du pain, du vin et quelques cents, il se montrait humble envers ceux qui les soutenaient sans faillir, sa mère et lui.

Une attitude que Jean appréciait d'autant plus que Louis savait montrer hauteur et inflexibilité lorsque la situation le requérait.

— Le temps de confier à votre frère la surveillance du terrain et je suis à vous, Sire.

Tandis qu'il hélait le prince Robert, dont il avait fait son écuyer, et le chargeait de le remplacer, Louis se déplaça sous un aulne proche de la rive de la Seine. Il admirait, chaque jour davantage, la manière dont ses cadets progressaient sous l'influence du chevalier. Les plus petits au bâton, les deux moyens à l'épée de bois, avec laquelle ils se battaient en rugissant comme des lions.

Cette fois leur affrontement les entraînait vers le portique qui reliait l'aire au jardin de la pointe.

S'aguerrir, encore et encore. Ce n'est que le début, mes frères. Le combat ne cesse jamais, regretta-t-il au souvenir de ceux de ses aïeux, de celui qu'il menait depuis son sacre pour protéger sa couronne.

Il détourna la tête de leurs ahanements entrecoupés de rires.

Jean arrivait, les yeux plissés sous la morsure du soleil.

— Que puis-je pour vous, Sire ?

— Na Loba, annonça Louis sans préambule.

Les traits de Jean s'assombrirent aussitôt.

— Je l'ai reconnue, hier, devant la cathédrale, ajouta Louis, la mine grave.

Jean se frotta le menton, pensif.

— Vous ne l'avez entrevue qu'une fois. Le jour de la mort de la ribaude et dans l'embrasure d'une porte[1]. Comment être sûr ?

— Mante et habit verts, beauté sauvage, chevelure de jais, regard coléreux posé sur le comte Raymond, de défi dans le mien. C'était elle.

Jean enserra le pommeau de sa lame, un réflexe qui lui revenait chaque fois qu'il sentait sourdre une menace.

— Alors cela n'augure rien de bon.

Louis lui rapporta les conclusions auxquelles il s'était arrêté la nuit précédente. Et Jean ne put qu'en convenir. Si la Louve cathare avait voulu abattre le comte de Toulouse ou leurs royales personnes, elle l'aurait fait dans la nef. Pour le symbole.

— Je crains qu'elle ne veuille s'en prendre à Griffonelle, avoua Louis piteusement.

1. *La Louve cathare*, tome 1, XO Éditions, 2020.

Il s'attendait à ce que Jean soit surpris, n'ayant plus évoqué sa voleuse après cette funeste nuit où Na Loba s'était enfuie avec le jeune Altéric.

À l'inverse, il vit le front du chevalier se barrer d'une ride soucieuse.

— Il faut prévenir votre mère.

Louis se cabra.

— Non. Vous la connaissez aussi bien que moi. Elle s'emporterait en me voyant me soucier de cette fille.

Jean s'adoucit.

— Vous l'aimez encore…

Louis ne répondit pas, mais son œil, un instant perdu dans les eaux limoneuses qui caressaient la berge à ses pieds, trahit le trouble dans lequel son cœur se débattait.

Jean hésita. Au sortir de la messe, Blanche lui avait fait part du message de l'abbesse, comptant sur son escorte sitôt qu'elle en aurait terminé avec ses obligations. Bien qu'elle ne lui en ait pas demandé d'en faire secret, il se doutait qu'elle n'avait guère envie d'emmener Louis.

Mais si je ne lui dis rien, il m'en voudra, surtout si ses craintes sont fondées, comprit-il.

Or, s'il était fidèle à la reine, il l'était encore plus à son roi.

Il soupira.

— Une relique a été découverte hier dans un des champs de l'abbaye. Par Griffonelle.

Louis sentit son sang pulser à ses tempes, ses jambes se dérober sous lui.

— Une relique ? Par elle ? répéta-t-il, aussi incrédule que surpris.

— La main de saint Denis, semble-t-il. Elle l'aurait trouvée dans un coffret qui daterait de l'époque de son martyre. Mais il reste à s'en assurer.

Louis secoua la tête.

Une découverte pareille. Le jour où le comte de Toulouse expie dans la cathédrale... Soit Dieu manifeste sa joie à voir enfin céder le foyer de l'hérésie et il l'a choisie, elle, la fille d'une cathare, comme messagère... soit c'est l'œuvre diabolique de Na Loba...

Semblant lire dans ses pensées, Jean ajouta :

– Le champ en question est enclos. Je doute que la Louve ait pu y enfouir ce trésor. Mais il n'en reste pas moins que si ces reliques sont vraies, votre protégée aura son heure de gloire.

– Et sera de nouveau exposée, en conclut Louis, anxieux.

Il fouilla le regard gris du chevalier que de fines pattes-d'oie rendaient plus doux encore, même si l'homme, quand il le fallait, s'avérait un redoutable guerrier.

– J'imagine que si vous en avez été informé, c'est que ma mère compte régler cette affaire au plus vite et sans moi.

Jean acquiesça.

– Elle prévoit de se rendre à Montmartre cet après-midi même. Je vous conseille donc de vous entendre avec elle. Quels que soient vos sentiments à l'égard de cette jouvencelle, la reine doit être informée de la présence de Na Loba à Paris.

– J'y vais de ce pas, décida Louis rattrapé par la nécessité d'agir, avant de lever un index : Souvenez-vous, Jean. Na Loba a toujours eu un coup d'avance et une parfaite connaissance de ce qui se disait ou se décidait au palais. Elle nous a déjà menés par le bout du nez, je ne permettrai pas que cela recommence.

– Je partage votre avis. Nous devons envisager toutes les hypothèses, dussent-elles nous paraître saugrenues.

Reprenant le contrôle sur ses émotions, y compris cette colère que le silence de sa mère avait éveillée, Louis inspira profondément, emplissant ses poumons des parfums mêlés de rose, de jasmin et de vase, propres à cet endroit.

— Constituez une solide escorte pour le cas où elle tenterait quelque chose sur le trajet. Et faites surveiller le comte Raymond. Elle espère peut-être simplement nous détourner de lui pendant quelques heures. À défaut de l'assassiner, elle pourrait encore vouloir le faire enlever après avoir ravi puis brûlé le traité.

Jean serra les poings. C'était une option, en effet. Qu'ils ne devaient pas sous-estimer.

— À vos ordres, Sire.

Louis le quitta sur ses mots, l'esprit bouillonnant.

Moi seul ai reçu l'onction de la sainte ampoule. Moi seul peux déterminer si ces ossements sont authentiques. Vous ne pourrez pas m'évincer, mère.

Elle n'allait pas apprécier qu'il s'invite à ce pèlerinage, mais il s'en moquait. Il devait gagner du temps, trouver une excuse pour l'obliger à différer légèrement son départ. Ainsi seulement, tandis qu'elle l'attendrait, il pourrait emprunter le souterrain de l'oratoire et arriver à Montmartre avant elle.

Lorsqu'elle se rendrait compte qu'il avait filé en douce, il serait déjà en train de prendre, auprès de l'abbesse, les mesures qui s'imposaient.

7.

Paris
Abbaye de Montmartre

Griffonelle ajusta sa coiffe pour la énième fois avant de pincer ses joues jusqu'à y ramener un fard. Elle ne pouvait davantage pour atténuer l'austérité de sa tenue. Sa chevelure abondante, ses seins ronds et fermes, sa silhouette fine bien que musclée avaient troublé Louis plus d'une fois devant la taverne de l'île de la Cité. Suffisamment pour qu'il s'entiche d'elle et se laisse effrontément détrousser.

Las, ce jourd'hui, tout disparaissait sous sa bure de novice. Elle ne pouvait compter, pour raviver sa flamme, que sur « la joliesse de son minois », tel que l'avait qualifié Blanche de Castille.

Bien peu ! soupira-t-elle devant le miroir qu'elle avait réussi à chaparder à l'une des converses.

Tant pis. Je ferai avec ! Et puis, après tout, si c'était moi qu'il voulait, il serait venu avant. Là, c'est Madeleine qu'il s'attend à trouver. La Madeleine que Dieu a couverte de sa bénédiction en lui permettant de découvrir les reliques de saint Denis.

Madeleine.

Elle détestait ce prénom que l'abbesse lui avait octroyé d'autorité dès le quatrième jour.

— Griffonelle n'est pas un prénom, ma fille. Tout juste un surnom de ribaude !

— J'ai pourtant été baptisée avec, s'était-elle insurgée.

Hélisende avait éclaté d'un rire cynique.

— Pas par un bon chrétien, c'est sûr !

Et Griffonelle, qui s'apprêtait à citer le père Maxence, avait ravalé sa morgue. Elle ne se souvenait pas d'avoir jamais été appelée autrement, mais pour rien au monde elle n'aurait voulu créer d'ennuis au curé de l'église Saint-Landry[1]. S'il avait accepté sa mère telle qu'elle était, respectant sa foi et son secret, il avait fort bien pu déroger aux habitudes des fonts baptismaux en ce qui la concernait.

Elle devait se montrer soumise. Elle avait commencé par là : perdre son identité.

Elle n'en restait pas moins Griffonelle dans son cœur, dans son âme, dans ses souvenirs. Au lieu de faire d'elle la plus humble et exemplaire des chrétiennes de ce couvent, ce traitement l'avait transformée en la plus sournoise des rebelles, déterminée à renier jusqu'aux fondements de la chrétienté.

Elle laissa échapper un petit rire moqueur.

Et le pire, mon cher Louis, c'est que Dieu lui-même semble être de mon côté !

Depuis qu'elle avait ouvert ce coffret devant la mère supérieure, elle ne pouvait s'empêcher de songer à cette ironie : placer cette relique entre ses mains à elle ! Elle dont le cœur versait chaque jour un peu plus dans l'hérésie ! Elle que toutes enviaient et vénéraient désormais ! Y compris l'abbesse qui, dans l'heure suivante, avait

1 *La Louve cathare*, tome 1, XO Éditions, 2020.

ordonné qu'on double sa ration de vin et de nourriture, qu'on rempaille son matelas et qu'on lui ouvre l'accès à la bibliothèque du *scriptorium*.

S'amusant comme jamais, elle s'était offert le luxe de refuser, forçant une admiration plus grande encore dans le regard sottement béat de l'abbesse.

— Je ne demande qu'une faveur, ma mère, lui avait-elle servi en retour : prononcer mes vœux le plus rapidement possible.

Derrière le bois de chêne de son écritoire, Hélisende avait failli s'étrangler de surprise.

— Vous n'imaginez pas à quel point cela me comble de joie, Madeleine ! Et celle que vous allez faire au roi et à sa mère ! Je ne manquerai pas de les en informer dans mon courrier.

Croisant les mains sur son ventre, Griffonelle s'était drapée d'un angélisme plus grand encore.

— Si Sa Majesté ne m'avait déposée ici, mon âme aurait été perdue. Sans compter que la main de saint Denis serait peut-être toujours en terre. Or, je n'ai jamais eu l'occasion de remercier le roi… ni de me recueillir en le *Sanctum Martyrium*[1]. Avoir l'honneur des deux en même temps… Je m'en réjouis d'avance.

Affolée, l'abbesse avait bredouillé :

— C'est-à-dire que… qu'aucune des filles de ce couvent n'y a jamais été autorisée.

Elle avait offert à la vieille carne son sourire le plus innocent.

— Ma foi, ma mère, je crains que vous ne deviez faire exception. N'est-ce point là que vous allez conserver cette précieuse relique ? et à moi de donner tous les détails de ma découverte ?

---

1. Petite chapelle consacrée au martyre de saint Denis.

Ravalant son agacement, l'abbesse avait été contrainte d'en convenir.

Si elle pouvait se douter que tous ces mensonges ne sont destinés qu'à me permettre de m'échapper ! Plus qu'à espérer que le visiteur que l'on m'a annoncé soit Louis et non sa mère.

Deux coups frappés contre sa porte l'arrachèrent à son excitation.

Elle rangea le petit miroir sous son oreiller, prit une grande inspiration et s'en fut tirer la chevillette qui lui permettait de s'isoler en journée.

Guliguerne se tenait derrière le battant, dansant d'un pied sur l'autre, un sourire jusqu'aux oreilles qu'elle portait trop grandes et décollées.

— Le roi est dans le jardin avec l'abbesse, lui annonça-t-elle en battant des paumes comme une enfant.

— Seul ?

— Oui.

— Alors ne le faisons pas attendre ! lui rétorqua Griffonelle, soulagée, en lui emboîtant le pas.

Elle s'était vite rendu compte que, s'appuyant sur leur amitié, Guliguerne se parait innocemment de l'éclat de sa nouvelle gloire. Elle s'en était réjouie : le naturel de l'âme humaine avait balayé d'un coup les bons et pieux sentiments qu'on leur inculquait. Au final, l'envie dont elle faisait l'objet rompait les barrières qui s'étaient élevées dès le premier instant entre la noblesse des pensionnaires et sa médiocrité.

Une revanche qu'en ce jour aussi, elle savourait.

— On raconte que tu le connais personnellement. Que c'est lui qui t'a déposée ici, en pleine nuit. Est-ce vrai ? ne put s'empêcher de demander Guliguerne qui devait ruminer cette question depuis longtemps sans avoir jamais trouvé l'occasion de la poser.

Griffonelle tourna l'angle du couloir faiblement éclairé, laissant sur sa droite le dortoir commun. Au bout s'ouvrait l'une des promenades du cloître, couverte par de belles voûtes romanes qui donnaient sur le carré de simples de l'apothicaire.

— Nous fûmes amis, oui. En des circonstances particulières. C'est une longue histoire. Je te la raconterai plus tard, mentit-elle pour clore la discussion et prendre le temps de se draper dans la dignité qu'imposaient ses nouvelles et officielles dispositions d'esprit.

Ne rien montrer d'autre que de la reconnaissance et une ferveur de circonstance, se répéta-t-elle même si, en parvenant à l'orée du jardin, elle sentit ses jambes flageoler.

Louis se tenait de profil, mains au dos, posé, devisant élégamment avec Hélisende.

Bien qu'elle eût du mal à reconnaître en ce jouvenceau, richement vêtu d'une cotte brodée d'or, l'humble et généreux inconnu de la taverne, elle dut se faire violence pour décider lequel des deux, de cet amour qui vibrait toujours en elle ou de la rancœur tenace qui la nourrissait, se satisfaisait de sa présence.

Elle trancha en lui reconnaissant à la ceinture, près de l'épée, le poignard qu'il lui avait confisqué avant de l'abandonner.

8.

Laissant Guliguerne sous l'une des arcades du cloître, Griffonelle avança à découvert vers l'intersection des allées et du puits près duquel se tenaient Louis et l'abbesse.

— Ah, voici notre bienheureuse ! lança celle-ci en ramenant l'attention de Louis vers elle.

Griffonelle accrocha le bleu de son regard et, l'espace d'un instant, elle retrouva dans son trouble ce qui l'avait séduite au cœur de l'île de la Cité.

Il n'a pas oublié. Ce n'en sera que plus facile, conclut-elle en restant volontairement, elle, de marbre, même si le souvenir de leur unique baiser réchauffait ses veines d'autant d'excitation que d'esprit de revanche.

Déjà, Louis s'était repris et affichait l'air souverain qu'elle lui avait vu quand il ignorait encore qu'elle l'observait.

— Votre Majesté, c'est un honneur pour moi de vous revoir en pareilles circonstances, lui servit-elle en parvenant enfin devant lui dans le parfum léger du thym qui fleurissait le parterre voisin.

Il lui retourna son sourire, lui prit les mains, murmura :

— Ma chère Madeleine… l'abbesse vous prétendait transfigurée par cette découverte, totalement à votre place dans l'œuvre de Dieu, mais je n'osais le croire.

Je te ferai vite déchanter ! se promit-elle en l'entendant prononcer ce prénom honni, comme si lui aussi voulait renier jusqu'à ses origines, jusqu'au fait d'avoir, un soir de novembre 1226, affirmé à quel point « Griffonelle » lui seyait, à quel point il était heureux qu'il ne ressemblât à aucun autre, à quel point il entendait le chérir toute sa vie.

Masquant sa colère avec cette force de l'habitude que ces longs mois de réclusion lui avaient forgée, elle rayonna d'une douceur angélique, voila son regard d'un battement de cils et parvint même à faire passer son accès de fureur pour un simple fard de modestie.

Elle lui pressa les doigts.

— Loué soit le Seigneur de vous avoir mis sur ma route quand je n'étais qu'une brebis égarée. Pourtant, c'est vrai, Sire, je doutais encore il y a quelques jours, hésitant à me trouver digne de prononcer mes vœux. Dieu a su me convaincre. En me portant à découvrir ce coffret, c'est à mon âme qu'il a parlé.

Louis s'émut et Griffonelle sentit dans tout son être non seulement qu'elle l'avait convaincu, mais qu'en entrant dans les ordres, en devenant pour lui définitivement inaccessible, il s'autorisait enfin le droit de l'aimer.

Sa rancune remonta d'un cran. Elle sut de nouveau la masquer d'une larme à la lisière de ses paupières inférieures et d'un timbre altéré par la reconnaissance.

— Je ne souhaite plus que me recueillir à vos côtés et louer saint Denis qui, m'ayant bénie du don de ses ossements, me permet aujourd'hui de vous remercier de vos bienfaits.

Louis se troubla plus encore, d'une ardeur qu'elle supposa davantage tournée vers le culte que vers la chair.

Pour l'instant..., songea-t-elle irrespectueusement, bien décidée à le punir avec le reste.

Déjà, servant innocemment ses plans, il approuvait.

— Prier avec vous, Madeleine, avec vous que Dieu a élue entre toutes celles de cette communauté, me sera un honneur.

Il se tourna vers l'abbesse.

— Si vous l'y autorisez, révérende.

Bien qu'ennuyée, Hélisende acquiesça.

— Que refuser à celle qui couvre notre monastère d'une si belle gloire ?

Griffonelle lui renvoya un air béat. En réalité, elle avait des fourmis dans les jambes, dans les phalanges et elle devait se retenir pour ne pas lorgner le poignard, l'arracher à la ceinture de ce traître et l'en chatouiller.

Patience… patience, je jouirai mieux de ma vengeance, s'exhorta-t-elle en emboîtant silencieusement le pas à ses deux geôliers.

Ils quittèrent le jardin clos, repassèrent sous les arcades, à l'opposé de Guliguerne qui, n'ayant rien perdu de leur échange, lui adressa un sourire entendu, puis s'enfoncèrent sous un long porche que le plein jour trouait de chaque côté.

Ils débouchèrent sur une esplanade, derrière l'église Saint-Pierre. L'édifice avait constitué son premier espoir de fuite quand elle avait découvert que son portail s'ouvrait à l'extérieur de l'enceinte, permettant aux habitants du bourg voisin d'assister à la messe. Elle avait pensé pouvoir se glisser parmi eux pour s'évader, mais elle avait vite constaté qu'un mur fermait la nef entre la troisième et la quatrième travée, formant deux parties distinctes nanties chacune d'un autel. De sorte qu'aucune communication ne pouvait s'établir entre moniales et laïcs, ni avant, ni pendant, ni après la messe. Et elle avait dû en abandonner l'idée.

Désormais, sa seule chance de fuir cet endroit résidait en cette intimité avec Louis qu'allait lui offrir le *Sanctum Martyrium.*

Bien que faisant partie du domaine de l'abbaye, comme le hameau voisin, les vestiges paléochrétiens ou encore la nécropole antique, tous lieux qu'on lui avait interdit de visiter, la petite chapelle consacrée au martyre de saint Denis se trouvait hors de l'enceinte, sur le versant ouest de la butte. De ce que lui en avait appris Guliguerne, l'édifice était entouré de pâtures, et avait pour seul gardien le respect que tous, bénédictines, habitants du cru ou pèlerins, vouaient à l'endroit où saint Denis avait été décapité.

— J'ai été ravie d'apprendre que le comte de Toulouse s'était finalement rendu à la raison, lâcha abruptement l'abbesse qui, jusque-là, avait marché d'un pas vif sur l'esplanade, observant ce mutisme coutumier auquel Louis s'était habilement rallié.

Elle venait de s'immobiliser au pied d'un portail aux pentures fraîchement repeintes.

— J'imagine que son allégeance va précipiter la fin de ces maudits albigeois[1], poursuivit-elle en enfonçant une grosse clef dans la serrure.

— Nous y aspirons tous, affirma Louis.

Griffonelle fut balayée par une vague assassine.

Non qu'elle ait pardonné à Na Loba. Elle s'occuperait d'elle et d'Altéric en leur temps. Seulement, désormais, son cœur était cathare, et elle eut l'impression que c'était la mort des siens qu'ils programmaient. Et cela lui fit mal. Aussi mal que tout ce qui avait précédé.

Maudits chiens de haine !

Elle regarda en arrière. Cette partie de l'abbaye était trop exposée au vent pour y cultiver quoi que ce soit.

1. Nom donné aux cathares à l'époque.

Personne n'y tenait longtemps. Et en cet instant, elle était déserte. Il aurait suffi d'un rien, juste qu'elle s'empare de ce poignard, qu'elle tranche ces deux gorges pour les punir de manifester tant d'enthousiasme.

Mais la porte s'ouvrit et elle se fit violence.

Louis est plus agile et plus fort que moi. Il me désarmerait vite, conclut-elle, même si elle avait entretenu sa musculature et sa souplesse dans l'isolement de sa cellule, s'astreignant aux exercices que lui avait enseignés Triboulet depuis son plus jeune âge, refusant de perdre son héritage de jonglerie ou d'acrobatie.

Elle prit une grande et discrète inspiration pour tenter de s'apaiser, descendit derrière eux la sente douce qui menait à la petite chapelle, un peu plus bas. Ils zigzaguèrent au milieu des moutons qui pâturaient sous l'azur.

— Est-il vrai que le pape envisage de créer des tribunaux d'inquisition ? demanda encore l'abbesse, visiblement bien informée.

Louis marchait près d'elle, devant Griffonelle qui volontairement marquait la distance pour le berner sur ses émotions, ses sentiments, ses intentions. Pour lui permettre aussi de poursuivre cette conversation sans qu'il se sente obligé de la censurer.

— En effet, confia-t-il. Malgré les offensives sévères du gouverneur de Beaujeu et de son armée, les bonshommes continuent de prêcher et les cathares de proliférer. Les dominicains sauront y mettre bon ordre avec discernement et justice. Il est plus que temps de faire régner la paix.

Griffonelle sentit du soulagement dans sa voix.

A-t-il saisi Na Loba ? se demanda-t-elle, amèrement. *Et Cabaret ? Qu'en est-il de Cabaret ?*

Le domaine qui avait vu naître sa mère avait-il été épargné ? S'y trouvait-il encore quelqu'un pour le défendre ? Quelqu'un de sa famille ?

Autant de questions auxquelles Louis allait devoir répondre.

Bientôt...

Elle se réjouit en apercevant son cheval attaché près de la porte devant laquelle ils venaient de s'arrêter. Filer serait finalement plus simple qu'elle ne l'avait espéré.

— J'ignorais que vous aviez laissé votre monture ici, s'étonna l'abbesse en se tournant vers Louis.

Griffonelle le vit s'embarrasser.

— J'espérais pouvoir entrer dans la crypte avant de vous parler, avoua-t-il, l'œil fuyant.

À cet instant seulement, la rage au ventre, elle comprit que, malgré le bel accueil qu'il lui avait offert dans le jardin du cloître, si la relique de saint Denis avait été à sa portée, elle attendrait encore qu'il vienne la saluer.

9.

Paris
Palais de la Cité

Blanche de Castille ne décolérait pas et Jean ressentait sa froideur hautaine comme une punition. Même s'il ne regrettait rien de ce qui l'avait provoquée.

— Où aviez-vous la tête ? le glaça-t-elle à nouveau, l'œil trempé dans un acier qui en cirait la surface.

— Uniquement dans le devoir qui m'incombe, Votre Majesté. Je ne saurais, en toute conscience, ni mentir ni m'opposer à mon roi. Et vous ne pouvez me reprocher d'être aujourd'hui celui que vous louez à vos côtés depuis la mort de votre époux, osa-t-il en soutenant son regard.

Fauchée par la justesse de sa réplique, ne trouvant rien à repartir, Blanche de Castille se détourna pour lui soustraire son impuissance.

Sa rancœur continuait pourtant de battre, telle une lavandière sur des draps mouillés cherchant à y ramener blancheur. En vérité, c'était envers sa propre impureté qu'elle éprouvait du courroux. Pas envers Jean. Il lui avait bien trop de fois déjà prouvé sa loyauté.

Fort heureusement, les plaignants s'étant retirés, ils étaient seuls dans l'*Aula Regis* où il venait, sur son ordre, de la rejoindre. Elle n'aurait pas voulu qu'on les surprît dans cette querelle.

Elle passa une main lasse sur son front. Elle était épuisée de sa folle nuit avec Raymond, puis de l'intense activité de la journée. Elle venait de passer des heures à régler des querelles populaires ainsi qu'un désaccord entre deux barons d'Île-de-France. Barons qu'elle était déterminée à choyer pour éviter que ses contradicteurs ne rameutent d'autres mécontents dans leurs rangs.

Elle ne se méprenait sur rien. L'équilibre qu'elle tentait de maintenir était fragile. D'un jour à l'autre, le roi d'Angleterre pouvait lancer ses navires, débarquer sur ses terres occidentales, emporter des places fortes, et trouver le moyen par la ruse ou les armes de la destituer. Il avait claironné qu'il s'y emploierait.

Elle planta son regard au travers de la croisée ouverte sur les jardins. En contrebas, sa petite Isabelle jouait à la balle avec Charles sous la surveillance d'une nourrice, et son cœur se pinça davantage.

La mère en elle avait peur. Peur pour ses enfants. Peur que les intrigues du royaume ne les lui enlèvent. Peur de perdre la force de tout anticiper, de tout gérer et, ce faisant, de cesser de les protéger.

Chaque jour, chaque nuit, elle priait Dieu de les préserver en bonne santé mentale et physique ; de nourrir chez eux une âme chevaleresque et pieuse ; de les garder affectueusement et respectueusement soudés.

Mais Louis était une herbe folle derrière son apparente docilité. Une herbe de printemps. Et si ce jourd'hui elle était la dernière personne qui pouvait lui en reprocher l'ardeur, il était hors de question qu'elle la laisse égrener.

Elle s'attarda un long moment dans un silence ponctué par le rire de ses cadets et le cri strident des mouettes au-dessus des barques de pêche qui dodelinaient sur le fleuve. Refusant de s'excuser auprès de Jean et tout à la fois n'aspirant plus qu'à revenir vers lui. Et vers l'essentiel.

Elle finit par prendre une profonde inspiration et, de nouveau, lui faire face. Il n'avait pas bougé, attentif et bienveillant dans son attitude et dans son regard.

Comme à son habitude.

Et, comme d'habitude, elle en fut touchée.

— Laissons cela, conclut-elle en battant l'air d'une envolée de main. Il m'aurait fallu, de toute manière, en informer Louis et les conséquences auraient été les mêmes : je n'aurais pu lui interdire de voir ces reliques et d'en apprécier la sainteté. L'important est que tout soit soigneusement préparé pour déjouer les intentions de Na Loba. Est-ce le cas ?

Il leva le menton, soulagé de la retrouver telle qu'à l'accoutumée, capable de dompter ses impulsions devant la nécessité.

— Oui, Votre Majesté. Les tours de garde ont été doublés, les miséreux interdits d'accès à la cour, les portes barrées et toute femme brune d'une quarantaine d'années devra être retenue en cellule jusqu'à ce que quelqu'un puisse solidement l'identifier. J'ai aussi pris l'initiative d'en parler au comte de Toulouse qui s'avère être le seul aujourd'hui en ces murs à avoir déjà rencontré la cathare. Il fera le nécessaire pour nous aider à sa capture. J'ai également veillé à ce qu'il soit discrètement surveillé.

Blanche dut admettre qu'il s'était de nouveau montré à la hauteur. Elle se fendit d'un sourire fleuri d'excuses muettes.

— Parfait. Et pour notre escorte jusqu'à Montmartre ?

— Elle est prête. Nous pouvons nous mettre en chemin quand vous le souhaitez.

— En ce cas, je vous laisse le soin d'avertir le cardinal que nous partirons sitôt que Louis m'aura rejointe. Il s'est retiré dans l'oratoire de la Vierge après m'avoir quittée. Mais il ne devrait plus tarder.

— Bien, Votre Majesté, lui retourna Jean en même temps que son sourire. Est-ce tout ?

Blanche secoua la tête, la gorge soudain serrée. Sa décision avait été difficile à prendre, mais elle n'avait pas le choix.

Pour le bien de Louis et celui du royaume, se répéta-t-elle au souvenir de l'altération de la voix de son fils après qu'il avait lu la lettre de l'abbesse et les intentions de Griffonelle.

Une joie triste.

Celle d'un homme pieux qui se réjouit devant une âme sauvée, avait-elle pensé avant de voir briller une lueur ardente dans son œil et de comprendre que son amour pour la voleuse se teinterait désormais de perversité.

— Vous souvenez-vous du message que je vous avais demandé de porter personnellement au pape[1] ?

Jean sourcilla. Comment aurait-il pu oublier ? Il avait appris et retenu chaque mot et, le 7 décembre 1227, ne les avait répétés qu'au Saint-Père, à Rome.

— Vous souhaitiez qu'il vous relève d'un vœu que vous aviez inconsidérément prononcé et que vous ne pouviez tenir, récita-t-il de mémoire.

— Vous avez eu la délicatesse de ne jamais m'interroger à ce sujet…

— Cela vous appartenait, Votre Majesté. Et vous appartient encore, assura-t-il, bien qu'intrigué.

Elle lui en sut gré, mais l'heure n'était plus aux secrets.

Pour celui-ci du moins.

1. Grégoire IX.

— J'avais fait vœu de laisser Griffonelle vivre en paix dès lors qu'elle choisissait de rester cloîtrée. Mais je me suis vite rendue à l'évidence que je pourrais le regretter un jour. Le pape a dû en convenir puisque, dans la bulle que vous m'avez rapportée, il acceptait ma requête.

— Et ce jour est arrivé, comprit Jean de Nesle.

— Ce n'est qu'une intuition, Jean. Peut-être simplement dictée par ma peur de mère ou par le retour de Na Loba. Mais je ne crois pas un seul instant que cette garce ait l'intention de prononcer ses vœux. Je crois que c'est juste un argument pour m'obliger à relâcher ma garde vis-à-vis d'elle. À quelles fins, je ne sais.

Aussitôt Jean se mit en alerte. Blanche possédait un instinct puissant qui lui avait permis de prendre les bonnes décisions et de rester en place ces trois dernières années. Il refusa de le mettre en doute. Même si c'était peu probable, Griffonelle avait pu s'allier avec Na Loba pour se venger d'avoir été écartée.

— Qu'attendez-vous de moi ?

Elle souleva le rabat de son escarcelle et en retira un pli scellé qu'elle lui tendit.

— Il est à l'intention d'Amaury de Montfort. Peu de temps après que Louis a conduit Griffonelle au couvent, il m'a demandé de la lui livrer. Je l'aurais pu, m'étant assurée qu'elle était incapable, d'une manière ou d'une autre, de nous conduire à la mine d'or des Cabaret. Mais j'étais alors tenue par mon engagement. Ne l'étant plus…

Jean sentit un frisson lui parcourir l'échine. Son animosité envers le comte était intacte, même si elle était déraisonnée : Amaury de Montfort avait été de ceux qui avaient soutenu la reine durant la fronde. Pour autant, l'homme restait cruel, cupide et sans scrupule. Si

Griffonelle tombait entre les mains de celui qui avait froidement assassiné sa mère, nul ne la reverrait.

Blanche dut percevoir sa réserve, d'autant plus légitime qu'elle l'obligeait à composer avec sa loyauté envers le roi. Car elle plongea son regard dans le sien, un regard empreint d'autant d'autorité que de confiance.

— Bien évidemment, j'attends de vous le serment que Louis ne saura jamais ce qu'il est advenu de sa bien-aimée.

10.

Paris
Abbaye de Montmartre

La flamme vacillait dans la lanterne que Louis promenait devant lui au rythme de ses pas prudents.

— Je passe devant. Je ne voudrais pas que vous glissiez, avait-il insisté à l'orée des degrés irréguliers qui s'enfonçaient sous terre.

Griffonelle lui avait rendu son sourire bienveillant, luttant plus que jamais contre elle-même.

Tout se passait au mieux. À peine la porte de la chapelle ouverte, l'abbesse avait retiré la clef du cadenas et l'avait tendue à Louis en lui recommandant de refermer avant de revenir au couvent. Il eût été déplacé qu'elle restât. Tandis qu'elle s'éloignait, tous deux s'étaient dirigés vers le chœur et l'avaient contourné. Puis Louis avait soulevé la trappe qui recouvrait le passage vers la crypte du *Sanctum Martyrium* où la relique avait été déposée.

Répondant à sa « sollicitude », Griffonelle s'était engouffrée derrière lui.

Depuis, elle comptait soigneusement les marches prises entre deux murs épais.

Soixante, lui avait-on affirmé.

Vingt-cinq… Vingt-six…

Cela lui évitait de penser.

De penser à l'air vicié, à la fraîcheur désagréable qui remontait de la crypte.

De penser que, la dernière fois qu'elle s'était retrouvée dans un souterrain, c'était pour courir au secours de Triboulet.

Vingt-huit... vingt-neuf...

À cette exception près que, ce jour-là, Louis vibrait à l'écho de son angoisse, de sa peur. Refusant qu'elle soit seule face à ce qui l'attendait.

Empathique, aimant, protecteur.

Tout ce qu'il n'est plus...

Elle l'entendit se racler la gorge, sentit la sienne se serrer.

— J'avais oublié la profondeur de ce caveau. Peut-être eût-il été plus facile pour vous que j'y descende seul, osa-t-il enfin.

Elle en conclut que les mêmes souvenirs venaient de le frapper. Elle aurait voulu les lui faire ravaler, mais ils étaient encore trop haut pour qu'elle tente quoi que ce soit. Si elle se jetait sur lui maintenant, ils chuteraient mortellement. Or, elle voulait seulement le plaquer à terre et le tenir à merci. Elle s'efforça de moduler son timbre pour paraître le plus détachée possible.

— Je suis en paix avec mon passé, Sire. Vous ne devez pas vous inquiéter pour moi. Même si, je dois l'avouer, quelques questions laissées sans réponse obscurcissent parfois mon cœur.

Il s'arrêta, se tourna vers elle, les traits empreints de douceur.

— Vous voulez savoir ce qu'il est advenu de Triboulet...

Comme s'il me concédait une faveur !

Elle plongea son regard dans le sien en s'efforçant de n'y afficher aucune douleur, quand celle-ci remontait à présent de son ventre telle une vague furieuse.

— En effet...

Il hocha la tête.

Chien... chien... chien..., martela sa colère derrière son visage reconnaissant.

Louis en fut dupé car il parla d'une voix claire, exempte de tout remords.

— Sitôt que je vous eus placée sous la protection de cette institution, j'ai fait emporter son corps chez la maquerelle et payé pour qu'il ait, comme votre mère, une sépulture décente.

Chien... chien... chien... Cela t'aurait étranglé de répondre à mes lettres dans lesquelles, chaque fois, je te le demandais ?

— Je vous en remercie, Louis, assura-t-elle pourtant.

Il recommença à descendre et Griffonelle se remit à compter. Parvenue à cinquante, elle reprit :

— Avez-vous dit à Gaïa où je me trouvais ?

Cette fois il ne se retourna pas.

— Seulement que je me portais garant de votre sécurité. Pour le cas où Na Loba reviendrait l'interroger.

— Vous m'aviez promis sa capture...

Il marqua un nouveau temps d'arrêt.

Cinquante-trois... Une de plus...

Il inspira profondément puis pivota, penaud, sur l'étroitesse de la marche, bien décidé à ne pas troubler sa décision de prendre le voile en lui révélant que Na Loba se trouvait de nouveau à Paris.

— J'ai démérité. Cette femme est un fantôme, semant des cadavres et son nom derrière elle, châtiant qui voudrait parler. Il y a trois ans, elle est même allée jusqu'à livrer elle-même Jourdain de Cabaret au comte de Toulouse. Fatigué de cette guerre, il avait voulu remettre le Cabardès[1] à Humbert de Beaujeu[2]. Raymond VII l'a gardé en ses geôles où il est mort l'hiver dernier. Il semblerait que, depuis, Na Loba protégerait de nombreux cathares à l'ombre des trois donjons de Lastours[3], dirigeant ses actions vindicatives depuis celui de Cabaret...

Un éclat de revanche cisailla son œil tandis qu'il ajoutait :

— ... Si jusque-là Humbert de Beaujeu n'a pu s'emparer de la forteresse, avec l'aide du comte de Toulouse, ce ne sera bientôt plus qu'une formalité.

— Et vous ferez enfin main basse sur les richesses de la Montagne Noire, conclut-elle, la rage au ventre.

Il battit l'air pesant, faisant trembler la lueur de son falot, soulignant la proximité du sol en contrebas.

— En effet. Mais pardonnez-moi tous ces détails. Ils étaient inconvenants... Comme ma venue.

— Je ne vois pas en quoi, lui rétorqua-t-elle en haussant les épaules, se demandant combien de temps encore elle allait tenir avant d'exploser.

Il s'embarrassa un peu plus.

— Eu égard à votre lettre, évidemment. J'avoue que sa teneur m'a profondément bouleversé. Apprendre que vous ne souhaitiez plus me revoir ni entendre parler de Glatigny et de Na Loba...

Elle se tendit comme la corde d'un arc.

— ... Je ne m'attendais pas à ce que vous rompiez si rapidement avec votre passé, choisissant ce prénom si

1. Territoire des seigneurs de Cabaret depuis plusieurs générations.

2. Gouverneur de l'Occitanie depuis 1226 par la volonté du feu roi Louis VIII.

3. Lastours regroupait les châteaux de Quertinheux, Surdespine et Cabaret sur un éperon rocheux situé près de Carcassonne. Tous trois appartenaient aux seigneurs de Cabaret : Jourdain et son frère aîné Pierre-Roger.

conventionnel et l'abri de ce couvent plutôt que la liberté. Cela vous ressemblait si peu, termina Louis, le regard empreint de tristesse.

— Une lettre, dites-vous ? Reçue quand ?

Elle s'était décomposée et il fronça les sourcils, surpris.

— Quelques semaines à peine après mon sacre[1]. Pourquoi ?

Griffonelle dut s'adosser à la paroi, bousculée dans ses certitudes. Louis ne l'avait pas abandonnée. Il avait été joué, tout comme elle.

Elle déglutit.

— Quatre billets, Louis. Je vous ai écrit à quatre reprises, réclamant des comptes. Mais jamais, je le jure, jamais, ce que vous venez de citer.

Un silence épais glissa entre eux tandis qu'il prenait conscience de ce que cela sous-entendait.

Le voyant pâlir à l'extrême, elle ajouta :

— Votre mère est venue me visiter en décembre 1226, me donnant à choisir entre la réclusion perpétuelle et un lointain mariage. Quant à ce prénom, il me fut imposé, sur son ordre j'imagine, murmura-t-elle d'une voix cassée.

Il leva vers elle un regard désorienté.

— Mais alors…

Cette fois elle ne chercha plus à dissimuler sa colère. Elle s'empourpra, grinça :

— Alors je suis prisonnière ici depuis que vous m'y avez déposée, Louis. À attendre en vain que vous m'en arrachiez !

Il se liquéfia.

— Vous n'avez jamais eu l'intention de prendre le voile. Ni hier ni aujourd'hui, comprit-il soudain sous le feu de ses prunelles.

1. 29 novembre 1226.

Mesurant à quel point le besoin de vengeance la rongeait, il perçut le piège dans lequel elle l'avait attiré. Poussé par son instinct, il dévala abruptement les dernières marches. Il ne s'arrêta qu'au bas, fauché par la démesure de sa réaction.

Il lui fit face, honteux et repentant.

— Je suis désolé. Sincèrement désolé. Je me suis comporté comme un sot. J'aurais dû deviner que ces mots-là ne pouvaient pas être les tiens. J'ai pensé que la perte de ta mère, de Triboulet t'avait brisée. Que tu étais égarée et que ce lieu, par sa paix, t'avait offert le moyen de te reconstruire, de tout recommencer. J'aurais dû suivre mon cœur et juger par moi-même.

Elle descendit d'un cran.

Cinquante-quatre.

Même si son attitude se comprenait, il y avait trop longtemps que la rancune la portait.

Elle ricana, mauvaise.

— Oui, tu aurais dû, Louis de Poissy. Car celle que je suis devenue, celle que ce lieu a enfantée, crache même aujourd'hui sur ces reliques si précieuses qu'au lieu de moi, tu es venu chercher !

Sans lui laisser le temps, cette fois, de lui échapper, elle bondit sur lui telle une louve blessée qui refuserait d'être achevée.

11.

La lumière s'éteignit d'un coup dans la chute de leurs deux corps sur le sol de la crypte. Louis ne fut pas assez leste. La lame du poignard, modeste souvenir de sa voleuse d'hier, se retrouva sous sa gorge avant qu'il n'ait porté la main à sa ceinture.

Elle a tout anticipé, comprit-il en cessant aussitôt de bouger.

Dans cette obscurité épaisse, il ne percevait que son souffle rauque et court au-dessus de son visage, celui d'un animal prêt à déchiqueter sa proie.

Le moindre mot de travers et je suis mort.

Cette fois il ne pouvait en douter : il avait mis en cage la plus indomptable des femmes, alors même qu'elle était meurtrie et enragée.

Comment ai-je pu croire un instant qu'elle s'y serait épanouie ?

En réalité cela l'avait arrangé. Ainsi il avait pu honorer le serment que lui avait arraché sa mère de ne plus la revoir. Ainsi, il avait pu s'occuper de cette vengeance qu'il devait à son père, tout en jugulant la révolte des barons. Mais comment le lui expliquer ?

Il sentit la pointe percer l'épaisseur de sa peau. Dessous, sa jugulaire palpitait à tout rompre.

Elle sait où piquer pour que ma mort soit rapide, devina-t-il. *Qu'attend-elle ?*

Il déglutit. Il était coupable de s'être menti à lui-même, mais pas de l'avoir abandonnée.

Il inspira doucement l'air vicié puis murmura pour seule défense :

— J'ai été lâche et sot, Griffonelle. Mais je n'ai jamais cessé de t'aimer.

Elle ricana :

— Si tu crois que cela va me suffire, mon joli ! Comme toi, j'ai changé. Je ne puis plus me satisfaire de faux-semblant ou de promesse.

— Je n'ai pas l'intention d'user de l'un ou de l'autre. Tu étais prisonnière par la volonté de ma mère, pas par la mienne. Je t'estime donc libre d'aller et de faire ce que bon te semble. Mais si tu assassines le roi de France, tu seras traquée sans relâche et exécutée.

— Encore faudrait-il que l'on m'attrape ! le défia-t-elle, même si elle savait qu'il avait raison.

Il soupira.

— Tu n'es pas Na Loba. Et pourtant elle mourra, sois-en certaine. Depuis que ma mère la sait coupable d'avoir occis mon père, sa haine ne connaît pas de limites. Alors imagine ce qu'elle ferait de toi si tu me prenais à elle…

Griffonelle revit Blanche de Castille dans sa froideur hautaine. Un frisson la traversa.

Elle n'aura aucune pitié...

Pour autant, elle avait trop souffert de cette injuste rétention. Par leur faute à tous deux. Louis n'aurait pas dû parler d'elle à sa mère, lui demander conseil. Il n'aurait pas dû l'amener là, fût-ce pour sa sécurité.

Je dois lui prendre quelque chose en retour. Quelque chose qui cessera de faire de lui un saint au regard du clergé et de la reine.

Les battements de son cœur s'affolèrent. Les effluves de son parfum chatouillaient ses souvenirs. Soudain elle sut. Elle sut ce qu'elle voulait emporter : une victoire sur l'Église.

— Tu m'aimes et veux ma liberté, dis-tu ? Alors prouve-le.

— Tout ce que tu voudras.

Elle se pencha.

— Toi. C'est toi que je veux. Ici et maintenant. Après, je le jure, tu n'entendras plus jamais parler de moi.

Elle le sentit durcir sous elle, bien qu'il bredouillât.

— Ici ? Non… je… ce serait un blasphème…

Elle mordilla ses lèvres.

— Pas si je reste sur toi et que je garde ce poignard en main…

La tension dans ses braies monta d'un cran.

— Dieu ne sera pas dupe, tenta-t-il pourtant de se défendre.

Elle lécha son cou, s'arrêta sur le lobe de son oreille.

— Mais il comprendra. Il comprendra que tu uses du seul moyen à ta portée pour ramener une hérétique à la vraie foi.

Il suspendit son souffle. Répéta, inquiet :

— Une hérétique ?

Elle retira sa lame et s'assit sur lui, narquoise.

— Je suis la fille d'une cathare, Louis de Poissy. Qui pensais-tu que je deviendrais en m'obligeant à honnir cet endroit ?

Lors, n'espérant plus que remplacer sa haine par l'amour, il l'attrapa par la taille et la renversa.

Elle ne chercha pas à reprendre l'avantage. À ces mains qui la caressaient, fébriles bien qu'hésitant encore à franchir la barrière du tissu, elle sentait que peu à peu ses remords disparaissaient.

Elle avait gagné.

De fait, le désir lui étranglait trop la gorge pour qu'il la dissuade de partir, de blasphémer. Pour qu'il la convainque que ces murs étaient son seul abri à présent que Na Loba ressurgissait.

Après... Je le lui dirai après, décida-t-il en se dégrafant impatiemment.

Elle minauda :

— Doucement, Louis de Poissy. Si tu veux que je revienne à de meilleurs sentiments envers toi et l'Église, tu ne dois pas gâter l'ouvrage. Dois-je te rappeler que, pour moi, c'est la première fois ?

Il resta suspendu au-dessus d'elle, mais elle jura qu'il souriait dans l'obscurité.

— Pour moi aussi, tu sais.

— Alors ne te conduis pas en soudard. Peau contre peau, souffle contre souffle.

— Peau contre peau, souffle contre souffle, répéta-t-il en se redressant.

Bien qu'il fût conscient de ce temps qui filait et jetterait bientôt sa mère, ulcérée d'avoir été jouée, sur la route, il s'écarta.

Au froissement de l'étoffe, elle comprit qu'il se dévêtait. Elle se hâta de se débarrasser de sa bure puis l'attira quand il se coucha délicatement sur elle.

Le contact de leur chaleur, de la douceur de leur peau leur arracha le même frémissement, la même soif. Ils tentèrent de l'apaiser en un profond baiser, ils n'obtinrent que d'en ressortir plus pantelants encore.

— Je t'ai rêvée si souvent, gémit Louis.

Elle ne répondit pas, bouleversée par ces sensations qu'il faisait naître sur ses seins tendus, sur son ventre, sur ses hanches au passage de sa bouche gourmande.

Lorsqu'il la glissa entre ses cuisses, elle s'arqua, presque craintive, avant qu'une vague de désir ne déferle en elle.

Elle l'avait connu maladroit, trop chaste sous le porche d'un hôtel particulier. Il ne l'était plus. Œuvre de ses songes érotiques ? Ou avait-il menti et acquis ce savoir auprès d'une ribaude ? Peu lui importa quand une onde ardente, déferlante, lui arracha un cri de surprise et de plaisir.

Il attendit à peine qu'elle s'apaise. Il la pénétra lentement, le cœur fou, la peau moite, chercha ses mains ouvertes de chaque côté de son front.

Leurs doigts s'entrelacèrent.

Ensuite, ni l'un ni l'autre ne pensa plus à rien.

12.

Paris
Île de la Cité

Raymond de Toulouse avait patiemment attendu le départ de la reine et de son escorte pour sortir du palais. Comme il s'en doutait, sa condition autant que sa rédemption de la veille avaient levé toute réserve de la part des gardes.

Depuis une dizaine de minutes il avançait donc au milieu de l'encombrement des ruelles tortueuses de l'île, le front haut et découvert. La plupart d'entre elles interdisaient de se croiser en charrette. Lorsque, malgré le sens indiqué par un panneau de bois au bout des rues, deux véhicules se retrouvaient face à face, cela générait un encombrement tel qu'il fallait parfois des heures pour s'en dégager.

Rien n'a changé. Ce vieux Paris est égal à lui-même, puant, gras et sombre, se prit-il à sourire devant l'altercation entre deux ivrognes pour les yeux fanés et les dents noircies d'une tavernière. Laquelle, plantée devant son échoppe et minaudant sous de faux airs courroucés, ne faisait rien pour les séparer.

Il les laissa derrière lui. Non sans avoir deviné, à la stupeur qui se peignit sur le visage de l'outrancière, qu'elle l'avait reconnu.

Au fur et à mesure qu'il progressait en direction de la cathédrale, les gens le saluaient avec respect et on faisait place devant lui. Nul doute que le récit de son courage sous le joug du fouet avait circulé de bouche en bouche. Tout comme ne tarderait pas à se savoir qu'il déambulait seul en pleine ville.

C'était ce qu'il souhaitait.

Où es-tu Na Loba ?

Il promena son regard sur les façades de bois ou de pierre dont les encorbellements se touchaient presque à certains endroits, s'attarda sur les seuils, sur les gestes des artisans, suspendant son souffle devant une mante ou une robe verte, la plupart du temps, hélas, nettement moins bien portée.

Allez, montre-toi...

Même si, sous son court mantel, son poing était refermé autour du manche d'un poignard, il avait cessé de craindre des représailles de sa part. Il la connaissait mieux que quiconque et, depuis que Jean de Nesle lui avait révélé qu'elle se trouvait au pied de l'échafaud la veille, il avait souscrit sans hésitation à l'avis que le chevalier partageait avec le roi : si elle avait eu l'intention de l'abattre, il serait déjà mort.

Il avait donc menti en affirmant qu'il aiderait à sa capture. On n'emprisonnait pas le vent. Encore moins la tempête. Et il savait par expérience qu'on ne voyait Na Loba que lorsqu'elle-même le souhaitait. Si elle s'était dévoilée au roi hier, c'était pour que l'information de sa présence à Paris circule et lui parvienne.

C'était lui qu'elle voulait. Lui et l'aide qu'il pourrait encore et comme toujours lui apporter.

Il approchait de la Grand-Rue qui coupait l'île de la Cité de part en part, du couvent des frères de la Chartre au Petit Pont, lorsqu'il vit débouler deux garnements qui, indifférents à ceux qu'ils croisaient, se coursaient à grand renfort d'invectives. Il voulut s'écarter du passage, s'empêtra dans les pattes d'un chien couché devant un seuil et se retrouva, nigaud, à rattraper son équilibre au moment où ils arrivaient sur lui. Ils n'en firent aucun cas et le bousculèrent sans ménagement. Il s'en fallut d'un rien pour qu'il se retrouve le cul sur le pavé.

— Ma foi, mon bon monsieur, vous auriez été à terre qu'ils vous piétinaient, s'offusqua un autre jouvenceau sorti de nulle part mais qui s'empressa de l'aider à reprendre un peu de dignité.

Raymond allait le remercier lorsqu'il sentit la main de son « bienfaiteur » caresser d'un peu trop près son surcot. Aussitôt il comprit : celui-là était un voleur et les deux autres ses complices.

S'il devait reconnaître que la manœuvre était habile, il n'en réagit pas moins sur-le-champ. Avant même de l'avoir délesté, le malandrin se retrouvait la face plaquée contre un mur et la lame du poignard glissée sous sa gorge attirait la surprise des voisins.

— Tu devrais mieux choisir tes cibles, mon ami, lui rugit Raymond à l'oreille.

— Êtes-vous bien sûr que quoi que ce soit vous manque ? lui rétorqua le larron avec culot et une pointe, feinte, de contrariété.

Raymond allait lui faire les poches quand il lui sembla que la sienne pesait plus lourdement qu'à l'accoutumée. Il plongea ses doigts dedans, toucha avec surprise la douceur d'un vélin.

Na Loba, en déduisit-il aussitôt, amusé.

À cet instant il fut certain que c'était sur une pépite d'or qu'elle avait enroulé sa missive.

Les badauds s'étant rassemblés autour et l'un d'eux proposant déjà de rameuter les sergents, il desserra son étau, remit son prisonnier face à lui et lui épousseta les épaules.

— Mille excuses, mon bon. Je vous ai pris pour un chapardeur quand vous n'avez songé qu'à m'aider. À ma décharge, les rues de Paris sont réputées peu sûres ! clama-t-il, suffisamment fort pour révoquer d'autres ardeurs justicières.

— Excuses acceptées. Y a pas de mal, lui rétorqua l'impudent en se frottant malgré tout ce poignet qu'il lui avait méchamment retourné dans le dos.

Son œil pétillait de malice, mais les Parisiens n'y virent que du feu. L'incident clos, ils s'éparpillèrent aussitôt et Raymond comprit qu'il valait mieux pour lui ne pas s'attarder davantage.

Si Na Loba avait usé de ce stratagème plutôt que de l'aborder franchement, ce n'était pas sans raison. Il serait toujours temps de lui demander laquelle.

Il salua le messager d'un hochement de tête, lui souhaita bonne journée, puis reprit sa marche comme si de rien n'était.

À la première occasion pourtant, il se glissa entre deux murs pour donner l'illusion qu'il urinait, récupéra le « caillou » et en détacha le message.

Il ne s'était pas trompé en ce qui concernait l'or. Impossible donc de douter de l'identité de l'expéditeur, même si seule une adresse figurait sur le vélin. Elle n'était pas difficile à trouver. Ni à atteindre. D'elle partait la rue de Glatigny et toutes celles qui rejoignaient le port Saint-Landry.

Il remonta la Grand-Rue, se faufilant entre les nombreux véhicules et piétons qui circulaient, puis obliqua dans celle des Marmousets comme Na Loba le lui indiquait.

De nombreux bouges occupaient le rez-de-chaussée des bâtisses. Bors-d'eau et tavernes déployaient la même publicité : des ribaudes charnues ou squelettiques, plus ou moins court vêtues, jeunes ou fanées, mais voluptueusement appuyées contre des barriques de cervoise, aussi aguicheuses que leurs œillades maquillées.

Il prit le temps de ralentir le pas et de donner l'illusion qu'il voulait l'une d'entre elles, sans toutefois répondre à leurs incitations largement imagées.

Enfin il la trouva, superbe comme à son habitude, adossée lascivement contre un mur à colombages, les seins pigeonnant dans un corset de cuir dont la pointe caressait le pubis au travers du tissu d'une jupe verte. Sa chevelure tressée de rubans, ses lèvres rouges et son regard de braise ranimèrent en lui ce désir impétueux que sa nuit avec la reine avait pourtant amoindri.

Il s'approcha d'elle, la mine enjouée, reflet du réel plaisir qu'il avait à la voir. Même si, à cette aiguille perfide dans ses prunelles, il se doutait qu'elle lui en voulait.

— Combien ? demanda-t-il.

Elle se colla à lui, se fendit d'un rire sardonique.

— Bien plus que tu ne possèdes aujourd'hui, mais rassure-toi, je trouverai bien le moyen de te faire payer.

— En ce cas l'affaire est conclue, assura-t-il en la prenant par la taille pour franchir le porche bas de l'entrée.

13.

Paris
Abbaye de Montmartre

Louis sursauta. Du bruit venait de tomber de la chapelle du *Sanctum Martyrium* tout en haut de l'interminable escalier. Escalier qui menait à la crypte dans laquelle, honte à lui, il s'était assoupi après la déflagration, puissante, du plaisir.

Impossible.

L'abbesse lui avait remis la clef du portail de l'enceinte, le chargeant de verrouiller une fois qu'il repartirait.

Ai-je pris soin d'y veiller aussi avant de descendre ?

Il ne s'en souvenait pas, mais l'intonation de sa mère s'inquiétant de l'obscurité qui régnait en contrebas lui indiqua clairement le contraire.

Soixante marches. L'escalier comptait soixante marches. Combien de temps leur avait-il fallu à eux pour en atteindre le pied ? De cela non plus il ne se souvenait pas. Mais il lui sembla que ce ne serait pas assez pour retrouver une allure convenable.

— Vite, vite, Griffonelle ! s'affola-t-il en s'agenouillant pour récupérer ses vêtements.

Elle ne bougea pas.

— Plus le moment de dormir ! insista-t-il en haussant à peine la voix.

Il se mit à quatre pattes, cherchant à la fois ce linge qu'il ne sentait pas sous ses mains pressées et ce corps qui l'avait rendu si heureux.

Il ne trouva ni l'un ni l'autre à proximité.

Soudain il comprit. Griffonelle jouait avec ses nerfs. De toute évidence, elle était déjà rhabillée et, tapie dans un coin de la pièce, retenait ses vêtements jusqu'à la dernière limite.

— D'accord, d'accord, accepta-t-il en essuyant une perle de sueur à son front. Je n'aurais pas dû m'assoupir, c'était inconvenant. Je m'en excuse et je te promets que cela ne se reproduira pas...

Le simple fait d'évoquer la possibilité de recommencer souleva en lui une bouffée de chaleur que, de nouveau, la voix de sa mère, un peu plus proche, tua aussitôt.

— La laisser seule avec lui ! Comment avez-vous osé ?

— Pouvais-je imaginer ? trembla celle, coupable, de l'abbesse.

— S'il lui est arrivé malheur..., continua de menacer Blanche de Castille, le timbre altéré par l'angoisse et la colère.

— De grâce, Griff, ils sont déjà à moitié chemin, supplia Louis.

Fort heureusement, trop loin encore pour que le halo de leur lanterne puisse les éclairer.

Devant l'insistance de son mutisme, il changea de tactique.

— Crois-tu donc que ma mère te laissera filer si elle me voit dans cet état ? C'est au cachot que tu finiras et je ne pourrai rien empêcher, maugréa-t-il en continuant de tâtonner autour de ses genoux.

Tombant enfin sur sa chainse de jour, il soupira de soulagement et se hâta de l'enfiler.

— Le reste, vite...

Mais rien ne vint à lui. Pas même un souffle moqueur.

Perdant patience, il continua d'avancer fébrilement dans l'espoir qu'elle lui rendrait enfin ses braies. Jusqu'à se heurter le front au sarcophage de pierre qu'abritait le caveau.

Il réprima un juron tandis que, facétieux, son esprit recréait *illico* l'étroitesse de l'endroit.

Son sang se glaça alors dans ses veines.

S'il était arrivé jusque-là sans rencontrer la jouvencelle...

— Griff ? appela-t-il un peu plus fort, le cœur battant à tout rompre.

— Entendez-vous, Majesté ? Il me semble bien que c'était un murmure, répondit seulement l'inflexion détestable du cardinal.

— Louis ? Est-ce vous ? Allez-vous bien ? s'empressa sa mère.

Paniqué, Louis refit le chemin inverse, le vit battant mollement ses cuisses comme un triste rappel de son blasphème, avant de se rendre à l'évidence : il était seul.

« C'est toi que je veux. Ici et maintenant. Après je le jure, tu n'entendras plus jamais parler de moi », avait affirmé Griffonelle.

Non seulement elle avait honoré sa promesse, mais le punissant définitivement pour sa réclusion forcée, elle avait tout emporté.

Il acheva de se décomposer.

Il n'avait aucun endroit où se cacher. Et quand bien même ? Quel secours pouvait-il espérer si, seul, nu et enfermé dans cette crypte, on en repartait sans lui après en avoir bouclé l'accès ?

Il avait péché. De la plus honteuse des manières. Oh pas un péché mortel, bien que le lieu soit inapproprié, mais suffisant pour lui valoir à jamais le ressentiment de sa mère et du clergé.

Plus qu'à assumer, décida-t-il en se mettant debout.

Il prit une profonde inspiration puis avança jusqu'à entrer dans la lumière que le falot promené par le cardinal projetait à présent jusqu'à lui.

— Ici, je suis ici, lança-t-il le plus dignement possible en tirant sur sa chemise pour soustraire à leur vue tout ce que Griffonelle lui avait laissé de virilité.

Un petit cri étranglé tomba sur lui sans qu'il pût décider qui de sa mère ou de l'abbesse l'avait poussé, mais la reine ne fut pas longue à réagir.

— Donnez-lui votre mantel, cardinal, exigea-t-elle.

— C'est-à-dire que…

— Maintenant ! insista Blanche d'un timbre qui ne souffrait aucune discussion.

Louis sentit son vit se rétrécir entre ses cuisses.

Jamais elle n'avait été aussi glaciale.

Lui épargnant d'en dévoiler davantage en s'agitant sous leur nez, le cardinal vint lui recouvrir les épaules, les lèvres pincées.

Un instant, Louis voulut lui rappeler qu'il ne valait pas mieux que lui, forniquant à tout-va dès que l'occasion lui en était donnée et jusqu'en les bors-d'eau de Glatigny.

Mais la descente majestueuse des dernières marches ramena sa mère devant lui et, avant qu'il n'ait seulement pu ouvrir la bouche, une gifle magistrale lui déportait le visage.

— Rentrons, dit-elle simplement.

Un poignard aurait été moins tranchant.

— Sans authentifier la relique ? s'étrangla l'abbesse.

Louis vit sa mère la foudroyer du regard.

— Ici ? Jamais !

Et sans attendre davantage, elle recommença à monter. Elle n'avait pas fait trois pas, Louis gardant un silence prudent derrière elle, que l'abbesse poussait un cri horrifié.

— La relique !... La relique !... Elle n'est plus là !

Blanche s'immobilisa brutalement.

Mesurant tout le poids de la fureur qu'elle dégageait, Louis sentit ses jambes flageoler.

— Alors vous avez votre réponse, ma mère, les crucifia Blanche. Si elle était fausse, cette petite garce vous l'aurait laissée !

14.

Paris
Île de la Cité

Derrière cette porte que Raymond venait de refermer se trouvait une mansarde meublée d'un matelas sur un parquet disjoint, d'une bassine et d'un cruchon d'eau. Na Loba déposa à côté de celui-ci la lanterne dont elle s'était munie pour monter, juste après lui avoir révélé qu'il était suivi par un moinillon depuis sa sortie du palais.

— Triste endroit, frissonna-t-il, même si la seule présence de l'intemporelle beauté de la Louve l'éclairait.

— Je n'ai pas l'intention de m'y attarder, assura-t-elle en pivotant vers lui avec une grâce animale doublée d'un parfum de sous-bois.

Une fragrance qui n'appartenait qu'à elle, comme si sa peau elle-même sécrétait la forêt.

Il lui rendit son sourire narquois.

— Juste après y avoir abandonné mon cadavre, je suppose.

Elle le défia un instant de son regard de bronze avant d'éclater d'un rire clair dont il savait, par expérience qu'il pouvait, parfois, être plus dangereux qu'une expression de colère.

— Tu n'as pas encore trahi les tiens.

— Cela n'arrivera pas, assura-t-il.

— Tu le feras. Tu as signé ce traité avec ton propre sang...

Elle s'était adossée à un pilier qui soutenait une des poutres de la charpente, buste en avant, mains sur les reins. Faussement offerte. Il la connaissait assez pour savoir qu'elle pouvait se détendre d'un bloc et le plaquer au sol avec la vélocité de cette Louve dont on lui avait offert le surnom.

Il s'approcha jusqu'à sentir son souffle lui caresser le visage.

— J'en romprai ou adoucirai les termes. J'y travaille déjà.

— En faisant jouir la reine ?

Il sursauta.

— Comment... ?

Tout aussitôt, il soupira, fauché par l'évidence.

— Tu étais là...

Elle lui enroula les bras autour du cou.

— Tu n'imagines pas à quel point ce vieux palais regorge de doubles murs ! À croire qu'il était plus aisé de bâtir devant ceux des Romains que de les détruire. Quoi qu'il en soit, j'ai été flattée d'entendre, à ses gémissements, que tu uses toujours des belles leçons que je t'ai données.

— Alors tu sais qu'avec le temps je la plierai à mes vœux.

Ses traits se durcirent.

— Avec le temps, oui. Mais d'ici là, fort de ton alliance, Humbert de Beaujeu aura pris Cabaret.

— Il ne trouvera jamais la mine.

Elle le repoussa violemment.

— Crois-tu vraiment que ce soit cet or qui me motive ? S'il m'est toujours indispensable alors que la citadelle de

Montségur[1] est achevée, c'est pour continuer d'acheter les cupides et de les ranger à ma loi ! Comme ce Thibault de Champagne qui accepte d'héberger des hérétiques sous le Mont-Aimé ou quelques abbés qui ferment les yeux sur le prêche des bonshommes. Ici, là-bas, je suis de tous les fronts pour faire reculer l'hégémonie de l'Église catholique. Tu le sais mieux que quiconque !

Il se sentit penaud, s'excusa :

— Oui, je le sais. Comme je sais à quel point Cabaret compte pour toi.

Elle se calma.

— Pas seulement pour moi. C'est un refuge et un lieu de ralliement. Rien qu'à ce jour plus d'une centaine d'hommes, de femmes, d'enfants et de vieillards y sont toujours réfugiés. Je ne peux pas tous les évacuer en même temps. Le chemin jusqu'à Montségur est long et périlleux. Il me faut des semaines pour les y accompagner puis revenir. Sans parler des outils de traitement des métaux qu'il nous faudra tôt ou tard déplacer si nous voulons continuer à exploiter discrètement les mines. J'ai besoin de temps. Et ta reddition, hélas, m'en enlève.

Il se laissa choir sur le matelas, rejeta en arrière sa lourde chevelure brune.

— Tu aurais pu déchirer le traité cette nuit.

Elle haussa les épaules.

— On t'aurait contraint à en ratifier un autre.

Il releva la tête, soutint son regard résigné.

— Un mort ne peut plus signer.

Elle vint s'asseoir près de lui, recula jusqu'à s'adosser au mur bas.

— Ne sois pas stupide. Ta fille a neuf ans, Raymond. Et dans quelques jours elle sera l'otage de Blanche de

1. Forteresse cathare. Réputée imprenable, elle ne tomba qu'en 1244.

Castille. Quand bien même je l'empêcherais, combien de semaines faudra-t-il avant que ton épouse, pressée de toutes parts, ne remette ton comté au roi de France ? Je sais que tu as agi au nom de la paix. J'y aspire, crois-moi, pour chacun et chacune de ceux que je protège, y compris les fils que m'a donnés Jourdain[1]. Si j'avais douté un seul instant de tes intentions ou même de la nécessité de ce traité, je t'aurais abattu bien avant que tu n'arrives à Paris.

Il se tourna vers elle. Elle avait arraché son poignard du fourreau, jouait avec comme chaque fois qu'il l'avait vue tourmentée.

— Qu'attends-tu de moi ? demanda-t-il simplement.

Elle sourit.

— Que tu restes ici jusqu'à la fin de l'année.

Il sursauta.

— Je ne comprends pas.

— Comme tu as si bien su le rappeler à la reine, Toulouse c'est toi. Si tu n'es pas aux commandes d'une armée renforçant celle d'Humbert de Beaujeu, Lastours restera imprenable jusqu'à ce que je l'aie intégralement vidé.

— Entendu, accepta-t-il sans hésiter.

Elle remit son arme à sa ceinture, visiblement plus sereine, et il en déduisit qu'elle avait craint un instant d'être obligée d'« insister ».

Elle se détendit assez pour croiser ses mains derrière sa nuque et lui sourire, complice.

— D'ici là, je veux que tu continues de pervertir Blanche. De mon côté, j'ai veillé à ce qu'elle soit suffisamment acculée pour avoir besoin de garder ses propres troupes.

Il fronça les sourcils.

— De quelle manière ?

1. Jourdain de Cabaret. Elle fut son épouse avant qu'il ne la répudie pour une autre et se voie accusé de bigamie, l'Église de Rome ayant refusé d'annuler son premier mariage.

Son œil se crayonna de perversité.

— Je te l'ai dit, l'or achète tout. Et ce gros lard de Thibault de Champagne en est gourmand. C'est lui qui, il y a deux ans de cela, sur mon ordre, convainquit le duc de Bretagne[1] de soulever les grands féaux contre elle, avant de s'en désolidariser et de l'aider à mater la révolte. Dès lors, elle n'a plus songé qu'à tout lui pardonner, jusqu'à sa défection sur le champ de bataille peu de temps avant que son époux ne meure à Montpensier. Il n'espérait que cela : retrouver sa confiance et son affection. Ma stratégie ayant payé, il m'est redevable bien au-delà des services que je lui achète. Il ne trahira pas les innocents qu'il cache. Et surtout, il ne déploiera personne en Occitanie. À plus forte raison si le roi d'Angleterre continue de lorgner le trône de France. Ce à quoi je m'applique aussi, discrètement, aidée par l'impopularité que vaut à Blanche sa position tranchée contre l'Université.

Il sursauta :

— Aurais-tu joué quelque rôle dans les émeutes du mois dernier ?

Une altercation avait eu lieu entre le propriétaire d'une taverne et des étudiants à propos du prix exorbitant du vin qu'il leur servait. L'aubergiste avait jeté les râleurs dehors, violemment, ce qui n'avait servi qu'à aiguiser leur colère. Au lendemain, ils revenaient en force, battaient ceux qui les avaient bousculés et ruinaient l'établissement avant de se jeter dans la rue et d'en faire autant avec d'autres commerces.

Elle sourit, mutine.

— L'homme à l'origine de l'esclandre était un de mes complices. C'est lui aussi qui a persuadé ses compagnons de se venger. Une fois que la violence se fut déchaînée, je

1. Pierre Mauclerc.

n'ai eu qu'à me précipiter au siège de la prévôté en suppliant les sergents d'intervenir. Tu connais la suite : une répression sauvage et totalement illégale puisque depuis la création des universités, c'est à l'Église de régler toute querelle provoquée par des étudiants. Face au nombre de morts que les sergents ont injustement fauchés, Blanche aurait dû faire profil bas vis-à-vis du clergé et le laisser reprendre l'affaire en main. Pourtant je savais qu'elle soutiendrait les habitants. Elle a besoin d'eux. S'ils n'étaient pas intervenus pour les délivrer elle et son fils au plus fort de la rébellion[1], elle aurait été destituée.

Elle lui enveloppa la joue d'une main caressante, plongea dans son regard impressionné.

— Vingt et un maîtres, élus par leurs pairs, signent une déclaration en ce moment même. Demain la reine découvrira, effarée, qu'ils vont arrêter les cours et quitter la ville pendant les six prochaines années, dispersant les étudiants aux quatre coins de son royaume ou d'un autre. Car le roi d'Angleterre est prêt à leur offrir tout ce qu'ils réclameront en échange du plaisir d'humilier sa cousine et d'affaiblir son image de sainteté à l'heure où il se prépare à la combattre.

— Et tout cela uniquement dans le dessein de la détourner de l'Occitanie. Tu me surprendras toujours, Étiennette[2] !

Elle sourit. Ils étaient peu à l'appeler ainsi.

— J'ai simplement semé la graine de la discorde. Elle n'aurait pas germé si la terre n'était pas fumée. Ils sont seuls responsables de ce qu'ils ont généré par leur soif

1. En 1227, les conjurés avaient réussi à cerner Blanche et Louis dans la forteresse de Montlhéry. C'est la population de Paris qui, à l'appel de sa reine, est venue à leur rescousse, les escortant saufs jusqu'au palais de la Cité.
2. Étiennette Orbrie de Durban, baronne de Pennautier.

de pouvoir ou de richesse. Moi, je m'efforce juste de protéger ma foi et celle de centaines d'êtres pacifiques que ni Blanche de Castille ni l'Église ne veulent laisser en paix. Crois-tu que ce tribunal d'exception[1] souhaité par le pape ait un autre but que de nous anéantir jusqu'au dernier ?

— Non, avoua-t-il.

Elle prit une profonde inspiration.

— Il me reste une carte à jouer pour sauver ceux qui se sont réfugiés à Lastours.

Il la vit serrer les poings, murmura à sa place :

— Griffonelle…

— Et l'amour qu'éprouve le roi pour elle. Quand je te le dirai, tu devras le convaincre de la rejoindre à Cabaret.

Il tiqua.

— Faudrait-il pour cela qu'elle puisse quitter l'abbaye de Montmartre. Je doute que la reine le lui permette.

Elle lui retourna un sourire diabolique.

— Je crains pour Blanche qu'elle n'ait déjà plus son mot à dire. J'ai chargé Guliguerne, la cousine de Thibault de Champagne, de placer sur le chemin de Griffonelle de quoi lui permettre de s'évader.

Une fois encore elle a tout prévu, ne put-il s'empêcher d'admirer.

Il objecta pourtant :

— De là à ce qu'elle rallie Lastours…

— Elle y viendra. Elle y viendra parce que je lui ai tout pris et que la seule chose qui la tiendra debout désormais, en plus des richesses de la mine, est de découvrir pourquoi…

Son œil se troubla d'un sinistre et douloureux reflet tandis qu'elle ajoutait d'une voix glacée :

— … Pourquoi je la hais.

1. Les tribunaux d'inquisition seront institués en 1231.

16 juillet

L'Éperon rocheux de Lastours

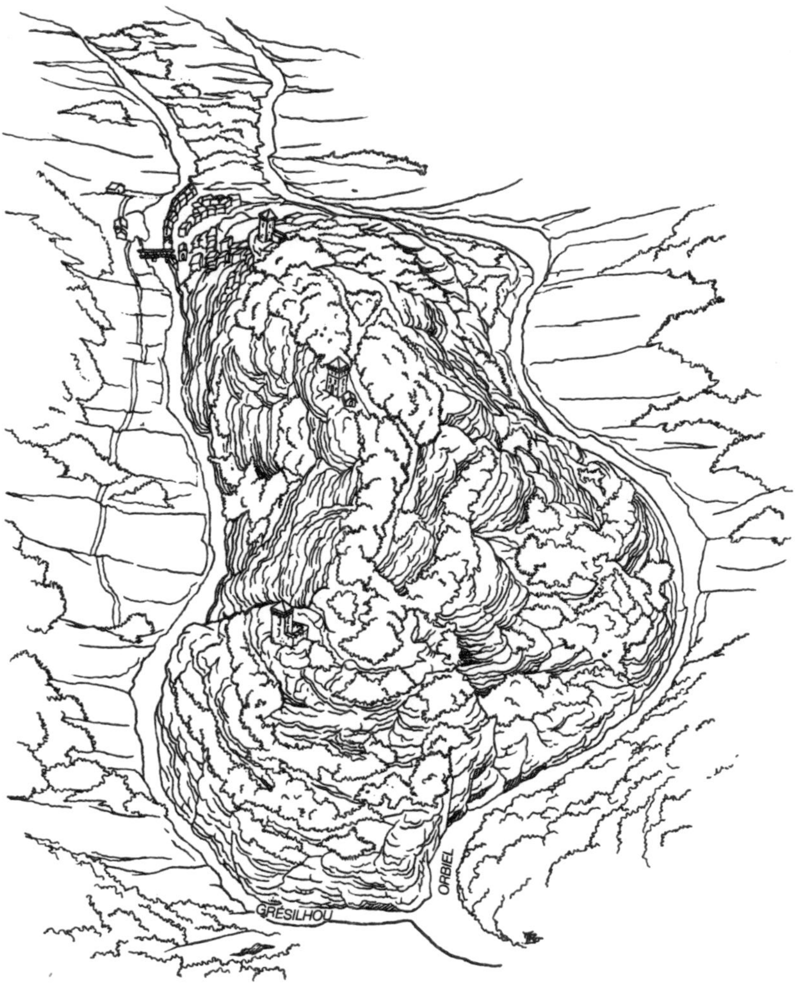

15.

Montagne Noire
Vallée du Grésilhou

En ce 16 juillet brûlant, la faim rongeait Griffonelle. Une faim qui lui broyait l'estomac, alourdissait sa démarche et sa tête. Au point qu'elle avait du mal, désormais, à songer à autre chose.

Et pas le moindre animal à l'horizon, se désola-t-elle en furetant des yeux au travers des végétaux.

Le dernier vrai repas qu'elle s'était offert datait de l'avant-veille dans une petite auberge en lisière de la forêt. Depuis, sa seule nourriture avait été les baies glanées dans les sous-bois. Pas assez au regard de l'effort qu'elle devait consentir pour traverser vaux et monts hors des sentiers battus.

Elle passa une main sur son front moite, refusant de céder à l'abattement, même s'il y avait trop longtemps qu'elle n'avait plus croisé ni homme ni bête. Pas même l'ébauche d'un sentier après que celui suivi témérairement avait subitement été avalé par des repousses de châtaigniers.

Elle plongea son visage dans l'eau tumultueuse de la rivière qu'elle longeait à couvert depuis quelques heures, but largement, avant, dégoulinante, de se laisser choir sur un long rocher qui affleurait la rive. Autour d'elle, dans ce coude avalé par la végétation, ce n'était que chants d'oiseaux mêlés au vacarme de l'eau vive. Mais, si habile qu'elle soit devenue au tir à l'arc, elle ne l'était pas encore assez pour faucher de petites proies.

Y a pas. Faut que je trouve à manger, comprit-elle en sentant ses jambes flageoler.

Elle n'atteindrait pas son but sans cela.

Or, elle le sentait dans chaque fibre de son être, comme si une part infime d'elle faisait corps avec cette terre. Cabaret était tout près.

Elle s'allongea sous le rai de soleil qui traversait les frondaisons, respira calmement, de longues inspirations et expirations, plusieurs fois de suite, comme le lui avait enseigné l'apothicaire de l'abbaye de Montmartre face à ces émotions qui la submergeaient.

Elle finit par faire abstraction du gouffre de son estomac. Parvint doucement à se détendre.

Elle s'abandonna à la quiétude du lieu, ferma les yeux pour s'en imprégner, espérant puiser dans l'énergie des éléments la force de continuer son voyage. Deux visages ne tardèrent pas à danser derrière ses paupières closes. Comme chaque fois que sa solitude était trop grande, qu'elle devait se battre contre elle-même pour continuer.

Maman, Triboulet… comme j'aimerais que vous puissiez être là à mes côtés.

Elle s'était habituée à la réalité de leur mort, pas au manque d'eux. Il restait profond, enfoui sous sa volonté d'arriver là où tout avait commencé. Là où sa mère était née. Là où dormait la mine qui avait précipité sa perte et celle du nain qu'elle aimait comme un père.

Là où se terrait la vérité. Et son héritage. D'or et de secrets.

Somnoler. Quelques heures.

Elle en avait besoin. Elle était épuisée.

Sitôt après avoir abandonné Louis, endormi, dans la crypte du *Sanctum Martyrium*, elle avait sauté en selle et avait emprunté au grand galop la route de Paris. Dès qu'elle avait découvert le coffret romain, elle n'avait songé qu'à cela : se sauver, rentrer chez Gaïa. Outre le besoin de revoir sa famille, il lui faudrait de l'argent pour son périple. La maquerelle lui fournirait une cache entre deux rapines.

Mais à quelques foulées de l'enceinte de Philippe Auguste[1], elle avait brutalement été rattrapée par les conséquences de son pied de nez à la Couronne : Louis aurait pu excuser le vol de son cheval. Pas celui de ses vêtements, pas celui de la relique. L'embarras d'un amoureux fautif était une chose. L'humiliation d'un roi, une autre.

Blanche de Castille ne pardonnerait pas.

Mortifiée par la stupidité de son impulsivité, elle avait compris qu'on allait la traquer. Il était trop tard pour revenir en arrière. Et entraîner ceux qu'elle aimait dans sa chute était la dernière des choses qu'elle souhaitait.

Elle avait tourné bride, pris la route du sud en s'interdisant de pleurer et à la première occasion s'était empressée d'ôter de sa selle tout signe permettant d'affirmer que ce cheval avait été volé.

La chance lui avait souri au crépuscule.

À peine s'était-elle immobilisée dans la cour d'une auberge que son œil avait accroché celui d'un bohémien qui vérifiait l'essieu de sa roulotte. Sa monture vendue, elle s'était présentée à lui en vantant ses mérites. Comme il doutait, compte tenu de ses habits de religieuse, elle les avait relevés à mi-cuisses, avait enchaîné quelques cabrioles avant d'ouvrir la main une fois retombée sur ses pieds, lui montrant ce qu'au passage elle lui avait dérobé.

1. Roi de 1180 à 1223. Il fut le grand-père de Louis IX.

Le sifflement admiratif qui avait suivi avait attiré les autres membres de sa famille. Elle avait aussitôt été adoptée.

À dater de cet instant, profitant de ce qu'ils allaient dans la même direction, elle s'était cachée au sein de leur troupe, dansant, virevoltant, rapinant et partageant ses bénéfices avec eux. Elle les avait quittés à Albi, les laissant poursuivre leur route vers l'Aragon. Sans regret. L'un des hommes était devenu trop entreprenant. Or, tout en elle se refusait à lui. Non qu'il soit repoussant. Au contraire. Mais à son cœur défendant, outre qu'elle aimait toujours Louis, il lui avait fallu se rendre à l'évidence devant l'absence de ses menstrues : elle n'avait pas pris que sa dignité au roi de France. Son ventre s'arrondissait.

Un bruissement sur sa droite l'arracha à l'engourdissement qui s'était emparé d'elle. Aussitôt elle porta la main à son arc déposé sur le rocher et, tout en se redressant lentement, encocha silencieusement une flèche.

Elle sonda les bosquets alentour. En vit bouger un.

Refusant d'attendre tant elle craignait que sa proie ne se détourne et ne lui échappe, elle décocha son trait, puis un autre lorsque le bruit d'une course perça le silence. Elle bondit, ainsi que le lui avaient enseigné les bohémiens : un animal blessé était parfois capable de foncer longtemps avant de mourir. Elle ne pouvait pas se permettre qu'il lui échappe. Pas cette fois.

Indifférente aux épines qui lui déchiraient les bras, elle continua de tirer dans ces buissons qui se refermaient devant elle. Ils s'espaçaient de même que les frondaisons, inondant son regard d'une lumière de plus en plus vive. L'animal courait vers la trouée.

Un sanglier. C'est forcément un sanglier pour avoir la peau si dure, tempêta-t-elle, les tempes oppressées, à la limite d'un vertige.

Soudain le bruit cessa et elle ne douta plus qu'il fût enfin tombé.

Elle écarta les ronciers qui s'interposaient encore. S'immobilisa aussitôt, saisie.

De l'autre côté de la rivière, au flanc d'un imposant éperon rocheux se détachait en enfilade la masse imposante de trois donjons.

Elle les reconnut aussitôt pour ceux qui ornaient le médaillon en or de sa mère. Médaillon qui palpitait au rythme fol de sa gorge.

Lastours. J'y suis ! dansa son cœur avant de se figer sur la silhouette qui gisait sur la rive caillouteuse et dégagée.

Celle d'un homme, la nuque percée d'une flèche.

La dernière qu'elle avait tirée.

Les autres n'avaient fait que ricocher sur la maille de fer marquée d'une fleur de lys qui le recouvrait, des épaules au fessier.

16.

Le sang pulsant gaillardement à ses tempes, Griffonelle parcourut les alentours d'un regard anxieux. Lui fermant l'horizon, l'éperon rocheux tombait ses falaises abruptes dans la rivière.

L'accès à Cabaret doit se trouver plus loin, vers le fond de la vallée, conclut-elle en suivant des yeux la crête longiligne cernée par les hauteurs boisées de la Montagne Noire.

Elle se décida à sortir complètement du couvert des arbres.

La berge était déserte. Et si quelqu'un l'avait vue depuis l'une des tours, il n'avait pas encore sonné du cor pour précipiter d'autres soldats vers elle.

Comme elle l'aurait fait pour un animal, elle s'accroupit au-dessus de sa victime et de ses doigts tremblants chercha le pouls à la naissance de la gorge.

Mort…

Un petit rire nerveux, étouffé, lui échappa.

Que croyais-tu donc bougre d'andouille ? Qu'il allait se relever après ça ?

La flèche était enfoncée de moitié entre ses cervicales.

Elle contint le mouvement de recul que sa répulsion tenta de lui imposer. Se fustigea.

Homme ou bête ? Quelle différence ?

Mais elle savait au fond d'elle que cela en faisait une. De taille.

C'était la première fois qu'elle tuait quelqu'un. Fût-ce par accident, elle n'en éprouvait pas moins l'étrange sentiment d'avoir fissuré cette frontière invisible qui l'avait jusque-là séparée des autres, ceux qui avaient assassiné sa mère et Triboulet : Amaury de Montfort, Na Loba.

Elle repoussa un nouveau malaise. La faim la tenaillait toujours et, un instant trompée par sa traque, sa faiblesse n'en était à présent que plus vive. Elle ne pouvait se permettre d'y ajouter le moindre remords.

Il n'avait qu'à pas se trouver dans mes pattes, décida-t-elle en s'efforçant de reprendre le contrôle de ses émotions.

Elle n'y parvint pas.

Que faisait-il au juste ?… Embusqué dans les fourrés ? continuait de mouliner son esprit, habitué depuis longtemps aux déductions promptes.

Aurai-je été repérée ? suivie ?

Sa conclusion ne traîna pas.

Il ne faut pas que je reste là.

D'un geste vif elle retourna le cadavre, s'efforça de ne pas voir la pointe qui lui traversait le gosier, ses yeux révulsés, ses narines pincées, cette bouche édentée, ouverte sur un filet de sang. Elle se concentra sur la sommaire besace qu'il portait à la ceinture, souleva le rabat et, sitôt après l'avoir vidée à terre, inventoria son contenu :

Pierre à briquet, amadou…

Elle les empocha dans sa propre escarcelle, saliva devant le lard séché enroulé dans une pièce de toile grasse, se retint de le manger à découvert.

Elle se relevait quand des bruits de voix et des clapotements lui firent tourner tête vers l'aval.

Toute une troupe remontait la rive du maigre torrent à en juger par la réverbération du soleil sur le fer des mailles.

Un éclaireur. C'était un éclaireur, comprit-elle en reculant vivement à couvert.

Elle s'enfonça entre les feuillus, tourna sur elle-même en quête d'une cache : fuir ne servirait qu'à la transformer en gibier. De la même manière qu'elle avait pris cet homme pour cible.

Elle sonda les frondaisons au-dessus d'elle.

Hautes, épaisses. Ils ne penseront pas à regarder là.

Déjà, un bruit de cavalcade perçait le grondement de l'onde. On avait dû apercevoir la forme d'un corps à terre. Quelqu'un venait en reconnaissance.

Elle arracha un bout de lard pour s'obliger à mâcher et concentrer son esprit dessus. L'unique moyen de tromper un vertige, lui avait autrefois appris Triboulet.

Elle ajusta le baudrier de sa besace, celui de son carquois, rattacha son arc à sa ceinture près de son coutelas et prit son élan. Elle sauta, s'agrippa des deux mains à une branche basse, se hissa, déglutit, mordit un autre morceau de lard puis recommença. Un peu plus sûre d'elle chaque fois.

Elle fut bientôt suffisamment haut pour être hors de vue. Elle s'accroupit sur une lourde branche qui courait jusqu'à la berge, fière de sa prestation. Même si ses jambes et ses bras tremblaient. Même si des papillons noirs dansaient détestablement devant ses prunelles d'un brun doré.

Pas mal, hein, Triboulet ? sourit-elle en clignant un œil complice en direction d'un azur brûlant.

« Assure ta prise au lieu de pérorer ! » eut-elle l'impression qu'il bougonnait.

— Rabat-joie ! chuchota-t-elle, certaine qu'il pouvait l'entendre, qu'elle lui parle à voix haute ou dans sa tête.

C'était sa manière à elle de le garder vivant dans son cœur en miettes. Son rempart contre l'abîme sans fond de sa solitude. Cela seul l'avait aidée à tenir au couvent. Cela seul constituait sa force quand elle vacillait. Même si parfois elle se demandait, dans un sursaut de lucidité, si elle n'était pas en train de sombrer dans une folie douce, lui fût-elle salutaire.

Aussi silencieuse qu'une ombre, elle zigzagua précautionneusement entre les ramifications, jusqu'à pouvoir s'adosser à l'une d'elles, et embrasser la scène de son crime sans risquer de tomber ou d'être aperçue.

Elle ne s'était pas trompée. Une bonne centaine de soldats se déployaient sous les murailles naturelles des trois châteaux. Et au vu du nombre de chariots qui suivaient, elle en déduisit qu'ils étaient là pour grossir le siège dont lui avait parlé Louis.

Ses propos frappèrent sa mémoire. La soumission du comte de Toulouse allait précipiter la fin de Cabaret.

Son cœur se serra. Elle arrivait trop tard. Bientôt tout serait sous le contrôle de la Couronne.

À moins que, là-haut, ils ne soient prêts à résister longtemps et que je trouve le moyen d'entrer sans me faire repérer, se prit-elle à espérer.

En attendant, je suis coincée ici jusqu'à la nuit.

Résignée, ne songeant plus qu'à reprendre des forces, elle porta le lard à sa bouche, en déchira un coin à pleines dents tout en suivant la progression d'un cavalier. Il longeait la rivière sans se presser, alors qu'au-dessous d'elle on s'agitait autour de sa victime.

Il fut bientôt assez près pour qu'elle puisse le reconnaître sous sa cotte de cuir. Aussitôt, elle cessa de mâcher, bouche ouverte, yeux exorbités tandis qu'une bouffée de rage et de terreur mêlées gagnait de son ventre à ses mains.

Comme le jour où il avait transpercé la poitrine de sa mère.

Amaury de Montfort.

Inutile de se demander ce qu'il venait prendre ici. La réponse coulait de source. Cette mine d'or pour laquelle il avait tué. Pour laquelle sans vergogne ni remords il tuerait encore.

Chien, chien, chien ! répéta-t-elle en refrénant une furieuse envie de lui sauter dessus et de le jeter à terre.

— Qu'avons-nous ? demanda-t-il avec arrogance en s'arrêtant enfin, les deux mains croisées sur le pommeau de sa selle, son long nez droit tendu en direction du cadavre.

— Notre éclaireur, se désola un sergent. Abattu par une flèche.

Le regard de Montfort se tourna vers le premier donjon de l'éperon rocheux, un pli amer en travers de la bouche disgraciant un peu plus ses traits qu'une odieuse cicatrice barrait.

— Où se situe le campement que nous devons rallier ?

— Un peu plus haut sur le versant, messire. Il nous faut avancer encore sur cette rive puis nous enfoncer sous le couvert pour le rejoindre, répondit le soldat, comme lui aux aguets.

— Partez devant. Et restez vigilants. Na Loba est pire qu'une anguille. Elle est partout.

Un instant suspendu par la haine, le cœur de Griffonelle s'emballa.

Na Loba.

Louis n'avait pas menti. Son ennemie était donc là, embusquée derrière l'une de ces tours. Peut-être même celle qui lui faisait face.

Elle se crispa davantage. Montfort allait aussi lui voler sa vengeance.

Il se détournait déjà. Les autres également, pensant que le tireur s'était envolé.

Elle porta la main à son arc.

Il me suffit de viser la poitrine, et il s'écroulera.

Elle savait qu'elle ne le raterait pas. Pas à cette distance. Pas sous cet angle de tir. Et elle était suffisamment bien cachée pour que les autres ne la découvrent pas.

La détermination tua les dernières fibrillations de ses membres.

Elle encocha, visa, tous les sens tendus dans la certitude qu'une part d'elle, enfin, pourrait se mettre en paix. Et l'âme de sa mère avec elle.

Mais quelque chose percuta sa tempe.

Si violemment qu'elle eut à peine le temps de sentir sa volonté s'éteindre, son corps se tasser sur lui-même et son bras retomber.

17.

Éperon rocheux de Lastours
Donjon de Quertinheux

— Ils sont là. Et en nombre cette fois, annonça Altéric en réprimant un frémissement.

L'écho des sabots dans le val avait traversé les murs épais de Quertinheux, le premier des trois donjons de Lastours, le précipitant devant la mince ouverture qui éclairait chichement l'une des salles hautes.

N'obtenant pas de réponse, il se tourna vers Na Loba.

Assise dans une cathèdre à quelques coudées de lui, chevilles surélevées, croisées sur un plateau épais, elle achevait de ronger le pilon d'une pintade.

Le calme dont elle faisait preuve, cette nonchalance, d'autant plus grande à l'approche du danger, comme si elle accordait à ses sens le temps de s'aiguiser avant la bataille, continuait de le stupéfier. Il émanait d'elle plus de sensualité encore. Malgré ses quarante ans, sa carnation était parfaite, hâlée juste assez pour accentuer l'éclat fauve de son regard, le dessin marqué de ses lèvres, la hauteur de ses pommettes et le noir de jais de sa chevelure dépourvue du moindre fil blanc. C'était à peine si rides et ridules se creusaient quand elle riait.

Pas étonnant qu'on la prenne pour une sorcière, se disait-il souvent lorsqu'il se surprenait à la contempler.

Rien ne semblait l'atteindre. Ni l'âge ni les événements. Quant à sonder son cœur, il y avait renoncé depuis longtemps. La Louve cathare n'offrait que ce qu'elle voulait. Et à lui qu'elle avait ravi à Glatigny et à Griffonelle, plus qu'à beaucoup d'autres. Même s'il continuait de se demander pourquoi : cette femme-là n'avait besoin de personne. Et elle n'aurait eu qu'à tendre la main pour que n'importe quel homme la suive jusqu'à sa couche.

Elle donna ses restes au chien couché près d'elle, consentit enfin à lever les yeux vers lui dans la fraîcheur de cette faible clarté.

— Ne fais pas cette tête. Nous savions que Beaujeu allait revenir pour attaquer.

Il s'en voulut de lui avoir donné l'impression d'avoir peur, s'en débarrassa d'un haussement d'épaules.

— Une semaine d'avance sur nos prévisions, ce n'est pas rien. On est loin d'avoir évacué tout le monde.

Elle repoussa son siège d'un coup de talon contre la tranche de la table puis sauta sur ses pieds tout en léchant ses doigts gras.

Pas le moment, s'agaça-t-il en sentant une poussée de désir danser au creux de ses reins.

Quoi qu'il fasse, quoi qu'elle fasse, il ne se passait pas un instant où il n'avait envie d'elle. Malgré ce qu'elle lui avait pris.

Malgré ceux qu'elle lui avait pris.

Un paradoxe qui la rendait plus dangereuse et irrésistible encore et dont elle savait pertinemment jouer dans ces vêtements d'homme. Son corps long, musculeux, parfaitement équilibré, était à l'image de ses traits : un défi au temps qui passait et une promesse.

Inconsciente ou pas. Tenue ou non.

Elle le rejoignit en quelques foulées toniques qui firent à peine tressaillir ses seins ronds dans l'échancrure lacée de son surcot de cuir.

— Voyons cela, dit-elle après avoir déposé un baiser léger au parfum de serpolet sur ses lèvres.

Elle glissa un œil par l'ouverture.

— Nous avons encore quelques jours devant nous, le temps qu'ils s'installent correctement pour nous laisser croire qu'ils viennent grossir le siège. Plus si la pluie provoque une crue.

Deux cours d'eau encadraient Lastours. Deux serpents paisibles. Paisibles et fins en cette époque de l'année.

Il tressaillit.

— Avec un niveau si bas ?

Elle s'écarta, désigna une nuée au-dessus des crêtes environnantes, à peine perceptible dans l'azur.

— Tu n'as pas vécu ici assez longtemps pour connaître tous les secrets de la Montagne Noire, mais crois-moi : une tempête approche et elle sera violente. S'ils montent leurs tentes près des autres, elles seront emportées avec eux quand la rivière débordera.

Il opina, soulagé.

Il ne l'avait jamais vue se tromper. Elle possédait un instinct plus puissant que les autres. Un instinct accru par une anticipation des réactions de chacun, ami ou ennemi. Si l'on s'ahurissait encore devant ses victoires et ses échappées, lui savait désormais qu'elles étaient le fruit de cette intuition, de cette attention qu'elle prêtait aux êtres et aux choses.

Pour les approcher, les aider, les soulager.

Ou les tuer.

Une fraction de seconde, il se revit trois ans en arrière au sortir de la prison de la Grosse Tour, dans l'île de la

Cité, sous cette pluie drue qui s'était remise à tomber tandis qu'elle tranchait la gorge du gardien, lui arrachait les clefs de sa geôle et le délivrait.

À la limite du malaise provoqué par la blessure qu'il portait à l'épaule, il avait remis sa vie entre ses mains, depuis les souterrains qui les avaient conduits hors du palais jusqu'au cheval et à l'homme qui les attendaient sur la berge de la Seine. Là, il lui avait révélé par quel moyen Griffonelle et Triboulet entendaient récupérer le médaillon de Mahaut que le roi avait empoché pendant l'incendie de Notre-Dame[1]. Il voulait l'accompagner, les convaincre par la douceur de le lui remettre. Mais elle avait su le persuader qu'il était trop faible. Il n'avait découvert que plus tard qu'elle avait versé dans son vin de quoi ruiner ses forces, refusant d'être encombrée par les scrupules qu'il manifesterait. Peut-être même l'avait-il compris tandis qu'elle claquait le cul du cheval sur lequel elle lui avait enjoint de monter, laissant son complice l'emmener hors des murs de Paris, tremblotant sous l'averse et le cœur ravagé. Mais à ce moment-là il avait refusé de l'admettre.

Elle les avait rejoints quelques heures plus tard au rendez-vous qu'elle leur avait fixé. Avec la carte.

Devant son regard angoissé, elle avait souri.

— À quoi m'aurait servi d'attendre qu'elle revienne du palais ?

— Et Triboulet ? avait-il insisté.

Elle s'était durcie, s'était détournée.

— Ne le pleure pas. Tu as mieux à faire désormais.

Il n'en avait pas demandé davantage, refermé déjà sur la souffrance d'avoir permis la mort du nain comme il avait permis celle de Mahaut. Évidé de volonté et de courage devant sa culpabilité et la certitude que ni

1. *La Louve cathare*, tome 1, XO Éditions, 2020.

Griffonelle, ni Gaïa, ni même sa propre mère ne les lui pardonneraient jamais.

À dater de cet instant Na Loba avait fait de lui ce qu'elle voulait : son bras droit ici, en Occitanie.

Elle lui avait montré un autre visage. Celui d'une femme bienveillante, prête à tout pour sauver des vies. Des centaines de vies. Et une foi en laquelle elle croyait. Même si son âme s'était consumée dans celle des bûchers que la chrétienté avait allumés.

Et lentement, très lentement, pour cette autre part d'elle capable de sacrifier ceux qui lui interdisaient de mener ce combat et de le gagner, il s'était pris à l'aimer. Autant qu'il la haïssait.

Autant qu'il se haïssait.

Deux coups brefs ébranlèrent la porte qui les isolait du reste de la troupe qu'elle dirigeait.

— Entrez, lança-t-elle en se détournant abruptement de lui.

Elle n'était pas dupe de ce gouffre dans lequel il avait englouti ses souvenirs. Devinait quand ils ressurgissaient. Et les renvoyait à leur place d'un regard glacial qu'il recevait toujours comme une lame d'acier en plein cœur. Sa manière à elle de le cantonner à son rôle : celui qu'elle lui avait accordé.

L'homme qui s'encadra dans le vantail orné de pentures était aussi grand que chauve. Il avait des mains calleuses de paysan, contraint depuis longtemps à manier aussi bien la fourche que l'épée ainsi qu'un regard d'une acuité d'aigle sous des sourcils épais et rapprochés.

Derrière ces dehors brutaux pourtant, Altéric le connaissait pour un être d'une douceur, d'une empathie et d'une droiture exceptionnelles. Et pour l'un des deux seigneurs de Lastours.

— J'ai vu, l'accueillit-elle pour lui épargner tout discours inutile.

Habitué à ses manières, Pierre de Lauran sourit mais n'en garda pas moins une mine sombre.

— Beaujeu n'est pas venu seul.

Elle souleva un sourcil. Il continua :

— Montfort l'accompagne.

Altéric tressaillit. Elle pas. Pierre de Lauran n'avait pas terminé. Elle le sentait.

— Ce n'est pas tout. Leur éclaireur a été fauché par une flèche ; seulement, aucun de nous n'a tiré.

Altéric se souvint de l'attroupement qu'il avait remarqué en contrebas.

Avant qu'il n'ait pu s'interroger, Na Loba s'était tournée vers lui et il se pétrifiait devant la dureté de ses traits.

Lui interdisant tout doute, elle crissa, presque jubilatoire :

— Elle est arrivée.

Il savait ce que cela signifiait.

Qu'il allait devoir se préparer à affronter Griffonelle. Et plus encore : ce que Na Loba lui réservait et dont, jamais, non, jamais, elle n'avait accepté de parler.

18.

Abbaye de Royaumont
Domaine d'Asnières

Blanche de Castille entra sur le vaste chantier de l'abbaye de Royaumont comme un vent mauvais sur une terre de cocagne. Au point que tous, moines et ouvriers, ahuris, levèrent la tête de leur ouvrage commun pour la baisser aussitôt sous le nuage de poussière que sa cavalcade soulevait.

Elle la conduisit jusqu'à trouver l'abbé qu'elle cherchait, entre la chapelle en construction et l'unique bâtiment achevé, celui qui abritait la dizaine de cisterciens déjà installée sur cette esplanade déboisée.

Devançant dans leur élan Jean de Nesle et Raymond VII de Toulouse qui l'escortaient, elle tira sur la bride et attendit à peine que son alezan se soit immobilisé pour sauter à terre.

Aussitôt, indifférente au bruit des scies, des marteaux et des burins qui avait repris, elle fondit sur le religieux, retranché derrière sa brouette chargée de gravats.

— Où est-il ? s'emporta-t-elle sans préambule en lui mettant sous le nez une fureur qui faisait rugir des ombres inquiétantes dans ses prunelles.

L'abbé déglutit, articula péniblement :

— Qui donc ?

Elle bomba le torse, faisant poindre une poitrine maigre mais joliment galbée sous l'austérité de sa cotte, leva un index aux ongles carrés, des sourcils subtilement taillés et un menton fier dont la crispation, en cet instant, témoignait son exaspération.

— Ne jouez pas à cela avec moi, grinça-t-elle.

— Dieu m'en garde, lâcha-t-il en acceptant enfin de renoncer à sa charge et au peu de temps qu'il avait tenté de gagner.

Espérant le soutien du Ciel, il se signa, mais cela n'eut pour effet que d'enflammer un peu plus ce regard sans compassion avec lequel elle le fixait.

Un regard qu'il n'aurait jamais imaginé croiser trois ans plus tôt. Las ! après la mort de son époux, Blanche de Castille s'était muée en une femme de pouvoir redoutable envers qui osait la défier. Les étudiants en savaient quelque chose, qui avaient quitté Paris, annonçant une grève illimitée puisqu'elle soutenait toujours les commerçants. On avançait même, d'églises en monastères, que le pape commençait fortement à s'en courroucer sans qu'elle daigne s'en inquiéter. Surprenant de la part d'un être si pieux et dévoué à l'Église, se troublaient certains quand d'autres n'hésitaient pas à affirmer que c'était désormais avec le diable qu'elle copulait. Même s'ils ne parvenaient pas encore à lui donner un visage.

Quoi qu'il en soit, lorsque l'enfer dansait dans ses yeux comme en cet instant, mieux valait s'en éloigner.

Ne pouvant fuir ses responsabilités, l'abbé rentra la tête dans les épaules en balbutiant :

— Pas ici.

— Je le devine ! Sans quoi vous ne transpireriez pas comme un pourceau devant moi !

Les deux chevaliers l'encadraient à présent, tout aussi fermés et menaçants qu'elle.

Il allait falloir qu'il s'explique. Et sans plus tarder.

Il ouvrit la bouche. La referma en entendant un bruit de pas précipités sur le gravier. S'accordant encore quelques précieuses secondes, il se tourna vers l'entrée de la bâtisse, obligeant Jean de Nesle et Raymond VII de Toulouse à faire de même.

Le cellérier accourait, l'air affolé.

Si urgente que soit sa requête, cela n'empêcherait pas la reine de le vouer d'abord aux gémonies, comprit l'abbé en l'entendant tempêter :

— Ne m'obligez pas à me répéter ! Ou, par Dieu, je jure de faire suinter la graisse qui vous enrobe sous un feu ardent !

Il se sentit fondre comme un rôt déjà cuit. Il passa un index recourbé entre son col et sa glotte.

— Ce ne sera pas nécessaire, Votre Majesté. Le roi s'est imposé à moi pour ce qu'il est : tout-puissant et sous la bénédiction de Dieu. Je me suis donc plié à son vouloir. Et son vouloir…

Elle avait croisé les bras et battait à présent la mesure de son impatience d'un pied élégamment chaussé. Il prit une profonde inspiration.

— … était que son absence passe inaperçue le plus longtemps possible.

Blanche sentit des fourmillements de rage descendre dans ses doigts.

— Quand ? Quand est-il parti ?

— Il y a huit jours déjà, trembla un peu plus l'abbé.

Cette fois il eut l'impression que des milliers de serpents lui pénétraient les prunelles et se répandaient en lui. Il s'adossa au mur derrière lui pour se garder de leurs venimeuses morsures. Mais il savait déjà que c'était trop tard. Qu'après lui avoir extorqué des aveux Blanche de Castille le ferait expédier en quelque obscure chapelle dont il ne sortirait jamais.

— Où ? exigea-t-elle, partagée entre la terreur et une fureur indicible.

La mort dans l'âme, il soupira.

— Je l'ignore. Une missive lui a été délivrée alors que nous discutions d'un détail d'architecture. Il a blêmi à sa lecture. La minute suivante, il exigeait de moi le silence absolu et filait en ramassant ses affaires d'un geste pressé. Je ne l'ai pas revu depuis.

Comme trois mois plus tôt dans la crypte du *Sanctum Martyrium*, Blanche fut brutalement frappée en plein cœur.

C'est forcément encore un coup de cette garce !

Elle n'avait toujours pas pardonné à Louis, lui imposant une froideur et une contrition bien au-delà de ce à quoi il aurait pu s'attendre. Une contrition à laquelle pourtant il avait souscrit sans se plaindre. Espérant se racheter, il s'était installé ici depuis quelques semaines, participant à l'avancement des travaux de construction de cette abbaye qu'il avait lui-même commandés deux ans plus tôt en mémoire de son père.

Blanche l'y savait en sécurité. D'une part parce que pour l'heure aucun de ses espions ne l'avait alertée sur la moindre trahison ou menace de ses vassaux, et d'autre part parce qu'elle séjournait elle-même à une demi-lieue[1] de là, dans la résidence royale d'Asnières, et qu'à n'importe quel moment elle pouvait, elle aussi, s'inviter sur le chantier.

---

1. Deux kilomètres environ.

Or, elle n'en avait pas éprouvé le besoin, s'étant laissé distraire par la douceur du lieu et celle de Raymond qui, abusant de ses nuits, l'obligeait à s'astreindre de manière plus assidue que d'ordinaire aux prières canoniales.

Louis en avait profité.

Si son deuxième fils n'était venu s'étonner tristement auprès d'elle que le roi ne soit venu le chercher comme prévu, elle aurait continué, sottement, de le penser grimpant à une échelle ou taillant la pierre.

Elle chancela, sentit la main de Raymond sur son bras. Elle la repoussa d'un geste agacé, le tenant pour responsable tout autant que cet abbé, à défaut de reporter la faute sur son inattention.

— Le messager. Je veux interroger le messager ! exigea-t-elle, déjà ressaisie et décidée à débusquer son fils où qu'il se soit caché avec sa catin.

— Cela ne va pas être possible, Votre Majesté, répliqua une voix perchée.

Le cellérier les avait rejoints depuis un court instant, mais devant ce courroux qui s'abattait sur son abbé, il avait contenu son impatience. Il n'en restait pas moins qu'il se rongeait les ongles, ses traits livides et disgracieux dégoulinant sous l'ardente chaleur estivale.

Avant que Blanche n'ait pu le tancer à son tour, il ajoutait, épouvanté :

— On vient de retrouver son cadavre près du moulin. Et à en juger par son état, cela fait bien huit jours qu'il y est.

19.

Montagne Noire

Griffonelle s'éveilla dans un hoquet qui la fit se dresser sur son séant, d'autant plus hagarde qu'autour d'elle l'obscurité était totale.

Durant quelques secondes, il lui sembla que le sol oscillait au rythme des battements sourds de son cœur et de ce fiel qui stagnait dans sa gorge.

Ah non, cela ne va pas recommencer, s'agaça-t-elle en portant la main à son ventre à peine rebondi.

Les nausées avaient cessé depuis plus d'une semaine. Elle n'avait pas imaginé qu'elles puissent reprendre.

À moins que ce ne soit l'effet du choc, songea-t-elle, le côté droit de la face engourdi, bien que transpercé d'aiguillons.

Elle porta ses doigts gourds à sa tempe, sentit une croûte s'effriter sous sa palpation.

Une belle bosse, un filet de sang. Inutile de chercher plus loin. Quel que soit ce qui m'a percutée, cela a suffi pour que je m'évanouisse. Et ensuite ?

Elle tâtonna autour d'elle, ne retrouva pas l'arrondi de la branche sur laquelle elle s'était cachée. Au contraire, le sol lui sembla égal. Égal et froid quand il aurait dû être rugueux, piqué de branchilles et empreint de sa propre chaleur.

Aurais-je basculé ? D'une telle hauteur ? Sans rien me briser ?

Elle fit consciencieusement jouer chacun de ses membres, se rassura sur ce point : elle était entière.

Je suis forcément toujours dans l'arbre, sans quoi je n'éprouverais pas cette sensation d'être suspendue au-dessus du vide. Quelque chose a arrêté ma chute, c'est tout... mais quoi ?

Elle s'efforça d'analyser froidement la situation comme ces dernières semaines, chaque fois que la tension montait au sein du groupe des bohémiens, au cœur des villages, quand l'un des habitants se précipitait sur la grand-place où elle dansait au son de la vielle, clamant avoir été cambriolé. Quand il fallait fuir sans en avoir l'air. Fuir et se cacher jusqu'à pouvoir recommencer.

Elle revit le chêne qu'elle avait escaladé, imposant, massif, les couronnes successives de branches, le foisonnement du feuillage. Mais rien qui ressemblât à ce que ses doigts touchaient.

Rester calme. Surtout rester calme, dirait Triboulet. Il y a une réponse à tout.

Elle inspira profondément. Même si l'onde murmurait autour d'elle, elle ne retrouva pas les parfums de la forêt. Celui qui flottait, indescriptible, lui était inconnu.

Bon sang, où suis-je ? paniqua-t-elle brusquement avant de se demander si elle n'était pas toujours étourdie, à la frontière du réel et de l'imaginaire.

Et si je restais bloquée dans cet entre-deux ? aux portes de l'enfer ? incapable de me réveiller ? Non. Non, c'est stupide.

Elle se pinça l'intérieur du bras, fut soulagée d'éprouver de la douleur. Une douleur aiguë, familière. Contrôlée.

Où que je sois, je dois m'approprier l'espace si je veux en bouger sans risque de basculer. Une fois que je serai certaine d'être stable, il me suffira patiemment d'attendre le lever du jour pour descendre en toute sécurité.

Elle ramena lentement ses genoux contre sa poitrine, tendit la nuque en arrière malgré la douleur pulsatile puis écarta lentement les bras. Le bout de ses phalanges ne tarda pas à rencontrer le même obstacle de chaque côté.

À cet instant seulement, à la forme trop nette de chacun des barreaux, à leur espacement régulier, elle sut, terrifiée, où elle se trouvait :

Une cage. Je suis dans une cage de fer.

Perdant tout contrôle, elle bondit sur ses pieds, fit le tour de l'enclos dans un balancement détestable et le crissement métallique d'une chaîne au-dessus de sa tête. L'espace qu'elle déligna lui avait à peine permis de rester allongée.

Terrifiée, elle se mit à hurler :

— À l'aide ! Quelqu'un ! Y a-t-il quelqu'un ?

Le son de sa voix se mua en un écho violent qui lui déchira les oreilles, l'obligeant à se les boucher, à s'asseoir pour mieux se ratatiner sur elle-même, épouvantée.

La gorge sèche, le cœur semblant vouloir s'arracher de sa poitrine, tout repère perdu, elle cessa de bouger, n'espérant plus que le silence.

Il retomba.

Un long moment passa, seulement troublé par le bruissement de l'eau et son souffle court, oppressé. Elle finit par le réguler. Par desserrer les doigts entremêlés derrière sa nuque. Par éloigner les coudes de ses tempes. Elle finit par relever la tête de ses genoux pliés.

Aussi désorientée qu'au sortir de son étourdissement, plus nauséeuse encore, bien que la cage ait cessé de bouger.

Alors seulement une foule de questions se précipita sous son crâne assourdi.

Par quoi avait-elle été percutée ? L'avait-on récupérée sur la branche ou avant qu'elle ne touche terre ? Était-ce le hasard qui avait placé son geôlier sur son chemin ? Ou avait-elle été patiemment traquée ?

Je ne peux pas imputer ma capture à Montfort. Il arrivait juste avec ses troupes. Et c'est son éclaireur que j'ai tué. Je l'aurais vu s'il m'avait repérée. Il aurait aussitôt donné des ordres, fait tirer une flèche pour m'abattre. Reste Na Loba... Ou Altéric... Au lance-pierre, il était l'un des meilleurs de la cité...

Elle frissonna à cette dernière idée. Après l'avoir si odieusement et cruellement trahie, aurait-il été capable de la jeter dans cette cellule puis, sereinement, d'actionner le treuil pour la remonter et l'y abandonner ?

Pour quelle raison ? M'empêcher de me venger de Na Loba ? À moins qu'il n'ait agi sur ses ordres, comme à Paris, quand il s'est glissé à la table d'Amaury de Montfort pour lui révéler où maman se cachait.

Des larmes de rage et d'impuissance lui piquèrent les yeux qu'elle balaya d'un revers de manche.

— Je te tuerai. Si c'est toi, je jure par le ciel qu'à la moindre occasion je te tuerai, maugréa-t-elle avant de crier, en pleine conscience cette fois des effets qu'elle allait provoquer : Tu entends, Altéric ? Si c'est toi qui me retiens ici, je te tuerai !

Elle brava l'écho malgré la douleur intense qu'il réveilla sous son front, sondant l'obscurité comme un animal sauvage qui savait que, tôt ou tard, il parviendrait à la dompter.

Elle s'étonna à peine lorsqu'un écho de pas réguliers monta jusqu'à elle.

La gorge nouée, elle regarda grandir la flamme vive d'une torche.

Ne put s'empêcher de frissonner en découvrant l'espace qui sortait peu à peu de l'ombre. Un espace formé de concrétions qui grimpaient, qui tombaient, qui se rejoignaient en lourds piliers ou en dentelles étincelantes. Toiles d'araignées de pierre enserrant un cours d'eau bordé d'un chemin sinueux.

Il alimentait le petit lac souterrain, d'un vert profond, au-dessus duquel elle était prisonnière.

La beauté magistrale de la grotte ne parvint pas à adoucir sa colère, son humiliation, sa rancœur et cette peur latente qui l'oppressaient.

Elle se leva précautionneusement pour garantir sa stabilité, regarda s'avancer une silhouette à la carrure trop massive pour être celle d'Altéric.

Mais que savait-elle de l'homme qu'il était devenu en trois années ?

Il s'arrêta sur la rive, déposa la torche dans une coupe de fer à ses pieds, embrasant le charbon de bois qu'elle contenait, puis releva vers elle un visage masqué. Un masque de cuir épais percé à hauteur des yeux, des narines et de la bouche.

— Ravi de vous voir ranimée, s'éleva jusqu'à elle une voix puissante.

Une voix aux accents du pays. Une voix inconnue.

Pourtant, comme le sourire ambigu qui l'accompagnait, son inflexion lui sembla aussi familière qu'inquiétante.

20.

Moulin de l'abbaye de Royaumont

— Le corps n'a pas été déplacé. C'est ici qu'il est tombé, affirma Jean de Nesle en se redressant sur ses jambes musclées.

Il désigna les traces de sang séché qui maculaient encore la pierre tout autour du cadavre à demi rongé par la vermine et les animaux errants. Quelques jours de plus et il n'en serait rien resté.

C'était une chance si un pêcheur s'était aventuré sous ce pont qui reliait le moulin au chemin conduisant à l'abbaye en construction. D'ordinaire, avait assuré le cellérier, ils s'installaient plus loin, au confluent des trois rivières[1]. Quant au meunier, il ne descendait que rarement vérifier le bon fonctionnement des aubes dans le bouillonnement de l'eau. Elles tournaient à seulement quelques pas d'eux.

Blanche s'éventa les narines, mais refusa de détourner les yeux. Tout ce qui lui restait d'espoir pour retrouver son fils se trouvait dans l'examen soigneux de cet homme à terre.

Un homme que l'on avait frappé de plusieurs coups de lame, avait déjà déterminé le chevalier. Il lui fit face, lui masquant un instant la vision de la victime.

---

1. L'Oise, la Thève et l'Ysieux.

— Je n'ai pas d'autre réponse, hélas.

Elle crispa les poings sur cette angoisse qui lui battait les entrailles depuis l'annonce macabre du cellérier, depuis qu'il les avait conduits là, trottinant devant l'abbé, aussi livide que désemparé.

— Ne m'épargnez pas, Jean, insista-t-elle en plantant son œil inquiet dans le sien, fuyant.

Il opina douloureusement. Les sentiments qu'il éprouvait pour elle étaient toujours là ; la promesse de la protéger, qu'il avait faite à son époux mourant, plus vive que jamais. Mais il savait aussi à quoi et avec qui elle occupait ses nuits et le regrettait profondément. Non qu'il fût jaloux de Raymond de Toulouse, il s'était depuis toujours interdit d'effleurer ne serait-ce qu'un cheveu de sa reine. Il n'avait simplement aucune confiance en ce Méridional, s'emportant trop souvent pour des broutilles.

Trop souvent, surtout, prompt à renier ses accords avec la Couronne et à tromper ceux qu'il aurait dû respecter.

— Je doute que la mort de cet homme soit étrangère au départ de Louis. On a voulu l'empêcher de révéler le nom de celui ou celle qui lui a remis le billet.

— Vous ne pensez pas que ce puisse être cette gueuse ? tiqua Blanche, déjà parvenue à la première partie de ce sinistre constat.

Jean l'éloigna du cadavre, de l'odeur de décomposition et des mouches qui bruissaient.

— Voleuse et impie cela ne fait pour moi aucun doute. Mais je ne la crois pas un seul instant capable de commettre un meurtre. D'autant que vous l'avez entendu comme moi de la bouche de l'abbé : sitôt averti, Louis a filé. Elle n'aurait pas pris le risque de le faire patienter en suivant puis assassinant son messager.

— Elle aurait pu en charger quelqu'un d'autre ! Elle a bien échappé à la traque de Montfort ! Refusant même de vendre ces reliques pour ne pas être repérée quand elle aurait pu en empocher une somme replète ! insista-t-elle, farouchement décidée à l'incriminer.

La seule pensée de son nom lui donnait de l'urticaire tant la haine qu'elle lui vouait était féroce. Et puis, surtout, elle ne voyait d'autre raison à l'attitude et au départ de Louis. Cela avait toujours été pour la rejoindre qu'il avait bravé à la fois l'Église et son autorité. Elle avait espéré que sa déconvenue de Montmartre l'avait guéri, mais elle devait se rendre à l'évidence : le ridicule n'avait rien changé aux sentiments qu'il éprouvait pour elle. Sans doute même étaient-ils exacerbés depuis qu'il l'avait possédée.

À ses grands regret et désarroi, son fils n'était qu'un homme comme les autres : sa raison disparaissait quand son vit gonflait. Elle n'avait cependant pas dit son dernier mot. Pour l'heure, si cela lui était inacceptable à elle, au regard de Dieu, Louis n'était pas encore perdu. Mais qu'il s'égare, ne serait-ce qu'une seule fois, quand il serait marié, et c'est elle qui le châtierait.

Oui, c'était certain. Elle préférerait encore le tuer de ses propres mains que de le voir un jour en situation de péché mortel.

— Admettons, consentit Jean devant son air buté, son regard qui fulminait. Admettons qu'elle soit amoureuse du roi au point d'être restée dans son sillage. Admettons qu'elle ait un complice décidé à protéger plus que tout leur intimité. Cela ne signifie pas que le roi soit en danger.

Elle se cabra, piquée au vif.

— Il l'est, vous pouvez en croire mon instinct de mère. Alors retrouvez-le, Jean. Retrouvez-le et ramenez-le-moi avant qu'il ne soit trop tard pour son âme et pour le royaume. Je ne laisserai pas une cathare le dévoyer.

Il s'inclina, se tourna vers le comte de Toulouse qui battait la rive près du moulin dans l'espoir d'un indice quelconque. Se demanda s'il pouvait être impliqué dans cette affaire par le seul fait de ses anciennes accointances avec Na Loba.

L'amour n'est peut-être que le prétexte du départ de Louis. La Louve aurait fort bien pu l'attirer dans un piège.

Elle non plus n'avait laissé aucune trace de son passage à Paris quand Raymond avait signé le traité de Meaux. Mais elle savait se faire discrète. Et frapper quand et où elle le voulait, ils l'avaient déjà vérifié. À plus forte raison si cette fois elle avait un complice dans le palais.

Je n'obtiendrai pas de réponses si la reine reste à mes côtés, comprit-il.

— Sauf votre respect, Blanche, vous devriez regagner l'abbaye et nous laisser continuer. Vous êtes impuissante ici quand vous pourriez prier pour que nos recherches ne soient pas vaines. Prier à l'abri de ce soleil brûlant.

Elle passa une main lasse sur son front perlé de sueur, lui retourna ce sourire bienveillant dont il s'était fendu.

Il savait toujours à quel moment la ramener à la tempérance, la faire rentrer en elle-même pour en ranimer le meilleur. C'était une qualité qu'elle aimait chez lui. L'une des raisons pour lesquelles elle lui avait, un jour lointain, demandé, comme à quelques autres proches, de l'appeler par son prénom en privé.

— Vous avez raison. Mais ne traînez pas trop…

Elle chercha l'abbé des yeux, le trouva en haut du talus en discussion animée avec le meunier.

— … ou je finirai par faire pendre ce scélérat par les pieds jusqu'à ce que Dieu lui-même décide de le décrocher.

21.

Montagne Noire

— Avez-vous soif, faim ? demanda l'homme masqué après ce long silence chargé d'agressivité que Griffonelle avait choisi de lui opposer.

Le ton était plus doux et elle en déduisit qu'il avait compris le message : elle n'était pas de celles qui geignent et supplient.

Triboulet avait raison, se félicita-t-elle. *On respecte davantage les courageux que les pleurnichards.*

Domptant le déséquilibre qu'elle imposa à la cage, elle s'approcha des barreaux mais ne s'y accrocha pas. Hors de question qu'elle montre la moindre faiblesse. Même si la seule perspective d'un repas venait de réveiller le vide abyssal de son estomac.

— Les deux, j'en conviens.

Il se détourna et, un instant, elle craignit de le voir ramasser sa torche dans le brûlot puis repartir en la laissant saliver en vain. Mais il se dirigea d'un pas vif vers la poulie que dessinait à présent la lumière et elle recula de nouveau au centre du maigre espace, soulagée.

Il allait la descendre.

Pourvu que ce ne soit pas pour m'immerger tout entière, se crispa-t-elle un instant, consciente de la profondeur du petit lac autour d'elle et du plaisir cruel de certains bourreaux.

Celui-là pouvait tout à fait cacher son jeu. Et lui faire payer plus ardemment encore sa piètre arrogance.

De nouveau elle songea à Triboulet, à ces moments où, l'éloignant des peurs ancestrales de noyade, il l'avait contrainte à enfoncer son visage dans l'eau d'une bassine, grappillant chaque fois davantage de précieuses secondes avant de l'autoriser à respirer. Lorsqu'elle avait été capable de tenir plus longtemps que lui, il l'avait poussée dans la Seine et, bien qu'elle détestât toujours cela, lui avait appris à lutter contre le courant et à nager.

Cela ne m'avancera guère ici, frissonna-t-elle en examinant la serrure complexe de la grille.

Quand bien même on lui aurait laissé sa besace et le matériel qu'elle contenait, elle aurait été incapable de la forcer.

Mieux vaut se préparer au pire.

Déjà son geôlier actionnait la manivelle. Elle s'assit pour équilibrer le plateau, s'efforça de se plier aux exercices respiratoires qui lui permettraient de retenir son souffle le plus longtemps possible.

Bientôt, sous le mouvement régulier de ces bras qu'elle devina puissants au peu d'à-coups imposés à la lourde chaîne, elle vit se rapprocher la surface ondoyante. Pourtant ce fut un sol sec qui l'accueillit. Celui d'un îlot à peine plus grand que la cage. On ne pouvait le distinguer d'en haut.

Elle se redressa aussitôt, apaisée par cette plongée en elle-même. Et de nouveau affamée.

À sa grande surprise, son gardien traversa le bras d'eau qui les séparait d'un pas égal, les bottes à peine recouvertes à hauteur des chevilles.

— Aucun miracle à cela. Des pierres affleurent pour qui en connaît le tracé, expliqua-t-il devant ses sourcils froncés. Reculez-vous. La porte s'ouvre vers l'intérieur.

Elle obtempéra, trop heureuse de comprendre qu'il entendait la délivrer. Sortit sitôt qu'il lui eut libéré l'accès.

— Je ne saurais trop vous conseiller de marcher derrière moi pour revenir à la terre ferme.

Elle imagina un instant en profiter pour se jeter sur lui et filer sans demander son reste. Mais à peine l'eut-elle pensé qu'il s'engageait sur l'étroit passage et ajoutait d'un air détaché :

— Cette grotte appartient à un dédale de galeries souterraines inextricables et obscures. Sans guide, vous seriez perdue en quelques minutes, avalée par une retenue d'eau glaciale, fracassée contre une concrétion ou croquée par l'un des ours dont ces salles sont les refuges. Sans parler des loups…

Il se retourna vers elle, douchée, la couvrit d'un regard dans lequel, cette fois, s'exprimait de la bienveillance.

— Cette cage n'avait d'autre dessein que de vous préserver de ces dangers, le temps pour moi de régler certains détails. Mais je n'aurais aucun scrupule à vous y ramener s'il me fallait vous protéger de vous-même. Est-ce entendu ?

Elle hocha la tête, soumise cette fois. Attendit pourtant qu'ils fussent sur l'autre rive pour demander :

— Est-ce vous qui m'avez délogée de l'arbre ?

Il ramassa la torche, lui fit face, un rictus amer aux lèvres.

— Je ne pouvais pas vous laisser abattre Amaury de Montfort.

Elle déglutit.

— Est-ce à lui que vous me conduisez ?

Contre toute attente, il éclata d'un rire sonore qui rebondit sur les murs de cette immense cathédrale de roche et de cristaux, la figeant sur place, réveillant vertige et douleur sous son crâne. Il fallut que le silence retombe autour d'eux et qu'il fasse un pas dans sa direction pour qu'elle recule d'autant, blême.

Il s'immobilisa, secoua la tête, navré de l'avoir effrayée.

— Ni à lui ni à Na Loba. Vous interdire de contrecarrer mes projets ne fait pas d'eux mes amis. Allons, venez, nous avons plus de choses en commun qu'il n'y paraît et je vous promets que nous en débattrons. Mais avant, vous devez vous restaurer et vous reposer. Ma demeure est incongrue, pourtant j'ai fait en sorte que vous y soyez à votre aise.

Elle lui emboîta le pas, aussi perplexe que troublée dans la tempête qui bourdonnait à ses tempes. Durant un moment, elle s'appliqua à le suivre, mesurant à la hauteur des plafonds, à la profondeur des niches, aux parois déchiquetées, aux cavités parfois profondes dans le sol que la simple passerelle de bois devant eux permettait d'enjamber, à quel point il avait eu raison de la mettre en garde : fuir l'aurait condamnée plus sûrement que d'accepter son hospitalité, fût-elle intrigante.

Dangereuse.

Fût-il, lui, fou.

Assurément.

Il finit par s'arrêter au seuil d'une trouée entre deux colonnes grossières façonnées par le lent glissement de perles d'eau. À peine le passage d'un homme dans une paroi torturée.

— Ayez soin de courber le front. L'entrée de mon logis est gardée par des pics acérés, invisibles de ce côté. Je vous attends de l'autre. La main tendue, Griffonelle.

Avant qu'elle ne soit revenue de sa surprise, il avait disparu dans le chas de cette aiguille de pierre.

Mon nom... il m'a appelée par mon nom..., s'ahurit-elle tout en prenant conscience, brutalement, qu'il venait d'entrer chez lui comme un seigneur en son château.

Elle avança, troublée. Perplexe.

Comment était-il possible que cet être sans visage, vivant sous terre, puisse la connaître ?

22.

Moulin de l'abbaye de Royaumont

Raymond VII de Toulouse détourna les yeux de Blanche, qui venait de disparaître dans le coude du chemin bordé d'arbres. Elle lui avait jeté un bref regard tandis qu'elle franchissait le pont avec l'abbé, suffisamment éloquent pour lui transmettre son espoir anxieux.

Or, il savait pertinemment qu'il ne trouverait rien. La dague qui avait poignardé le messager pendait à sa ceinture et il l'avait soigneusement nettoyée une fois son crime accompli à la manière d'un rôdeur. Il n'en était pas fier, mais les ordres que lui avait envoyés Na Loba avaient été clairs : personne ne devait remonter à lui. Et retrouver Louis moins encore. Pas avant qu'elle-même ne l'ait décidé.

Il s'écarta du bruissement continu des aubes du moulin, franchit la courte distance qui le séparait de Jean de Nesle, du cellérier et du meunier.

Les trois hommes s'étaient réunis autour du cadavre. La chaleur était accablante à cette heure, à peine adoucie par l'ombre qui régnait sous l'arcade de pierre et la fraîcheur du cours d'eau, peu profond à cet endroit.

– Enterrez-le immédiatement, recommanda Jean après avoir aidé le meunier à jeter le corps dans une vieille brouette.

— Sans une messe ? s'étrangla le cellérier en faisant un pas de côté, surpris par un gros rat noir jailli de la fange.

D'autres rôdaient, aux abois depuis qu'on les avait dérangés.

Accroupi devant l'onde vive, Jean acheva de se rincer les mains puis, se redressant, fixa le moine sans complaisance.

— Tenez-vous réellement à ce que la farine soit viciée ?

Le petit homme pâlit. Rapporter la dépouille ainsi décomposée à l'intérieur du moulin dans l'attente d'un office allait attirer tous ceux qui y avaient déjà goûté. Déjà les rongeurs remontaient discrètement le talus dans le sillage du meunier.

— Non… non… certes. Quelques mots suffiront avant qu'on ne le recouvre. J'y vais de ce pas.

— Il faut néanmoins prévenir sa famille. Savez-vous où je puis la trouver ? le retint Jean, espérant qu'une épouse, un parent pourrait le renseigner sur l'expéditeur de la missive.

Même si Raymond restait son principal suspect.

Le cellérier gonfla ses joues avant de relâcher un souffle aussi ennuyé qu'empestant l'ail.

— Non, à vrai dire. Il vivait seul dans une cabane à l'écart. C'était un original qui se vendait à toutes sortes de tâches.

— Voici qui ne va pas faciliter la nôtre, rebondit Raymond en prenant l'air contrarié.

— Le meunier en sait peut-être davantage, tempéra le cellérier. Je vais le lui demander.

Il leur tourna le dos, remonta sa soutane et se hâta de quitter le couvert.

— Inutile de s'attarder ici, lança Raymond.

La poigne musculeuse de Jean s'abattit sur son bras comme la serre d'un rapace.

— Un instant, encore. J'aimerais d'abord m'assurer que nous servons les mêmes intérêts.

Raymond soutint son regard suspicieux d'un air courroucé.

— Je ne vous permets pas d'en douter.

Il se dégagea d'un mouvement vif. Jean le laissa parcourir quelques pas avant de poursuivre.

— Marcher vers la lumière n'effacera pas votre part d'ombre, comte. Je n'abandonnerai pas Louis entre les griffes de Na Loba. Ni la reine entre les vôtres.

Raymond pila. Il ne s'attendait pas à ce que le chevalier soupçonne la vérité. Il avait pris trop de soin à masquer ses intentions. Encore plus à éliminer le messager.

Il n'a rien contre moi. Le rabaisser devrait suffire à rabattre ses prétentions, estima-t-il.

Il pivota, se fendit d'un sourire narquois.

— C'est donc cela… une basse jalousie de lancier. Nous ne sommes plus au temps des tournois, messire. L'on n'emporte plus les faveurs d'une dame en accrochant un morceau de tissu à sa hampe, mais en lui chaloupant ardemment le balancier, ajouta-t-il en s'empoignant les bourses.

Jean lui retourna une grimace féroce.

— Gardez votre « élégance » pour vos catins du Sud. C'est de la reine de France que vous parlez.

Raymond marcha sur lui, les poings serrés. S'il fallait en découdre, il était prêt.

— Si mon « élégance » lui déplaisait, c'est sur la vôtre qu'elle se coucherait.

Jean ne se démonta pas. Ce choix-là il l'avait fait depuis longtemps et pas une seule fois ne l'avait regretté. Il ne tolérerait pas, en revanche, qu'un traître leur manque de respect à tous deux.

— Là est notre différence, comte. Je ne cherche pas à la dévaster. Où est Louis ?

Raymond s'immobilisa. Visiblement, il avait sous-estimé cet homme effacé que Blanche maintenait dans son sillage. Depuis son arrivée à Paris, il n'avait vu en lui qu'un chien haletant en quête d'un os à ronger. Il aurait dû se méfier. C'étaient parfois les plus enragés.

Il écarta les bras, narquois.

— Je ne suis pas devin ! Mais s'il a le tempérament de sa mère…

Cette fois, c'en fut trop. Lui interdisant de poursuivre, Jean lui décocha son poing dans la mâchoire et l'envoya percuter de l'épaule le pilier du pont.

Raymond essuya sa lèvre éclatée d'un revers de manche, un rire sourd dans la gorge.

— Où est Louis ? répéta Jean déjà prêt à recommencer.

Raymond ne lui en laissa pas le temps. Tête en avant, il se jeta sur lui pour le faucher en pleine poitrine.

La fraction de seconde suivante, ils roulaient dans les résidus de chair en décomposition, se cognant avec autant de violence que leur animosité réciproque le leur permettait.

Le contact de l'eau n'altéra pas leur ardeur. Au contraire. D'égale force, ils s'y couchèrent chacun leur tour, étranglé par la main de l'autre avant de parvenir à le retourner.

Jusqu'à ce qu'un cri tombe depuis le talus :

— Messires ! Messires !… J'ai découvert qui interroger !

La gueule en feu, Jean esquissa un sourire triomphant avant de libérer Raymond qu'il avait réussi à bloquer, le front dans l'eau.

Le Toulousain s'en arracha dans un souffle mauvais. Il se retourna, prêt à poursuivre le combat. Vit son rival debout, en retrait, et le cellérier stupéfait à l'orée du pont.

Vaincu par défaut, il s'assit dans l'eau vive et rejeta violemment en arrière l'ample chevelure dégoulinante qui lui barrait le visage.

Satisfait, Jean pivota vers le moine.

— Où est-il ? demanda-t-il, bien décidé à confondre le Toulousain au plus vite.

— Pas « il », messire, « elle ». L'épouse du meunier. Elle se souvient d'avoir croisé un cavalier sur le chemin, il y a une semaine, juste après que le messager était venu leur déposer un paquet. Elle vous attend dans le moulin.

Jean tourna une paupière boursouflée en direction de Raymond qui se relevait.

— Toujours rien à me dire ?

— Allez au diable !

— N'ayez crainte. Je m'assurerai que vous le voyiez en premier, ricana Jean en marchant déjà derrière le moine.

Ses poings continuaient de le démanger.

23.

Montagne Noire

Les questions de Griffonelle se perdirent dans la stupéfaction qui la saisit au seuil du logis de son hôte.

La grotte n'avait aucune mesure avec celle qu'ils avaient quittée. De sa vie elle n'avait vu plus grande beauté.

Sous l'éclairage diffus, disséminés dans le vaste espace soutenu par des piliers naturels, des milliers de cristaux en étoiles libéraient leur éclat au milieu de drapés majestueux déclinant toutes les nuances de blancs, d'ocres et de gris. Il n'était pas une portion du plafond, une paroi qui ne fût de dentelle, de sculptures improbables et de gemmes qui scintillaient. Même Notre-Dame, qui l'avait tant émerveillée, lui sembla soudain fade.

Au bruissement discret, elle devina la présence d'une source abritée par un renfoncement. À l'opposé se trouvaient un lit habillé de tentures de samit jaune soleil et un bassin qu'elle supposa destiné aux ablutions. Çà et là, meubles et étagères de bois surmontés d'ouvrages, de vaisselle ou d'instruments de musique se fondaient à la pierre, la prolongeaient.

Tout était à sa place, comme si ce lieu n'avait été créé que pour accueillir cet homme, l'avaler, le protéger.

Pénétrée par ce sentiment étrange, elle descendit trois marches, s'attarda, à leur gauche, sur le foyer qui répandait une douce chaleur tout en léchant le cul d'un chaudron suspendu à un trépied. Un fumet de légumes mijotés au lard s'en échappait.

Affamée, elle reporta finalement son regard sur celui qui, de toute évidence, l'avait préparé.

Il se tenait près d'une table taillée dans la roche et dont le plateau, soigneusement poli, accueillait des fruits, un lièvre rôti fleurant le serpolet et une carafe de vin en verre facetté au milieu de couverts en argent martelé.

Il avait écarté l'un des sièges au dossier formé d'un entrelacs de branches et lui tendait la main, ainsi qu'il le lui avait promis.

— Qui êtes-vous donc, messire ? se troubla-t-elle en acceptant d'y déposer la sienne et de prendre place.

Il sourit.

— Un fantôme.

Elle éclata de rire, toute peur envolée.

— J'ignorais qu'ils étaient capables de manœuvrer une cage ou de faire à souper !

— Et pourtant…

Il la repoussa délicatement devant la table, puis vint s'installer en face d'elle pour découper le gibier. Bien que salivant déjà à la perspective d'un morceau sur sa langue, elle l'interrogea, de plus en plus perplexe :

— Vos attentions sont celles d'un prince troubadour ; pourtant, aucun n'accepterait de se terrer ainsi comme un gueux, même dans ce décor inouï. Alors soyez certain que je n'avalerai rien avant d'en savoir davantage.

Il la servit, l'œil amusé derrière le cuir de son masque.

— Vous auriez tort. La vérité vous couperait l'appétit.

Elle haussa les épaules.

— Je suis prête à prendre le risque.

— Moi pas. Mangez.

Elle céda dans un soupir résigné. Son estomac était aussi creux que la montagne dans laquelle elle se trouvait. Elle ne gagnerait à batailler que de s'évanouir dans sa gamelle. Et de léser l'enfant qu'elle portait. Elle mordit dans la chair parfumée en fermant les yeux pour mieux s'en délecter. Les rouvrit après avoir englouti sa bouchée.

— Alors ? s'enquit-elle.

— Aucune réponse tant qu'il restera de cette pauvre bête.

Elle en déchira un autre bout puis elle agita la cuisse du lièvre au bout de ses doigts tachés.

— J'ai déjà appris quelque chose : vous êtes têtu.

— Pas autant que vous.

Il se leva, marcha en direction des braises.

Tout en mastiquant la viande, elle le regarda soulever le couvercle de la marmite, y plonger une louche profonde et la renverser dans un plat de terre cuite.

Il le déposa devant elle avec une cuillère de bois, puis ajouta, l'œil déterminé :

— Mais je ne vous révélerai rien tant que je ne vous jugerai pas suffisamment forte pour l'entendre.

Aussi vaincue qu'intriguée, elle obtempéra et ne songea plus qu'à goûter à tout avec volupté.

Las ! elle cala plus vite qu'elle ne l'avait imaginé. À force de ne se nourrir que d'expédients ces dernières semaines, elle était vite rassasiée.

Elle repoussa son écuelle, s'adossa à la chaise.

— J'espère que c'est assez à vos yeux, car je ne pourrai en avaler davantage.

Il remplit le hanap d'un vin coloré, le lui tendit.

— Pour faire couler.

— Et ensuite, vous me direz qui vous êtes et pour quelle raison vous m'avez interdit d'abattre le comte de Montfort…

Il acquiesça.

Elle but d'un trait, un sourire aux lèvres, reposa le gobelet.

— Ne voulez-vous d'abord ôter ce masque ?

Il se rembrunit.

— Non. Mon apparence vous terrifierait.

Elle grimaça.

— Je m'attends à tout puisque vous êtes un spectre.

Ce fut à son tour de rire.

— Vous êtes décidément telle qu'il vous a décrite.

Elle fronça les sourcils.

— Il ?

— Un ami commun.

Elle sentit un frisson détestable la regagner.

Des amis, elle n'en avait plus guère en ce bas monde. Et aucun qui fût ici. Mais peut-être Altéric imaginait-il qu'elle lui pardonnerait. Regagnée par l'animosité, elle repoussa brutalement son siège et se leva, décidée à lui rabattre son caquet.

— Altéric n'est qu'une vermine. Vous pouvez le lui dire ! Et me ramener *illico* dans ma cage, car je le jure devant Dieu : qu'il pointe le bout de son nez et je le lui arracherai.

À cet instant, sa vue se brouilla et elle sentit ses jambes se dérober sous elle.

— Je suis navré, Griffonelle. Mieux vaut vous laisser aller, ce ne sera pas long, entendit-elle comme elle se retenait au plateau, agacée de constater que cet homme avait eu raison de vouloir la ménager.

Surprise, elle releva la tête. Le masque bougeait dans sa direction.

Elle se sentit molle, vidée de volonté.

Et brusquement l'évidence s'imposa à elle, aussi froide que son corps et son sang le devenaient.

— Empoisonnée... vous m'avez empoisonnée..., s'affola-t-elle avec l'impression d'étouffer.

Elle chercha à se débattre contre cette ombre qui grandissait autour d'elle, s'y sentit aspirée et s'effondra dans les bras puissants de celui qui l'y avait précipitée.

24.

Éperon rocheux de Lastours

Les trois donjons, Surdespine, Cabaret et Quertinheux, qui formaient le domaine de Lastours verrouillaient le Cabardès du haut de quatorze hectares de roches prises entre le Grésilhou et l'Orbiel. Un triple rempart contre les aspirations les plus redoutables. Seul celui de Cabaret, pourtant, possédait un village à son pied. Un village important, étagé sur la partie la moins abrupte de l'éperon et dont les habitations les plus basses étaient protégées par des murets de pierre, ouverts au seul passage du pont. Qui voulait s'en approcher était immédiatement repéré.

Ce n'était pas pour rien que Na Loba en avait fait à ce jour le plus important refuge de cathares du Carcasses.

L'idée n'était pourtant pas nouvelle. Elle l'avait eue en voyant s'embraser les premiers bûchers.

C'était la raison pour laquelle elle s'était mariée avec Jourdain de Cabaret en janvier 1211. De cette union lui étaient nés deux fils. Deux fils qu'elle avait placés sous la protection du comte de Foix à Montségur lorsque Jourdain avait choisi de divorcer en 1224. Or, elle n'était pas de celles qui autorisent un homme à la remplacer. Même s'il ne s'agissait pas d'amour dans cette affaire : Jourdain voulait une femme en charge de sa mesnie, pas une guerrière toujours en armes et sur les chemins. Dès l'instant où elle l'avait fait jeter dans les geôles toulousaines pour l'empêcher de céder Lastours à la Couronne de France, elle y avait repointé son joli nez et contraint sa rivale à baisser le sien.

Depuis un peu plus de deux ans, elle régnait en maîtresse du lieu aux côtés de ses actuels seigneurs : Pierre-Roger III de Cabaret surnommé le Joglar et son cadet, Pierre de Lauran.

Bien que différents de taille, de caractère et de traits, les deux hommes, âgés respectivement de trente-quatre et vingt-huit ans, lui vouaient la même admiration, le même respect. Elle savait qu'aucun d'eux ne songerait à saper son autorité. Et certainement pas à la veille d'une attaque au terme de laquelle, cette fois, Lastours tomberait.

Elle longea le sentier qui serpentait sous la crête d'un pas vif, le front barré d'une excitation soucieuse. Dépassa la masse imposante de Surdespine. Comme à Quertinheux, de solides arbalétriers veillaient au sommet. Elle leur adressa un signe de tête, poursuivit son chemin.

Avant de céder le terrain à leurs ennemis, il leur fallait encore évacuer la soixantaine de bonnes gens toujours présente dans le village. Tous des hérétiques. Tous, s'ils étaient pris, promis au jugement de l'Église. Tous préférant périr dans les flammes plutôt que d'abjurer leur foi.

Elle repéra le Joglar, le trouva adossé à l'imposante citerne qui jouxtait le donjon de Cabaret.

De là, il pouvait surveiller les deux quartiers : celui au nord qui surplombait discrètement la forêt du Val du Milieu et l'Orbiel ; et celui situé à l'ouest qui bordait le Grésilhou.

Tous deux obéissaient au même agencement : de grandes habitations à étages, des forges, des écuries, des ateliers, des fours pour fondre les métaux, le tout épousant la roche et desservi par des calades[1] qui s'enroulaient autour du relief tourmenté.

Elle s'attarda un instant sur le profil de cet homme, copie masculine de celui, superbe, de sa mère, puis le rejoignit.

— Ils sont en train de se déployer sous Quertinheux, lui annonça-t-elle sans préambule.

Il soupira.

— C'est trop tôt, Étiennette.

Lui aussi s'autorisait à la nommer ainsi, comme son cadet. Elle les connaissait depuis leur enfance. Lors des jours heureux rythmés par la visite fréquente des troubadours. Elle lui posa une main chaleureuse sur l'épaule, en pressa l'arrondi musculeux.

— Je sais. Nous devons nous réorganiser. Vite. J'ai promis à ta mère de la conduire moi-même à Montségur. Je tiendrai ma promesse. Je les tiens toujours. Voici pourquoi j'ai besoin de toi. Maintenant.

Il détourna les yeux de cette vie qui emplissait encore de rires, de discussions et de coups de marteau l'endroit qui l'avait vu naître et les posa dans les siens, farouches.

— Je t'écoute.

— Griffonelle se cache quelque part aux alentours, cherchant le moyen de rejoindre Cabaret. Je veux que tu me la ramènes avant la nuit tombée.

Il fronça les sourcils.

— Pourquoi ne pas confier cette tâche à Altéric ?

Elle rejeta en arrière une longue mèche brune qui venait de tomber sur sa paupière.

1. Rues très abruptes.

— Je ne veux pas que sa loyauté envers moi soit éprouvée par les sentiments qu'il lui porte toujours. Il pourrait avoir envie de me la soustraire.

— Peut-être parce qu'il craint que tu ne l'élimines froidement une fois que tu auras obtenu d'elle ce que tu en espères.

Elle serra les poings, détourna les yeux.

— Comme je n'hésiterai pas à l'abattre, lui, s'il tente de m'en empêcher.

Un lourd silence tomba entre eux, qu'il finit par briser d'une voix sourde.

— Et de la même manière que tu t'es débarrassée de ma tante Mahaut ou… de mon père…

Elle sursauta. Il avait pâli, mais ne lui opposait pas moins des traits fermes.

— Depuis combien de temps le sais-tu ? demanda-t-elle, la main ramenée d'instinct à la garde de sa lame.

Le corps de Pierre-Roger de Cabaret n'avait jamais été retrouvé.

Il grimaça tristement.

— Je n'en avais que le doute. Tu viens de le lever. Mais garde ton arme à ta ceinture. Je n'ai pas l'intention de le venger. Cela ne servirait qu'à condamner ma mère et tous ceux qui espèrent salut en ton courage et ta détermination. Je sais ce que tu vaux, Na Loba : mieux que beaucoup d'entre nous. Ce n'est qu'au sujet de Griffonelle que tu perds tout sens de mesure, tout contrôle. Toute objectivité. Peut-être serait-il temps que tu t'en guérisses. Pour notre bien à tous.

Elle le foudroya du regard.

— Ton père avait décidé de livrer la mine d'or au roi de France. Comme ton oncle Jourdain, il aurait trahi les siens si je ne m'étais pas interposée. J'ai fait ce que je devais. Ne mélange pas tout.

Le Joglar se mordit la langue.

Ils avaient besoin les uns des autres pour mener leur mission à terme. Et il en avait déjà trop dit quand il avait promis de se taire.

Il tourna les talons, jeta par-dessus son épaule :

— Ne t'inquiète pas pour Griffonelle. Je la trouverai.

25.

Moulin de l'abbaye de Royaumont

L'épouse du meunier de Royaumont était une trentenaire tout en rondeurs et dont le ventre protubérant promenait le septième de ses enfants.

Malgré l'avancement de sa grossesse, Jean la trouva occupée à remplir avec vivacité un gros sac de farine tout juste meulée. Un voile léger l'en recouvrait, de son bonnet de tissu pastel à ses souliers de corde. À son arrivée, elle frotta son visage d'un revers de manche mais ne fit qu'y ajouter une trace de poudre.

— Bien le bonjour, la salua-t-il avec un sourire avenant en quittant l'échelle qui l'avait conduit au dernier étage du moulin.

— Cela ne vous ennuie pas si je continue tout en causant ? demanda-t-elle en replongeant sa pelle dans le panier situé sous le tamis.

Un jeu de cordes et de balanciers l'agitait dans un grincement régulier.

— Non, non, bien entendu, lui assura Jean en s'écartant de la trappe pour permettre à Raymond d'en sortir.

L'entendant prendre pied sur le plancher, elle lui renvoya un signe de tête avant de se remettre à sa tâche, laissant Jean déçu. Il avait espéré la voir tendre un index accusateur vers le Toulousain, mettant un terme à ses doutes.

— J'ai pas vu grand-chose en vérité. Il arrivait au plein galop en face de moi, mais avec le soleil couchant dans le dos. Et puis à cet endroit de la route, les arbres plient beaucoup. Surtout en cette période de l'année, avec toutes ces feuilles. Il faisait presque noir dessous. Tout ce que je peux dire, c'est que c'était un homme…

Elle déversa sa pelletée, se tourna vers eux :

— … de votre taille environ, ou de la sienne, ajouta-t-elle en direction de Raymond. Pareil pour la corpulence.

Jean se désola. Au cul d'un cheval tout individu se ressemblait. Elle se cabra en arrière, la main sur les reins, pour soulager son dos un bref instant.

— Pourquoi a-t-il retenu votre attention en ce cas ? s'enquit Jean alors que déjà elle revenait à son travail dans un discret nuage blanc.

— Ce chemin-là, il mène qu'au moulin et aux bois derrière. Quand un cheval s'y promène, c'est devant une charrette, et encore ! Ici ce sont plutôt les bœufs ou les ânes qu'on attelle. Je me suis demandé ce qu'il venait faire là. Alors j'ai regardé d'un peu plus près quand il m'a croisée. Il portait pas de sacs de chez nous, mais une épée. De ça j'en suis sûre parce que je me souviens d'avoir eu peur qu'il s'en soit servi contre ma famille. Oh, pas bien longtemps ! Vous savez comment sont les femmes enceintes…

Non, Jean ne savait pas, son épouse était morte sans lui avoir donné d'héritier et il n'avait toujours pas songé à se remarier, mais d'un hochement de tête il l'invita à poursuivre.

— … toujours à dramatiser. Le temps de le voir arriver à la fourche et je m'étais apaisée. Un noble ne perce pas le cœur d'un meunier sans raison et mon Jacquot est l'homme le plus droit et le plus gentil du monde. Alors j'ai cessé d'y songer. J'avais bien assez traîné chez ma cousine qui habite à deux lieues, sur la route d'Asnières.

Le cœur de Jean bondit dans sa poitrine.

— La fourche dont vous parlez, c'est le carrefour qui mène à l'abbaye ?

Elle acquiesça.

— C'est ça. D'un côté au domaine royal, de l'autre à l'abbaye depuis le moulin.

Il pivota vers Raymond de Toulouse, enfermé dans son mutisme, n'obtint qu'un haussement d'épaules signifiant que cela ne prouvait rien.

Jean se renfrogna devant l'évidence. Ce détail était bien trop maigre pour incriminer qui que ce soit, même s'il nourrissait ses soupçons.

— Vous ne vous souvenez de rien d'autre ? insista-t-il.

Elle s'arrêta un instant pour fouiller dans sa mémoire, laissant grossir un petit tas de farine sous le tamis.

— Ma foi, non. Quand je suis rentrée, mon époux arrivait à son tour de la grange, les petits dans ses jambes. Comme elle est un peu à l'écart et que personne s'y était avancé, on en a conclu que le cavalier était venu au moulin et, ayant trouvé porte close, en était reparti bredouille. On n'a pas pensé à regarder sous le pont. Pauvre Gadelon…

— Le Gadelon, c'est notre victime, c'est cela ?

— C'est ça, approuva-t-elle tristement. Un brave gars. Simplet, mais brave. L'apportait toujours des bricoles aux enfants. Un caillou lavé, une bille…

Il vit briller une larme dans le revers de ses paupières. Elle se détourna, enchaîna les pelletées. Et il devina qu'elle s'était mise à l'ouvrage pour distraire sa peine. Si original fût-il, le messager du roi manquerait à cette famille.

Il n'insista pas.

— Merci dame Ulgarde. Si quelque chose vous revient...

— Je crois pas, non. Si le meurtrier m'a laissée en vie sur cette sente, c'est qu'il était certain que je risquais pas de l'identifier. C'est bien le cas, affirma-t-elle par-dessus son épaule. J'espère vous avoir aidés de mon mieux, messires.

Jean l'en assura puis emboîta le pas à Raymond qui déjà redescendait. Son menton rasait le plancher lorsque dame Ulgarde se retourna brusquement pour lui couler un ultime regard. Le temps qu'il s'étonne de la supplique terrifiée qui s'y inscrivait, elle le lui avait dérobé et son pied touchait le dernier barreau.

Circonspect, obnubilé par le message muet de cette femme semblant contredire tout son témoignage, il se dirigea vers une autre échelle dans le grincement des deux grosses meules qui occupaient cet étage. Raymond l'y avait une fois de plus devancé.

Au bas, près du gros mécanisme d'entraînement de la roue, se trouvait la porte qui conduisait à l'air libre. Le cellérier s'écarta de l'encadrement dans lequel il patientait pour laisser passer le Toulousain.

— Alors ? demanda-t-il lorsque Jean les eut rejoints dehors.

— Rien, affirma le chevalier d'un ton morne pour masquer la colère qui de nouveau l'étreignait. Je crains que la mort de cet homme ne trouve pas de coupable. Il va falloir chercher ailleurs le moyen de ramener le roi.

Le cellérier écrasa ses joues entre ses mains.

— Seigneur Jésus ! Cela va épouvanter la reine ! Et achever de briser mon abbé !

Jean ne s'attarda pas à ses jérémiades. Le poussant à rejoindre le meunier qui terminait son trou un peu plus loin, pressé d'y jeter le cadavre recouvert d'insectes vrombissants, il traversa le pont d'un pas nerveux.

— Auriez-vous cessé de me suspecter ? le moqua Raymond comme ils atteignaient leurs montures attachées à un bouquet de châtaigniers.

— Faute de témoin, concéda péniblement Jean en se mettant en selle.

Raymond se rengorgea.

— Vous n'en aurez pas. Alors faisons fi de cette querelle et unissons nos efforts pour sauver le roi de lui-même. En commençant par trouver une raison, acceptable pour la reine, qui explique nos visages tuméfiés.

Jean esquissa un sourire amer.

— Je vous en accorde le soin. On prétend que les gens du Sud ont de l'imagination à revendre.

— Préférez-vous la vérité ? ricana Raymond, haineux.

Jean le défia de ses prunelles d'ardoise.

— Toujours. Mais vous avez raison sur ce point : Louis passe avant tout. Je m'accommoderai de ce que vous servirez à sa mère.

Satisfait, Raymond tourna bride. Jean attendit qu'il ait fait quelques pas sur le chemin pour couler un œil discret en direction de la fenêtre du dernier étage du moulin.

Comme il s'en doutait, dame Ulgarde se tenait derrière, à l'aplomb de la roue, inquiète de savoir si ses derniers mots, si son dernier regard lui avaient permis de comprendre qu'elle avait menti par crainte de représailles.

C'est sans doute en voyant Raymond battre la rive qu'elle l'a reconnu, se donnant le temps de se préparer à ses questions, consciente que ne rien dire du tout l'aurait démasquée, mais semant assez d'informations anodines pour que je puisse les interpréter.

Il lui adressa un signe de tête reconnaissant.

Elle s'effaça aussitôt.

Elle avait montré plus d'intelligence et de cran à masquer la vérité au comte de Toulouse qu'il n'en avait fait preuve lui-même. C'était une leçon qu'il devrait retenir s'il voulait récupérer Louis entier : désormais, mieux valait feinter.

Nuit du 16 au 17 juillet

26.

Montagne Noire
Vallée du Grésilhou

Amaury de Montfort fendit l'air de la Montagne Noire d'un pas vif. La nuit était tombée depuis presque une heure et la chaleur lourde qui enveloppait toujours les crêtes ne lui disait rien qui vaille.

Il connaissait la violence des orages estivaux, avait vu s'emballer et déborder des cours d'eau en apparence dociles au cours des quinze années durant lesquelles il avait battu les sentiers du Carcasses. Et même si aucune nuée ne troublait la voûte étoilée, tout en lui percevait ce crépitement particulier autour des arbres et des rochers. Comme si la nature elle-même se préparait à recevoir la foudre.

Cela pouvait prendre quelques minutes ou plusieurs jours, mais les nuages s'agglutineraient d'un coup et les éclairs les déchireraient, délivrant sur eux des trombes d'eau. Il allait devoir convaincre Humbert de Beaujeu d'en tenir compte, quel que soit ce plan de bataille qu'il s'obstinait encore à garder secret.

Il souleva le rabat de la tente que, contre toute envie, il était contraint de partager avec lui. Il eût cent fois préféré se coucher près d'autres, plus affables, mais il n'avait trouvé que cette solution pour rappeler à tous qu'il avait été maître de ce pays et en connaissait mieux que quiconque les usages comme les dangers.

Il découvrit le gouverneur occupé à examiner une carte du lieu et tout en laissant retomber la toile ne put s'empêcher de ricaner :

— Pensez-vous sincèrement que cela vous soit d'une quelconque utilité ici ?

Humbert de Beaujeu lui retourna un regard acide, vérolé par les humeurs dansantes de la lanterne.

Sitôt installé à Carcassonne, fin 1226, il avait traqué Na Loba jusque sous les murailles de Cabaret, mais s'était brisé les dents sur ses défenses naturelles, n'ayant rien trouvé qui permît d'en contourner les obstacles. À défaut de pouvoir s'emparer de la forteresse, il avait laissé une quarantaine d'hommes au pied de l'éperon rocheux, chargés de lui établir une carte des lieux. Seul moyen, à son sens, d'attaquer un jour et de vaincre d'autant plus facilement que la Louve se serait habituée à la mollesse de son siège. Il n'imaginait pas que, presque trois ans plus tard, Montfort reviendrait en Occitanie pour se pavaner dans son sillage. N'avait-il pas déclaré forfait lorsque Louis lui avait signifié que Griffonelle, tout comme l'or qu'il convoitait, était désormais intouchable ?

Certes, la jouvencelle avait de nouveau fait parler d'elle sans que le comte ait réussi à la museler. Selon lui, même, elle serait déjà à l'abri de ces murailles. Mais Humbert de Beaujeu en doutait. Si elle était parvenue sauve jusque-là, sa haine de Na Loba l'avait certainement fait tuer à son arrivée.

Il grinça :

— Je fais ce que vous auriez dû au lieu de vous battre contre des bosquets à l'époque de votre gloire !

Amaury de Montfort ne pouvait plus taire qu'il avait passé plus de temps à chercher la mine perdue qu'à verrouiller les possessions héritées de son père. Débordé par sa négligence et le retour en force des faydits, il avait finalement dû les remettre au roi de France en 1224.

— Pierre-Roger de Cabaret a disparu en 1211[1], nous laissant maîtres des lieux. Aurais-je pu imaginer que ses fils reviendraient en force en 23 ? Jetez donc ceci ! J'en sais bien davantage sur cette foutue forteresse que ce papier.

Humbert de Beaujeu crispa les mâchoires. Il n'en roula pas moins le parchemin. Amaury de Montfort avait raison. Ne pas utiliser ses connaissances serait stupide. Mais il en détestait l'idée.

— Soit ! se força-t-il en se dirigeant vers un coffre ouvert pour jeter le relevé dedans. Je vous écoute.

Amaury de Montfort s'était servi un hanap de vin. Il en but une gorgée avant de sortir de nouveau, contraignant Humbert de Beaujeu à le suivre, agacé par sa morgue et se promettant de la lui rabattre sitôt qu'il en aurait terminé avec cette Louve insaisissable.

Sortant du couvert des arbres, ils gagnèrent le bord de la rivière, s'immobilisèrent en face de Quertinheux et de cette lumière qui délignait l'une de ses étroites fenêtres. Au-dessus, à la faveur de la lune, se découpaient clairement les silhouettes des guetteurs.

— Trois imposants donjons bâtis en enfilade sous la crête mais suffisamment espacés les uns des autres

1. À cette époque, Simon de Montfort ravageait la contrée. Grâce à l'aide militaire du seigneur de Termes, Pierre-Roger de Cabaret et son frère Jourdain avaient réussi à le contenir en Cabardès. Après la chute de Termes, les deux seigneurs ont préféré céder des murailles vides plutôt que voir la population de leurs villages massacrée ou brûlée vive. Ils échangèrent Bouchard de Marly, haut seigneur français qu'ils avaient capturé, contre des terres près de Béziers et disparurent après avoir fermé l'accès aux mines de la Montagne Noire.

pour, à la fois, surveiller l'ensemble de l'éperon rocheux et les trois vallées : celle du Grésilhou dans laquelle nous sommes, celle de l'Orbiel au pied de l'autre versant, et celle du Milieu enclavée entre les deux rivières. Comme elle, le village de Cabaret est le plus éloigné de nous. Or, c'est seulement par lui que nous pouvons nous emparer de cette maudite île montagneuse, de son village et de ses tours. Le seul chemin que vous connaissez pour y accéder est le pont du Grésilhou. Mais pour l'atteindre, il vous faut longer cette rive et donc vous exposer au tir des arbalétriers. Ou avancer sous le couvert des arbres à flanc de montagne. Mais j'imagine que vous avez déjà essayé.

Humbert de Beaujeu approuva d'un hochement de tête. Quand ce n'était une pluie de flèches qui tombait des frondaisons inextricables sans espoir d'y répondre, les soldats se faisaient happer discrètement dans un bosquet masquant l'une des innombrables cavités de la montagne. Lors de sa première attaque, deux ans plus tôt, il avait dû rebrousser chemin, son armée réduite aux deux tiers sans avoir seulement aperçu un seul des défenseurs de Cabaret.

Il se doutait bien que la mort de leur éclaireur n'était destinée qu'à les dissuader de réessayer.

— Me croyez-vous assez stupide pour reproduire les mêmes erreurs ? crissa-t-il, certain que Na Loba se trouvait derrière cette fenêtre, là-haut, dont la lueur s'était voilée d'une mince silhouette.

Cette garce les narguait.

Montfort posa le pied sur un rocher surélevé avant de boire une nouvelle rasade de vin.

— Vous ne connaissez pas Na Loba comme moi. Tout ce que vous aurez imaginé, elle l'a déjà anticipé.

— Et vous avez forcément une meilleure idée ? s'agaça Humbert de Beaujeu.

— Non. Même s'il existe un second moyen d'entrer dans Cabaret. Un gué à l'autre bout de la vallée de l'Orbiel qui permet de remonter le Val du Milieu jusqu'au pied le moins abrupt de l'éperon rocheux.

Humbert de Beaujeu s'allégea.

— C'est une bonne nouvelle. Je l'espérais.

— Mais elle ne vous mènera à rien. Sitôt que les arbalétriers verront l'armée se mettre en branle dans cette direction, ils la prendront pour cible et il ne nous restera plus un seul homme pour attaquer.

Humbert de Beaujeu se fendit d'un sourire narquois.

— Qui parle de bouger ? Nous allons rester bien en évidence de ce côté.

— Plaît-il ? s'étonna Montfort.

Ravi de pouvoir lui claquer le bec, Humbert baissa considérablement la voix. En ce pays, on racontait que même les pierres espionnaient pour Na Loba.

— Je veux qu'elle croie que nous sommes ici uniquement pour forcir le siège alors qu'une seconde armée, forte de deux cents hommes, remonte déjà la rive droite de l'Orbiel par le nord. Une armée invisible pour ses guetteurs. Son commandant ayant justement pour ordre de chercher un passage. Une fois celui-ci trouvé, il doit me contacter afin que nous puissions faire diversion et lui permettre ainsi d'attaquer le village. Na Loba ne pourra protéger en même temps les trois vallées. Elle n'en a pas les moyens.

Amaury de Montfort arrondit les yeux de surprise.

— Deux cents hommes ? En plus de ceux-ci ? Ou diable les avez-vous trouvés ?

— Le comte de Toulouse nous les envoie.

Cessant tout murmure, Amaury de Montfort éclata d'un rire sonore qui couvrit un instant le bruissement de la rivière.

— En ce cas, autant plier campement de suite ! Cabaret restera bien gardé !

27.

Domaine royal d'Asnières

Une nuit brûlante enserrait le manoir, long bâtiment rectangulaire flanqué de quatre tours rondes. Il avait sombré dans l'obscurité au milieu d'hectares de pâtures et de forêts qui couraient jusqu'au chantier de l'abbaye.

Jean de Nesle, pourtant, ne dormait pas. D'ordinaire, à cette heure, il serrait les poings en entendant grincer le parquet du couloir qui reliait la chambre de Raymond à celle de la reine. Lui partageait fraternellement son lit avec l'échanson royal[1]. Un homme robuste et droit qui n'attendait pour ronfler doucement que d'avoir touché le contact de l'oreiller.

Maintenant, décida Jean en rejetant le drap par côté.

Il avança jusqu'à la porte, l'entrebâilla pour jeter un regard en direction de celle de Blanche. Emportant la lueur d'une chandelle, le vantail se refermait. Satisfait quand il aurait pensé ne jamais pouvoir s'en réjouir, il se dirigea d'un pas retenu jusque chez Raymond.

Je devrais avoir le temps de fouiller avant qu'il ne revienne. Ce chacal met de plus en plus d'ardeur à l'ouvrage. Sans doute pour éviter que la reine se lasse, tenta-t-il de se consoler.

1. Raoul de Soissons.

Na Loba ne pouvait probablement pas se permettre de voir son espion rejeté.

Il trouva le battant déverrouillé, esquissa un sourire narquois.

Il imagine sans doute que sa position le rend intouchable.

Il referma derrière lui, puis s'en fut allumer une bougie à la faveur de la clarté lunaire qui irisait le plancher.

La pièce était vaste et luxueuse, traversée de solives au plafond, réchauffée de tapis épais et ponctuée de trois étroites ouvertures en plein cintre qui donnaient sur le parc. Un privilège au regard de la petite salle aveugle que Jean occupait avec Raoul de Soissons et qu'il devait à son rôle de protecteur de la reine. Les autres familiers logeaient, eux, dans un vaste dortoir situé au dernier étage du corps de logis. Même le cardinal de Saint-Ange devait composer avec trois évêques et frère Étienne, ce chanoine qui trottinait derrière lui à longueur de journée, dans celui réservé aux ecclésiastiques.

Jean n'était pas le seul que les faveurs accordées à Raymond inquiétaient. Si aucun des familiers du trône ne se serait permis le moindre commentaire, tous pensaient la même chose : quitte à prendre un amant, la reine aurait pu en choisir un qui soit du Nord et n'ait rien, en matière de fourberie, à se reprocher.

Plus qu'à trouver de quoi y remédier.

Il se mit à l'ouvrage, souleva oreillers et matelas pour y glisser la main, regarda sous le couvercle des malles, dérangea les vêtements trop voyants qu'elles contenaient, inspecta le rabat de l'écritoire, les sacoches de cuir et les besaces suspendues près des ceintures. Il dénicha quelques livres rares qu'il retourna en quête d'une lettre cachée, des bijoux dans un coffret, le nécessaire à courrier dans un autre.

Rien qui, de près ou de loin, ressemblât à une preuve des accointances de Raymond avec Na Loba.

Ne resta plus bientôt que la cheminée. Bien qu'éteinte depuis longtemps, l'intense chaleur estivale n'invitant pas aux flambées, une petite pyramide de cendres en tapissait le fond. Il les éparpilla de la pointe de sa dague. Son espoir rejaillit devant un carré de parchemin. L'épaisseur du pliage avait permis qu'il résiste aux flammes trop vite étouffées. Il n'en était pas moins jauni par la fumée, troué et consumé en de multiples endroits.

Il le rapporta près de la chandelle et l'ouvrit devant avec délicatesse.

La plume était féminine, nerveuse.

Bien qu'aucune signature ne lui permette de l'affirmer, il se convainquit que c'était celle de Na Loba pour en avoir vu un échantillon en 1226[1].

Il ne devina que quelques mots épars, incomplets, au gré des lignes :

« discret… envoi… roi… Iris jau…. embusc… Cab… renforts… Term… tête… acquis… cause… aisers ».

Anxieux, il empocha la missive puis se hâta de rabattre les cendres telles qu'il les avait trouvées et de remettre à sa place tout ce qu'il avait dérangé.

Quelques instants plus tard, il était de nouveau assis sur son lit, essayant de recomposer le texte manquant avec justesse. La moindre erreur pourrait être fatale à Louis.

Il aurait bien allumé une chandelle pour la passer derrière le parchemin et tenter de faire apparaître d'autres lettres, mais il craignit de réveiller l'échanson. Et il avait préféré ne pas s'attarder davantage chez Raymond. Se reportant aux informations dont le Toulousain n'avait fait aucun mystère, il put comprendre que Na Loba lui

1. *La Louve cathare*, tome 1, XO Éditions, 2020.

demandait de placer Olivier de Termes à la tête de l'armée qu'il s'était engagé à lever pour plier Cabaret.

Ainsi Beaujeu n'y verra que du feu. Des hommes marcheront tel qu'il l'escompte. Mais avec un proche de Na Loba à leur tête qui ruinera l'attaque prévue au moyen de quelque subterfuge. Subterfuge dont Raymond ne pourra être tenu pour responsable.

Il se leva, se rhabilla, attacha son épée à sa ceinture de hanche près d'une bourse destinée à rétribuer les informations qu'il espérait glaner puis, emportant ses bottes d'une main, il ouvrit discrètement la porte de l'autre et se rendit aux écuries.

Il lui fallait cravacher en direction de l'auberge des *Iris jaunes*, située sur la route de Paris, dût-il arracher le tenancier de son lit.

S'il avait bien déchiffré, on y avait tendu une embuscade à Louis.

Restait à savoir si c'était pour l'emprisonner et le mener à Na Loba ou pour lui ôter la vie.

28.

Montagne Noire

Altéric avançait prudemment, se guidant à la lueur de la flamme que promenait le Joglar dans l'entrelacs des concrétions rocheuses souterraines.

Mais où diable va-t-il ? s'angoissa-t-il sans pour autant renoncer à sa filature.

Elle avait commencé de la façon la plus curieuse qui soit : l'une des bonnes femmes[1] chargées de la confection des balandrano[2] ayant eu besoin de l'évêque[3] pour un essayage, il s'était enquis de lui auprès du chevalier d'Hautpoul[4], qui se trouvait alors devant sa maison, à discuter avec l'un des forgerons voisins. Le chevalier l'avait dirigé vers le donjon de Cabaret où, selon lui, l'évêque était allé rendre visite à dame Brunissende.

Tout ce petit monde, piloté par ce qu'il avait interprété comme un signe du destin, l'avait conduit à redescendre

1. Nom donné aux femmes cathares. Grâce aux tristes registres de l'Inquisition, on connaît le nom de deux d'entre elles qui vivaient là à cette époque : Marceline et Raymonde.

2. Manteau de voyage, confectionné pour six sous melgoriens, division d'un denier d'argent frappé en Occitanie.

3. Guiraud Abith, évêque cathare. Sa présence est avérée à Cabaret depuis 1227.

4. Raimond de Miraval, seigneur d'Hautpoul, faisait partie de la défense du château de Cabaret avec Roger de Montserrat, Raimond de Cabaret, Guillaume Pelapol et Bernard-Oth de Niort, tous faydits et refusant toujours de se soumettre.

un escalier à vis une fois son message transmis. Escalier percé de plusieurs meurtrières qui lui avaient apporté la voix de Na Loba.

Le nom de Griffonelle l'avait immobilisé sur la marche, l'oreille tendue.

Le reste de la conversation entre la Louve et le Joglar l'avait suffisamment édifié pour que sa décision soit prise : peu importait que Griffonelle ne lui pardonne jamais. Na Loba avait raison, il l'aimait toujours et refusait qu'elle meure. Il y avait assez de fantômes dans son cœur. Elle, il la sauverait. Quitte à tuer le Joglar s'il s'interposait et à s'enfuir avec elle tout de suite après, lui promettant de lui donner les réponses qu'elle était venue chercher.

Une fois que Na Loba aurait vidé Cabaret, Humbert de Beaujeu et Amaury de Montfort ne seraient pas difficiles à berner, ni la soldatesque qu'ils laisseraient dans la place.

Richesse vaut mieux que vengeance. Griffonelle en conviendra, s'était-il convaincu, même si le risque était bien plus grand qu'elle lui perce le cœur une fois qu'il l'aurait guidée jusqu'à la mine.

Qu'importe ! je suis prêt à le prendre. Prêt à passer le reste de ma vie à me racheter si elle accepte de m'en donner l'occasion, avait-il décidé.

Lors, il s'était mis à suivre le Joglar, aussi discrètement que ses anciens réflexes de voleur et sa connaissance de la forêt le lui permettaient. Finalement, alors que la nuit descendait sur la vallée, le Joglar avait lancé un regard pardessus son épaule, puis avait soulevé les branches d'un buisson épais pour disparaître derrière.

Altéric n'avait pas été étonné. Plus de quatre cents grottes creusaient l'intérieur de la Montagne Noire, racontait-on. L'un de ces réseaux ressortant même dans

Carcassonne à l'aide d'un souterrain. Il en connaissait quelques-unes, mais celle-ci, avait-il dû admettre en se faufilant à son tour dans une fente à peine plus large que lui, était particulièrement bien cachée.

Il avait longé un boyau étroit qui l'avait contraint à marcher de travers, le souffle à ras de la roche, puis à quatre pattes, la torche du Joglar en point de mire. Le passage élargi, des salles, petites, grandes, longues ou ramassées s'étaient succédé. Des salles percées de nombreux départs de galeries qui, de toute évidence, se perdaient elles aussi.

Impossible que Griffonelle ait réussi à s'aventurer jusque-là, se convainquit-il de nouveau.

Un instant, il fut tenté de croire que le Joglar avait finalement remarqué sa présence et décidé de l'entraîner le plus loin possible avant de l'abandonner dans ce dédale. Mais il en repoussa l'idée.

Tout de même… Il se dirige là-dedans aisément. Comme s'il y venait régulièrement.

Il le revit s'assurant d'être seul avant de disparaître dans la montagne. Comme s'il craignait que quelqu'un ne rapporte l'existence de cette excavation-là à Na Loba.

Que pourrait-il y faire qu'elle doive ignorer ?

Lorsqu'une longue passerelle de bois émergea devant lui, couvrant les innombrables et profondes trouées du sol, ses derniers doutes s'envolèrent : où qu'elle conduise, c'était de main d'homme qu'elle avait été tracée. Et pas depuis qu'il était arrivé à Cabaret. Un tel chantier souterrain aurait éveillé son attention et celle de Na Loba, ne serait-ce que par le transport répété des planches.

Il avança prudemment, gagné par une pointe d'espoir.

L'aurait-il prise de vitesse ? fait récupérer Griffonelle par un autre ? décidé de la protéger ?

Tout aussitôt pourtant et malgré la réticence qu'il avait perçue en lui face à la Louve, cette idée lui sembla absurde.

Qu'aurait-il à gagner à la trahir ? Cette vengeance qu'il a prétendu ne pas souhaiter ? Non. Non. Il ne prendrait pas le risque de perturber ses plans alors que le danger menace et que la vie de la communauté, de sa mère et de son propre frère en dépend.

De plus en plus perplexe, il vit brusquement la lumière disparaître, avalée par la paroi devant laquelle, un instant, le Joglar s'était arrêté.

Il se hâta dans l'obscurité retombée, tendu à l'extrême, l'œil figé sur la dernière image de la torche pour être certain de ne pas manquer le passage sitôt qu'il aurait quitté le pont. Se rassura une fois au bout. Une fente discrètement éclairée se découpait dans l'obscurité, à trois pas tout au plus devant lui.

Il prit quelques secondes pour réguler les battements fous de son cœur avant de la franchir.

Stupéfait, il découvrit derrière une salle imposante traversée d'épais piliers qui se perdaient dans des hauteurs vertigineuses, des concrétions calcaires qu'illuminaient des dizaines de lanternes. Ce qui le surprit le plus, pourtant, était que ce lieu, semblable à d'autres dans le creuset de la montagne, était meublé comme un palais.

Il avança de cache en cache jusqu'à s'immobiliser derrière une colonne aux volutes humides et généreuses, saisi cette fois par la vision d'un homme près duquel le Joglar s'était arrêté. Un homme dont le masque de cuir recouvrait l'intégralité de la tête, ne laissant place qu'aux yeux, aux narines et à la bouche.

Foutre de foutre, qu'est-ce donc que tout ceci ?

Il ne se souvenait pas d'avoir vu ce masque, voire même d'avoir entendu parler de lui.

Je dois m'approcher davantage. Entendre ce qu'ils se disent.

Il progressa discrètement jusqu'à se trouver enfin à portée d'écoute, près d'un lit à baldaquin dont les rideaux avaient été refermés. Plus risquerait de le trahir.

— C'est fâcheux, disait l'homme masqué, les deux poings posés sur une table de pierre. Ne peux-tu gagner encore un peu de temps ?

Le Joglar secoua la tête, visiblement ennuyé.

— Pas avec ces troupes qui se déploient dans la vallée du Grésilhou. Si je ne la ramène pas, Na Loba pensera que c'est Montfort qui l'a.

— Est-ce donc si grave ? Je n'ai besoin que de trois ou quatre jours, tout au plus.

Le Joglar se frotta le menton, dans l'expectative.

— Je peux essayer. Mais tu la connais. Elle est imprévisible. Et quand il s'agit de Griffonelle…

— Oui, je sais, répondit l'homme masqué. Trois jours, le temps qu'elle soit capable de lui faire face, et tu pourras la lui amener.

Altéric sentit une lame de glace le transpercer. Un instant il avait espéré que ces deux hommes pourraient finalement devenir ses alliés. Visiblement il s'était trompé.

— Où est-elle ? Toujours dans la cage de fer ? demanda le Joglar.

Altéric vit le menton de l'homme masqué se tourner dans sa direction.

— Non. Elle dort. Profondément. Elle a fini par comprendre qu'elle ne pourrait pas s'échapper.

Son cœur cessa de battre.

Se peut-il ?

Il recula jusqu'à disparaître totalement derrière le baldaquin, écarta délicatement les rideaux, vit apparaître un visage abandonné au sommeil sous le repli d'une couverture.

Griff…

Son sang reflua dans ses veines. La puissance de cet amour qu'il s'était contraint à refouler durant tant d'années aussi. Perdant tout contrôle, il se glissa près d'elle, se pencha sur ses lèvres en frémissant de tout son être.

— Sois sans crainte, mon amour. Na Loba ne t'aura pas. Je vais mémoriser le parcours en repartant. Et dès que tous seront endormis à leur tour, je reviendrai te chercher.

— Je ne crois pas, non. Tu en as déjà fait bien assez, chuchota une voix haineuse derrière la courtine.

Il blêmit.

Ce timbre…

Il pivota, vit le tissu s'écarter, écarquilla les yeux comme des soucoupes avant de sentir un goût de sang lui emplir la bouche.

Le temps qu'il s'accorde à l'inconcevable, la douleur le fauchait, fulgurante, dans la poitrine.

20 juillet

Cabaret

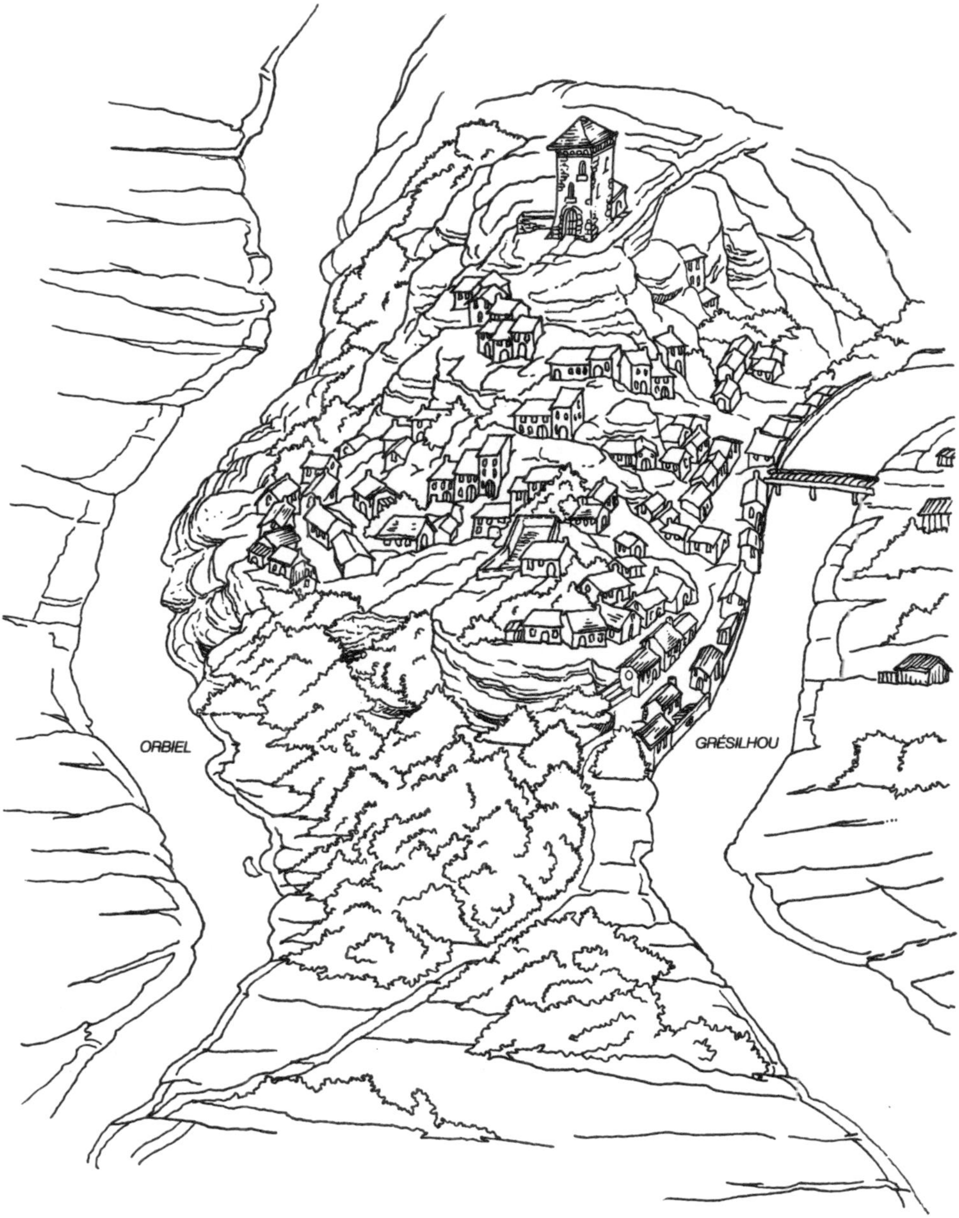

© Pierre Legein

29.

Région d'Albi

Prémices de l'aube, une lumière rase, bleutée, couvrait à présent la campagne au-delà des éboulis dans lesquels Jean s'était retranché pour surveiller la ferme abandonnée qui se dessinait devant lui au travers des nappes de brume.

Il dénoua ses muscles un à un avec l'habitude des hommes qui sentent l'heure d'agir arriver. Il savait désormais à quoi s'en tenir : aucun des six Occitans qui retenaient Louis ne résisterait à ses techniques de combat.

Il eût pu attaquer plus tôt, mais il avait d'abord voulu s'assurer que le roi était suffisamment à l'écart d'eux pour ne pas être blessé. L'occasion, enfin, se présentait. Louis venait de sortir par la porte arrière, escorté par un grand escogriffe à l'allure patibulaire.

Jean attendit que le roi s'accroupisse derrière un buisson pour se faufiler jusqu'à l'une des fenêtres basses et étroites qui fendaient l'un des murs de l'ancien logis. Il parvint devant à l'instant où le mugissement d'un bœuf traversa le silence. Il craignit qu'un coq voisin ne se décide à chanter, éveillant la maisonnée, mais il n'en fut rien.

Il fendit le papier huilé d'un trait de lame, jeta un regard tendu à l'intérieur, confirmant aussitôt ses soupçons : deux des marauds dormaient encore à même le sol de terre battue, l'un replié sur le côté, l'autre à plat sur le dos, à quelques pas d'un troisième qui se rinçait la bouche avec du vin coulant d'un pichet ébréché. Quant aux derniers, ils se tenaient face à face en plein mitan de la salle dépourvue de tout ameublement, séparés par la largeur d'un tonneau surmonté d'une lanterne, le premier surveillant mollement le second qui secouait un jeu de dés.

Tous trompaient l'ennui et la fatigue avant de reprendre la route. Certains d'être en sécurité.

Tandis que les dés roulaient sur le plateau, suscitant un grognement dans la bouche du perdant, Jean passa une main furtive à l'intérieur de la croisée. Le loquet ne résista pas. Pas plus que le battant lorsqu'il le poussa discrètement. Il se glissa par l'ouverture avec la souplesse d'un jouvenceau malgré sa cinquantaine sonnante. Un avantage qu'il devait à une longue vie de mouvements et de chevauchées autant qu'à une belle constitution. Son père s'était éteint à l'âge honorable de soixante-quinze ans sans avoir jamais souffert de la moindre articulation.

Il bénissait ce patrimoine qui lui avait permis, sitôt le propriétaire et les employés des *Iris jaunes* interrogés, de suivre la piste que Louis avait semée en prononçant le nom de Cabaret près d'un palefrenier. Selon les dires de ce dernier, au moment de monter en selle dans la cour de l'auberge, le roi n'était pas entravé. Jean en avait donc conclu que ces marauds avaient utilisé quelque menace ou ruse pour le forcer à les accompagner. Les rattraper en chemin n'avait pas été plus difficile. Outre le fait qu'il était capable de couvrir de longues distances sans s'accorder d'autres haltes que le temps de s'acquitter des péages, de changer de cheval, de dormir moins d'une poignée d'heures à son cul et de manger dessus, six hommes entourant un moine, tel que Louis en conservait l'aspect, ne passaient pas inaperçus.

En cet instant, il n'était plus qu'à quelques lieues d'Albi. En plein cœur déjà de l'Occitanie.

Il avança à pas feutrés, servi dans sa progression par un ronflement sonore et un reste de courtine qui pendait d'une tringle en osier, modeste cloison qui avait dû, autrefois, servir à masquer un lit du restant de la pièce.

Agir. Avant que Louis ne revienne.

Il ne pouvait se permettre d'échouer.

Encouragée par ce traître de Raymond, Blanche devait se désespérer d'imaginer son plus fidèle serviteur occupé à d'inavouables causes, puisque ayant disparu à son tour.

Il devait rentrer au plus tôt à Paris avec Louis.

Il tira son épée du fourreau, l'ajoutant au poignard qu'il tenait toujours dans l'autre main.

M'occuper d'abord des deux joueurs.

Ils étaient les plus proches de lui. La surprise qui se peignit sur leurs traits lorsqu'il surgit sans crier gare lui donna raison. Ils eurent à peine le temps de se rejeter en arrière et de tenter de s'armer qu'ils s'effondraient, l'un la gorge tranchée, l'autre la poitrine fendue.

Le vinassier avait déjà lâché son cruchon, arraché une dague de sa ceinture, et bondi vers les deux endormis.

— Aux armes ! beugla-t-il.

Il leur décocha un coup de pied pour les contraindre à réagir promptement puis fondit en direction de la porte arrière. Porte derrière laquelle se trouvaient Louis et son gardien. Avant même que Jean n'ait pu le lui interdire, il gueulait « à l'aide » et les deux autres, rendus mauvais par la vision de leurs compagnons à terre, se dressaient devant lui.

— C'étaient de bons gars. Tu vas payer pour ça, ragea l'un, la mine sombre, le cheveu ébouriffé.

Son acolyte approuva en crachant par côté et en faisant jouer son coutelas d'une main à l'autre.

— Il est à moi, leur objecta le Vinassier revenu à leur hauteur.

Jean ne se démonta pas. Trois poignards n'étaient pas suffisants pour venir à bout de son épée et de son haubert, fussent-ils longs et bien maniés.

Je tranche la gorge de celui de droite. Je ramène ma lame pour parer le coup de celui du milieu. Dans le mouvement de volte, je lui transperce le flanc gauche avec mon poignard et je termine en taillant le troisième par un revers, décida-t-il en les voyant avancer en tenaille. *Quelques secondes, tout au plus.*

Il ne put les mettre à profit. La porte s'ouvrit brutalement sur le cri de Louis, affolé.

— Reculez, malheureux ! C'est le meilleur de mes chevaliers !

Ils obéirent aussitôt et Jean resta sot au milieu de la pièce, le geste suspendu, tandis que Louis marchait d'un pas vif sur lui, un sourire embarrassé aux lèvres et son cerbère dans les jambes.

— Tout va bien, Jean. Vous pouvez baisser cette épée, assura-t-il.

Perplexe, Jean hésita à obéir.

— N'êtes-vous point ici contre votre gré ?

Louis s'arrêta devant lui.

— Non. Ces hommes sont mon escorte. Et en rien des ennemis.

De fait, ils avaient rengainé leurs armes et, les laissant s'expliquer, se penchaient à présent, silencieux et rancuniers, sur les corps ensanglantés.

Jean se frotta le menton, doublement marri de sa méprise.

— Vous auriez été mieux inspiré de toquer à cette porte, ajouta Louis dans un soupir navré.

— Pouvais-je me douter, Sire ? J'ai trouvé un billet de Na Loba dans les cendres de la cheminée du comte de Toulouse. C'est par ce biais que j'ai remonté votre piste.

Le Vinassier lui décocha un œil noir tandis qu'il empoignait l'un des cadavres par les pieds.

— Par chance pour vous, ce n'est pas d'elle que nous prenons nos ordres. Sans quoi…

Jean acquiesça respectueusement. Il comprenait.

— J'ai une dette de vie envers ces hommes. Je m'en souviendrai auprès de leur famille. Et s'il me faut en répondre, vous me trouverez.

— Point ici, tempéra Louis. Nous avons assez perdu de temps. Enterrez-les dignement et remettons-nous en selle, ajouta-t-il en direction des Occitans.

Jean attendit que les quatre hommes aient passé la porte avec leur macabre fardeau pour couvrir Louis d'un regard perplexe.

— J'en conclus que nous ne rentrons pas à Paris.

Louis secoua la tête, le regard empreint de détermination.

— Non, Jean. Nous ne rentrons pas à Paris.

30.

Montagne Noire

Griffonelle émergea d'un sommeil pâteux avec la sensation détestable d'avoir perdu toute notion de temps et de lieu.

C'était comme si une part d'elle avait délibérément choisi d'oublier.

De tout oublier.

Elle se tourna, se retourna à plusieurs reprises sans parvenir ni à ouvrir les yeux ni à donner une consistance à ce qui l'entourait.

Finalement, elle prit conscience d'un parfum de fleurs autour d'elle, de la fraîcheur, presque humide, des draps qui l'enveloppaient, du murmure discret de l'onde, du chuintement répété de gouttelettes dans des flaques.

Rien qui concordât : on ne pouvait être à la fois dedans et dehors. Dans un lit et dans les bois.

À moins d'être près d'une fenêtre ouverte. Est-ce le cas ?

Elle chercha à soulever les paupières. Se rappela que ce n'était pas la première fois qu'elle éprouvait cette difficulté à s'arracher de cet état. Revit une silhouette imposante au-dessus d'elle, la forçant à boire, à mâcher.

Mais tout restait confus. Finalement, tenter de rassembler ses idées lui demanda un effort trop grand. Vaincue, elle s'abandonna de nouveau, s'étonnant juste cette fois de s'être couchée à plat[1]. Le temps qu'elle s'en effraie, elle avait replongé.

Un long moment plus tard, c'est dans une sensation de bien-être qu'elle s'éveilla. Bâillant à s'en décrocher la mâchoire, elle s'étira voluptueusement avant de sourire. Elle se sentait bien. Détendue. Reposée. Pour la première fois depuis longtemps. L'obscurité régnait toujours autour d'elle. Elle dut s'asseoir, tâtonner pour trouver les limites du lit, puis les montants du baldaquin.

À cet instant seulement, les bruits diffus qui lui parvenaient lui permirent de recomposer les images, celles d'un palais souterrain et d'un homme lui tendant un hanap. Les souvenirs affluèrent au rythme brusquement affolé des battements de son cœur. Et avec eux, la peur qui l'avait fauchée avant qu'elle ne perde connaissance.

Aussitôt pourtant, elle la repoussa.

Ne sois pas sotte. Quoi qu'il ait mis dans ce vin, ce n'était pas pour t'occire… et même si tu es nue, pas non plus pour abuser de toi, confirma-t-elle en se passant une main entre les cuisses.

De fait, elle n'avait à reprocher à son hôte que ce repos forcé.

Un sourire lui fendit le visage. Elle s'assit sur le bord du lit, craignant un vertige. Elle n'en souffrit pas.

Lors, elle se leva, chercha la jonction entre les deux pans de la courtine et les écarta. La vaste salle souterraine était telle que l'avait préservée sa mémoire. Piliers vertigineux, effilés ou massifs, droits, concaves, tordus, formant des voûtes improbables. Et cette lumière douce sur les meubles, dans certaines cavités, éclairant, à la

1. Au Moyen Âge on se couchait la nuque et le torse surélevés par peur de s'étouffer et de mourir dans son sommeil.

façon de bijoux suspendus, les formations en étoile des cristaux.

Elle chercha son hôte du regard, mais ne le trouva pas. La table, en revanche, semblait l'attendre. Des coupelles débordaient de fruits frais ou secs. Ils l'attirèrent pourtant moins que le chant de la source, tout proche. Elle s'aventura sous une arche de pierre. Des bougies se consumaient sur la berge d'un bassin naturel, près d'un pain de savon, d'un peigne de corne, d'un linge pour s'essuyer et de vêtements propres.

Et brusquement, sans que rien l'y prépare, des larmes roulèrent sur ses pommettes.

Elle se revit trois ans en arrière, sur l'île de la Cité, entrant dans l'établissement de bains de Marguerite Potier avec Triboulet, décidés l'un comme l'autre à se laver du sang du maraud que le nain avait occis dans les combles de Notre-Dame[1].

Elle passa une main rageuse sur ses joues, sentit remonter sa haine derrière le chagrin. Il était toujours là. Refusant de céder.

Puissant. Quoi qu'elle fasse.

Elle entra dans l'eau froide, s'allongea sur le dos, s'enfonça jusqu'à faire disparaître son visage sous la surface. Jusqu'à manquer de souffle et ressortir enfin, plus déterminée encore qu'avant même de poser un pied en Occitanie.

Qui que tu sois, le Masque, tu ne m'empêcheras pas de faire justice. Tu ne me raviras pas ma vengeance. Tout comme le comte de Montfort, Na Loba et Altéric devront payer pour ce qu'ils m'ont pris.

Elle s'agenouilla puis se savonna vigoureusement le corps et les cheveux, fouettée par un léger courant.

1. *La Louve cathare*, tome 1, XO Éditions, 2020.

Il entraînait les impuretés dans un dévidoir, mince cours d'eau qui se perdait dans l'un des méandres de la paroi rocheuse, à une vingtaine de pas d'elle.

Un instant il lui sembla voir bouger quelque chose dans la pénombre qui enveloppait cette partie de la cavité. Elle suspendit son geste sur l'arrondi de son épaule, fronça les sourcils. Mais elle ne parvint à distinguer que des formes imprécises.

— Êtes-vous là ? s'enquit-elle, nullement inquiète.

Si son hôte avait eu de mauvaises intentions, il l'aurait déjà prouvé. Mais nul ne répondit et elle finit par admettre que sa perception avait été faussée. Un bruit de pas à l'autre bout de la pièce acheva de l'en convaincre. Où qu'il se fût rendu, le Masque revenait.

Elle acheva sa toilette, ragaillardie, puis, s'étant séchée, revêtit le chainse, la cotte et le surcot pastel qu'il lui avait préparés, s'étonnant à peine qu'ils fussent à sa taille.

Désireuse d'obtenir enfin des réponses, elle le rejoignit près du foyer. Accroupi devant, il s'employait à le raviver.

— Il semble que je doive vous remercier, lança-t-elle, avenante, comme il relevait le front à son approche.

Elle devina un sourire sous le cuir figé du masque.

— Ici les bonnes gens prennent soin les uns des autres. Et il y avait longtemps que vous ne vous occupiez plus que de votre haine.

— Elle ne m'a pas quittée, assura-t-elle.

— Loin de moi l'idée de l'éteindre. La dompter jusqu'à ce que vous vous sentiez mieux m'était suffisant. Pourriez-vous me passer quelques bûches supplémentaires ? demanda-t-il en lui désignant le tas de bois près duquel elle s'était arrêtée.

Elle lui en tendit deux. Il les ajouta aux autres puis souffla sur les braises jusqu'à ce que des étincelles annoncent la reprise du feu. Il se redressa, récupéra un chaudron sur le plat d'un gros rocher et le suspendit au trépied de fer, le cul au ras des flammèches.

— Ragoût de fèves, commenta-t-il.

De nouveau le cœur de Griffonelle se pinça. Sa mère en préparait autrefois.

Une recette qui lui venait probablement d'ici.

— C'est parfait, assura-t-elle en essayant de masquer son regain d'émotion.

Sans doute le perçut-il, car il vint la prendre par les épaules, la forçant à accepter la douceur de son regard dans le sien.

— J'ai beaucoup de choses à vous dire, Griffonelle. Des choses qui vous seront difficiles à entendre ou qui vous bouleverseront bien plus que le souvenir de Mahaut.

Elle tressaillit, bredouilla.

— Vous connaissiez ma mère ?

Il acquiesça.

— Avant que Na Loba ne fasse de moi un fantôme, je fus Pierre-Roger, le demi-frère de Mahaut. Et le seigneur de Cabaret.

31.

Domaine royal d'Asnières

La matinée s'achevait lorsque Blanche de Castille pénétra dans l'oratoire. Ce n'était qu'une petite pièce aveugle de la maison forte. Philippe Auguste y avait fait élever un crucifix et Romain de Saint-Ange aimait, comme elle, s'agenouiller devant lorsqu'ils séjournaient à Asnières.

Elle referma discrètement la porte, consciente de devoir attendre qu'il ait achevé de se recueillir pour solliciter son conseil. Un conseil qu'elle avait négligé depuis que Raymond l'avait détournée de sa chasteté. Non que l'Église y ait quelque chose à redire. Son veuvage l'autorisait, sans pécher, à combler le vide de son cœur, à apaiser les morsures de sa chair. Mais une part d'elle, bien enfouie sous l'assurance qu'elle affichait, se reprochait une infidélité morbide. Comme si, depuis le ciel, son défunt époux lui-même la condamnait.

S'en confesser aurait donné du grain à moudre au prélat, dont elle entendait le reproche muet. Lui aussi devait penser qu'accorder ses faveurs à l'homme qui avait tant défié le pape et la royauté était une injure à celui qui était mort en revenant de le combattre[1].

1. Louis VIII dit le Lion est mort à Montpensier en 1226, au retour d'une expédition en Occitanie. À la fois pour reprendre les fiefs perdus par Amaury de Montfort et s'emparer de Toulouse.

Lors, elle avait préféré écarter Saint-Ange quand jusque-là il marchait à ses côtés.

Comme à son habitude, il avait ôté ses sandales pour prier et ne releva pas la tête à son approche. Elle prit place près de lui, courba le front sur ses mains jointes et s'offrit à la dévotion qu'il leur imposa.

Un long moment passa durant lequel, comme c'était le cas ces jours derniers, elle implora Dieu de protéger Louis, de le lui ramener sauf et avec lui Jean de Nesle, dont la disparition soudaine la stupéfiait autant qu'elle l'effrayait.

Raymond affirmait ne pas comprendre ce qui avait motivé le chevalier à quitter le castel en pleine nuit, son absence ainsi que celle de son cheval ayant été remarquées au petit jour qui avait suivi. Certes, ils s'étaient battus, laissant sortir leur animosité réciproque et leur frustration à n'avoir rien obtenu de la scène de crime. Mais avant même de se présenter devant elle, le chevalier et lui s'étaient fixé le même objectif : retrouver Louis. Or, ils étaient loin de pouvoir y arriver.

— Aurait-il pu être l'auteur du billet reçu par le roi ? avoir aidé à sa disparition ? Comment expliquer sa fuite autrement que par la peur d'être accusé ? avait insinué Raymond, nerveux.

Blanche n'avait pas répondu. Elle connaissait depuis longtemps la nature des sentiments que lui portait Jean. Non qu'il les ait dévoilés d'une quelconque manière, fût-elle involontaire. Elle les avait juste perçus, les acceptant pour ce qu'ils étaient, une fidélité et un dévouement sans faille. À l'image de ces troubadours qui subliment une dame dans leurs chansons et la vénèrent sans jamais oser la toucher. À cette différence près que Jean ne composait qu'avec sa lame. Lame qu'il avait mise à son service.

Il ne la lui aurait pas enlevée sans un motif solide. Ne serait pas parti sans se justifier.

Deux jours. Deux jours entiers sans nouvelles.

Elle ne voyait que de sombres raisons à ce silence : soit Jean avait été attiré hors du château par la ruse puis occis. Soit, tandis qu'elle distrayait sa peur dans les bras de Raymond, il décidait de retrouver Louis par lui-même pour prouver qu'il valait mieux que son rival. Elle priait en cet instant pour que la seconde hypothèse soit la bonne. Même si elle imaginait mal le chevalier agir à l'inverse de ce qu'il avait toujours fait.

Un toussotement discret lui indiqua que le cardinal était enfin disposé à l'écouter. Elle acheva sa prière, se signa, puis murmura :

— Bénissez-moi, Éminence, parce que j'ai péché.

Contrairement à ce qu'elle attendait, un soupir agacé fendit le silence.

— Contrition n'éloigne pas le désir. Et je ne suis guère enclin à cautionner par la clémence de Dieu celui qui vous anime.

Elle le cueillit d'un œil devenu de glace.

— Et moi je ne suis pas venue me repentir d'être à nouveau une femme.

Il haussa un sourcil, surpris.

— Non ?

— Non.

— En ce cas, s'exécuta-t-il sous la morsure hautaine de son regard.

Si la veuve pieuse, vertueuse et éplorée marchait désormais dans les dignes traces de sa grand-mère Aliénor, la Blanche d'autrefois lui manquait.

Elle ferma un instant les yeux, laissant s'appesantir le silence avant de les river sur le Christ.

— J'ignore ce que ressentit vraiment la Vierge Marie devant la souffrance contenue de son fils. Mais j'ai refusé la mienne devant celle de Louis.

Le cardinal sursauta.

— Que voulez-vous dire ?

Une ride ténébreuse griffa ses traits tandis qu'elle soupirait.

— Vous étiez là à Montmartre, dans le *Sanctum Martyrium.* Vous le savez donc. Cette garce l'a humilié, mais il n'a rien dit. Ni pendant que je le toisais de mon indignation ni ensuite. Il a courbé le front, puis l'échine sur ce chantier et je me suis convaincue que c'était du repentir. Comme je me suis convaincue trois années durant que l'écarter de lui suffirait à ce qu'il s'en guérisse. Je n'ai pas voulu voir. Pas voulu comprendre à quel point il l'aimait. À quel point il m'en voulait, à moi, sa mère tant chérie. À moi la régente de son royaume.

Le cardinal posa une main boudinée sur son bras qui s'était mis à trembler. Empli de compassion cette fois.

— Vous en vouloir ? De quoi ? Vous n'avez agi que pour son bien et celui, justement, du royaume.

Elle ricana, amère.

— Mais je lui ai menti. Toutes ces années, je lui ai menti pour éviter qu'il ne s'approche d'elle. J'ai piétiné ses sentiments à cause de cette haine envers les cathares que Na Loba a inscrite en moi en tuant mon époux, en incendiant la cathédrale. Et Dieu me pardonne, en réalité, j'ignore ce qui s'est passé dans cette crypte. Louis ne l'a pas même révélé en confession, vous me l'avez avoué vous-même.

— Certes, se troubla le cardinal, honteux de n'avoir rien obtenu du roi.

Blanche sentit remonter sa colère. Et tout à la fois sa frustration et cette douleur qu'elle combattait à coups de chevauchées charnelles. Louis était en danger à cause d'elle. À cause du poids de cette solitude qu'elle avait voulu combler à tout prix. Elle s'était offert Raymond. Raymond qui avait tant concédé aux cathares. Louis valait-il moins qu'elle ?

— Il s'est dressé là, devant nous, nu comme un ver ! Et je les ai imaginés forniquant sous l'œil de Dieu avant qu'elle ne l'abandonne en lui prenant tout, jusqu'à ces précieuses reliques. Alors que la vérité pourrait être tellement plus cruelle ! s'étrangla-t-elle.

Le cardinal pâlit.

— Qu'imaginez-vous ?

Des larmes de rage et de détresse piquèrent le revers de ses paupières.

— Qu'il lui ait tout donné. Sa vertu, ses vêtements, son pécule, son épée, son cheval, ces ossements sacrés. Son honneur.

— Vous déraisonnez. Qu'y aurait-il gagné ?

— Mon châtiment. Mon châtiment pour l'avoir trompé. Pour l'avoir maintenue, elle, prisonnière dans ce monastère.

— Doux Jésus, se décomposa le cardinal. Est-ce donc là l'objet de votre repentir ? Vous vous rendez responsable de sa disparition d'aujourd'hui ? Vous craignez qu'elle ne soit à votre égard sa vengeance ultime ?

Blanche frémit.

— Quoi d'autre ? Quoi d'autre pour justifier qu'il se soit enfui du chantier d'une abbaye, signant presque son adhésion à la foi de ces maudits cathares ? Quoi d'autre pour justifier que même Jean de Nesle m'ait tourné le dos ?

Le cardinal sembla un instant perdu, égaré dans ses propres repères avant de secouer plusieurs fois la tête.

— Non. Non, Votre Majesté. Le jeune Louis a les défauts de sa jeunesse mais jamais, je l'affirme sous le regard de Dieu, jamais il ne se détournerait de la vraie foi. Quant au chevalier de Nesle, vous savez que, pendant longtemps, je l'ai porté en inimitié avant d'admettre sa valeur. Et je ne crains pas aujourd'hui de l'assurer : il vous est plus fidèle et attaché que n'importe quel autre. Et quand je dis quel autre...

Il ne se laissa pas impressionner par son air agacé.

— J'eusse cent fois préféré que vous vous ébattiez avec lui qu'avec le comte de Toulouse. En plus d'être bel homme, valeureux et sûr, il était français.

Elle se crispa.

— Insinueriez-vous qu'à l'inverse de lui Raymond aurait pu me trahir ?

— C'est dans sa nature, Votre Majesté. Et le seul dans votre sillage qui ait toujours le cœur en Occitanie. Plus près de Na Loba que n'importe qui.

Elle se détourna, s'attarda sur les plaies du Christ. Ses poignets, ses chevilles percées, son front suintant sous la couronne d'épines.

Tant de souffrance. Tant d'acceptation.

Une douleur nécessaire.

N'était-ce pas ce que le comte de Toulouse était pour elle depuis des mois ? Une douleur nécessaire ?

N'était-ce pas ce qu'il était venu lui offrir la première fois en sa couche ? Une crucifixion en échange de cet orgueil qu'elle venait enfin d'assouvir ?

Tout a changé depuis. Il m'aime. Il me l'a dit. Hier encore.

Qu'étaient les mots face aux actes ?

La vérité était là depuis toujours. Mais elle ne la vit enfin qu'en cet instant : Jean de Nesle ne s'était jamais jeté que sur ses ennemis.

Elle gémit.

— Vous avez raison, Éminence. Ce ne peut être que Raymond. Que Raymond l'expéditeur du message apporté à Louis. Mais dans quel but ? L'écarter de moi ? Fragiliser mes réactions ? Détourner mon attention de l'Occitanie ?

La main du cardinal se posa sur la sienne.

— À vous seule d'obtenir les réponses. Je ne suis certain que de ceci : vous êtes pour cet homme ce que Toulouse reste pour vous…

Elle tourna un regard horrifié vers lui tandis qu'il achevait, sans concession :

— … un trophée.

Elle le gifla.

Peut-être parce que, même si elle ne pouvait l'accepter, elle le savait déjà.

32.

Montagne Noire

Griffonelle reposa le hanap que lui avait tendu son hôte. Elle l'avait vidé d'un trait, sans crainte cette fois que le vin ait été corrompu. Elle puisa une grappe de raisin dans la corbeille de fruits.

— J'imagine que c'est à Na Loba que vous devez ce masque, lança-t-elle après avoir fait éclater quelques grains en bouche.

Il s'était légèrement écarté et la regardait avec bienveillance. Il s'accouda négligemment à une anfractuosité.

— En 1211. Peu de temps après votre naissance. Je venais de céder Cabaret à Simon de Montfort.

Elle fronça les sourcils.

— Pourquoi ? Je croyais cet éperon rocheux imprenable ?

De nouveau, elle devina un sourire sous le cuir.

— Il l'est. Mais tous les châteaux alentour tombaient les uns après les autres, nous privant chaque jour un peu plus de nos alliés. Ce qui permettait à Simon de Montfort de pénétrer de plus en plus profondément sur nos terres et de repousser les limites du supportable. Il n'hésitait pas à faire trancher nez et oreilles, même aux enfants, pour nous envoyer le message de sa progression, quand les frères prêcheurs, dans son ombre, ne les jetaient pas au bûcher. Il était de mon devoir de protéger ces bonnes gens. D'autant que je savais comment le contenter. Comment faire cesser ces exactions.

— La mine d'or, devina-t-elle, horrifiée par les images qu'il venait de faire naître.

— Ou plus exactement toutes les richesses de ce sous-sol. Il les voulait. C'était devenu une obsession. Pour lui comme pour son fils, Amaury.

— Et vous n'en aviez rien à faire, comprit Griffonelle qui se souvenait des raisons pour lesquelles sa mère avait détruit la carte de parchemin qui y conduisait.

— La vie, la foi et la liberté sont les seules valeurs que je reconnaisse. Alors, soutenu par mon frère Jourdain avec lequel je partageais Lastours, j'ai consenti un marché avec les Montfort. Je leur abandonnais tout à la condition qu'ils épargnent les habitants du Carcasses. Mais Na Loba ne l'entendait pas ainsi. Elle estimait ces richesses nécessaires à notre lutte secrète contre la papauté et sa croisade…

L'eau bouillait dans la marmite de céramique. Un parfum d'ail, de thym et d'origan s'échappait du couvercle. Il s'avança, le souleva et brassa les fèves. Satisfait, il raccourcit la chaîne, faisant remonter le pot et adoucissant la cuisson, puis vint s'installer face à elle, attentive, de l'autre côté du plateau de pierre.

— À l'heure où Amaury de Montfort s'annonça pour prendre le dû de son père, ni Jourdain ni moi n'étions parvenus à apaiser sa colère. Elle ne voulait pas quitter Cabaret sans une solide provision d'or. J'ai cédé. Je l'ai accompagnée dans la galerie, j'ai frappé la roche pour elle, l'assurant que satisfaire la cupidité des Montfort était le seul choix possible. Elle a fait mine de se rendre à la raison. Avant de me punir. De la manière la plus sournoise et cruelle qui soit[1].

Il s'arrêta un instant et Griffonelle eut la sensation qu'il n'irait pas plus loin. Elle avança sa main, en recouvrit la sienne.

— Vous contraignant à vous terrer ici et sous ce masque…

Il hocha la tête.

— Ôtez-le, je vous en prie. Je refuse que vous continuiez à être un fantôme pour moi.

— Je vous l'ai dit, Griffonelle. Vous en seriez horrifiée.

Elle soutint son œil douloureux.

— Je sais de quoi elle est capable. Elle m'a tout pris.

Il sembla hésiter un instant avant de tâtonner à l'arrière de son crâne.

Elle recula discrètement sur son siège, se prépara à affronter le pire, mais lorsque les lacets furent dénoués et que le cuir tomba, elle ne put étouffer un cri.

Il voulut aussitôt se recouvrir. Elle l'en empêcha.

— Non, se força-t-elle en soutenant la vision de ces traits mangés par des cordons de peau décolorés ou violacés, comme si la moitié de son visage était devenue racines noueuses, anarchiques et apparentes.

Seul le regard, dans lequel elle retrouvait, clairement à présent, celui de sa mère, était encore vivant.

— Brûlé. Elle vous a brûlé, comprit-elle, choquée.

— Avec une torche ardente. Elle me l'a écrasée sur la joue. Elle m'a laissé pour mort avant de grimper la falaise et, avec un levier, de faire basculer un amas de rochers devant l'entrée de la mine. Quand j'ai repris connaissance, la douleur était indescriptible. Je ne sais combien de temps j'ai oscillé entre état de conscience et évanouissement. Jusqu'à ce que je perçoive un contact sur mon

1. *La Louve cathare*, tome 1, prologue, XO Éditions, 2020.

épaule. J'ai ouvert les yeux. Je me souviens d'avoir hurlé devant l'éclat d'une lanterne. Puis j'ai reconnu la voix de mon fils. Na Loba avait parlé d'un éboulement, assurant que j'étais mort dessous. Personne n'avait songé à remettre cette version en cause. Pas même mon épouse qui avait dû quitter précipitamment le village avec notre plus jeune fils, avec les évêques, les habitants. Sans l'accès à la mine, leur vie ne valait plus rien pour Amaury de Montfort. Il tenta bien de reprendre la carte à Mahaut en découvrant que tous fuyaient. Il n'obtint en retour qu'un trait de poignard qui, lui aussi, bien que dans une moindre mesure, le laissa défiguré.

— Alors comment votre fils vous a-t-il trouvé ? s'enquit-elle, bouleversée, en serrant plus fort cette main qu'il avait nouée à la sienne.

— Il n'a jamais su me dire pourquoi, alors qu'il protégeait la fuite des nôtres aux côtés de Na Loba et de mon frère, il a brusquement eu le sentiment qu'elle avait menti à mon sujet. Il a prétexté vouloir rester en arrière, effacer leurs traces pour mieux perdre leurs poursuivants. Il était doué pour cela. Na Loba ne s'est pas méfiée. Elle ignorait, comme tous, qu'il connaissait l'existence d'un autre accès à la mine. Un accès dont le secret ne se transmettait que de père à son aîné. Il m'a soigné sur place tout en aménageant cette grotte, discrètement. Cela a pris des mois avant que je récupère et parvienne à m'y installer.

— Vous auriez pu aussi rejoindre les vôtres, vous venger de Na Loba…

— J'ai vite compris que cela desservirait notre cause. À peine les bonnes gens s'étaient-ils installés dans l'un de nos fiefs près de Béziers qu'elle reprenait la lutte. En quelques mois seulement, son courage, sa ténacité et l'espoir qu'elle faisait naître dans son sillage étaient devenus nécessaires au cœur de tous. Moi je ne pouvais plus rien leur apporter. C'est devenu plus évident encore lorsque son tir de catapulte depuis les remparts de Toulouse a fauché Simon de Montfort. Tous se sont mis à la louer. Alors j'ai accepté qu'elle soit ce qu'elle avait choisi d'être : un guide, un phare pour notre communauté. Parce que sa foi et sa détermination à la défendre étaient admirables. Même si ses méthodes la condamnaient.

Il souleva la cruche, emplit de nouveau leurs hanaps. Ils burent en silence, les doigts entremêlés, unis par la profondeur de ce drame et les séquelles que Na Loba avait durablement inscrites dans leurs vies.

— Et ma mère ? Quand est-elle partie pour Paris ? demanda enfin Griffonelle.

Il prit une grande inspiration.

— Mahaut et moi étions très proches. Même si elle avait été la première à refuser que l'on cède la mine aux Montfort. Allant jusqu'à presser Na Loba de s'emparer, à Carcassonne, de tous les documents qui permettaient d'y accéder. Elle la connaissait mieux que personne. Savait jusqu'où elle était allée pour s'acquitter de cette tâche. En la voyant revenir seule de la mine, ce jour-là, elle a douté de sa version. Na Loba, pourtant, l'a maintenue. Mahaut n'a pas insisté. D'autant que la blessure infligée à Amaury de Montfort l'obligeait à fuir sans se retourner. Et puis mon fils aîné a reparu pour annoncer qu'il avait constaté l'ampleur de l'éboulement. Selon lui, c'était une secousse, il y en a souvent, qui en était à l'origine. Il était impossible que j'aie pu survivre. La mine était devenue ma tombe et tous se refusèrent à ce que Montfort puisse un jour la profaner. Mon fils proposa de s'installer quelques mois dans l'une des grottes pour s'assurer que personne ne la retrouve. Na Loba approuva.

Déjà, les soldats français soulevaient chaque buisson, chaque rocher, avait-il pris soin de préciser. C'était vrai, mais Mahaut sentit que son neveu cachait quelque chose. Et elle nourrissait toujours ce doute à mon sujet.

— Elle l'a suivi quand il est reparti et a découvert la vérité, déduisit Griffonelle, troublée.

C'était enfin le passé de sa mère qui s'éclairait.

— Oui. Elle n'était pas préparée à tant de cruauté de la part de son amie. C'est à cet instant qu'elle a décidé de quitter l'Occitanie. Parce qu'elle a compris qu'un jour viendrait où Na Loba la retournerait contre vous aussi.

Une lame de glace s'enfonça sous les côtes de Griffonelle, figeant les battements de son cœur.

— Contre moi ? Mais pourquoi ? parvint-elle pourtant à articuler.

Il soupira, navré.

— Tu es sa fille, Griffonelle. Sa fille et celle de Simon de Montfort. Le fruit d'une union forcée et abjecte à ses yeux. Et j'aurais aimé, comme Mahaut de toutes ses forces lorsqu'elle t'a enlevée, que tu n'aies jamais eu besoin de l'apprendre.

33.

Vallée du Grésilhou

Na Loba rampa avec agilité sur la branche qui surplombait le campement de ses ennemis avant de couler, discrète, jusqu'à terre. Derrière la tente qu'elle visait et juste à côté d'un garde occupé à uriner contre un tronc. La surprise qui se peignit sur les traits de celui-ci se mua en un roulement d'yeux angoissé lorsqu'elle lui piqua son coutelas sous l'oreille.

— Chut…, lui glissa-t-elle.

Comme il ne bougeait plus, elle jeta un regard en direction de son bas-ventre, sourit. Il tenait encore son vit ratatiné par la peur.

— T'en tireras plus rien. Range-le, va, lui accorda-t-elle en s'écartant légèrement pour le lui permettre.

Il s'empressa d'obéir, ne doutant pas un instant qu'elle soit cette guerrière dont les anciens narraient les exploits avec autant de haine que d'admiration.

— Bien. À présent, tu as le choix. Soit tu murmures les réponses que j'attends… soit je te fends la gorge et je vais les chercher moi-même. Décide-toi… Vite.

— J'écoute, répondit-il, le front perlé de sueur sous son casque.

Ceux qui avaient eu affaire à elle affirmaient qu'elle ne plaisantait pas.

– La jouvencelle que tu surveilles, est-elle en état de repartir avec moi ou a-t-elle été un peu trop bousculée par Montfort ?

Il sursauta, blêmit et elle sentit que sa terreur venait de monter d'un cran.

– Quelle jouvencelle ? trouva-t-il tout de même le courage de répondre.

Elle enfonça sa lame, fit perler une goutte de sang, soupira, agacée.

– Dois-je te rappeler la règle du jeu ?

– Non, non, s'affola-t-il. Je vous jure que je ne sais pas de qui vous parlez.

– De celle qui a abattu votre éclaireur. Une brune, jolie, la vingtaine, avec un carquois, un arc et des flèches...

Il fixa une guêpe posée sur le tronc en face de lui, comme si elle avait le pouvoir d'épingler ce souvenir, de le faire remonter à la surface, mais il chevrota :

– Je m'en rappellerais, pour sûr.

– Alors qui se trouve là ?

– Un homme qu'on a ramassé près du camp, il y a quatre jours. Je vois pas trop pourquoi on le veille. L'est foutu. Mais le sire de Montfort a insisté. Paraît qu'il est important.

Altéric.

Il avait disparu, peu de temps après qu'elle avait enjoint au Joglar de lui ramener Griffonelle. Cela ne l'avait pas vraiment surprise. Le remords le rongeant depuis trop longtemps, elle s'était faite à l'idée qu'il essaierait à un moment ou à un autre de la lui soustraire. Elle s'était attendue à ce qu'il revienne vite, la queue entre les jambes, n'ayant réussi qu'à se faire repousser. Mais il n'avait pas reparu et Griffonelle était toujours introuvable malgré les efforts du Joglar. Elle avait fini par se dire qu'ils s'étaient fait prendre tous les deux.

Visiblement je me suis trompée. À moins qu'elle ne soit retenue sous une autre tente.

Le fait qu'elle n'ait vu que celle-ci de gardée n'excluait rien.

Où te caches-tu, sombre garce ? Crois-tu que je n'ai pas mieux à faire que de te courir après ?

Elle sentit remonter sa colère. Eut envie un instant de lacérer ce pauvre diable qui continuait de se décomposer, puant comme un faisan pendu au soleil.

Elle se domina.

Je dois interroger Altéric. Savoir ce qu'elle avait en tête avant de se débarrasser de lui.

— Est-il seul ? L'homme sous la tente…

— Oui. Le mire[1] venait juste de partir faire son rapport quand vous avez surgi.

— Et ta relève ? Quand vient-elle ?

— Pas avant une heure…

La dureté qu'il percevait dans son timbre augmentait sa terreur. Il transpirait à grosses gouttes à présent. Se liquéfiait littéralement.

Elle prit soudain la mesure des avantages qu'elle pourrait tirer de sa couardise. Elle enfonça un peu plus sa lame pour s'assurer qu'il était bien tel qu'elle l'imaginait. Il couina.

— Pitié. J'ai rempli ma part du marché…

Elle soupira.

— Mais tu me poses un cas de conscience. Je n'ai pas vraiment de raison de te tuer, seulement il va falloir que je me glisse sous cette toile pour parler à ton prisonnier. Et tu vas te sentir obligé d'appeler des renforts. J'aurai

1. Recouvrait les professions de médecin, de chirurgien et d'apothicaire.

filé avant qu'ils n'arrivent, sois-en sûr. Autant que de ma profonde contrariété. Or, tu dois savoir quel sort je réserve à ceux qui me contrarient.

— Oui…, bafouilla-t-il.

— Donc nous sommes d'accord, je gagnerai du temps à t'éliminer tout de suite.

— Et si… si je ne disais rien. Si je faisais le guet pour vous ? débita-t-il les yeux déjà fermés.

Elle tourna un peu la pointe, s'amusa à l'écorcher légèrement. Il se mit à trembler.

— Je pourrais aussi me renseigner sur cette femme que vous cherchez…

— Ça, c'est un argument.

Elle retira sa lame, s'écarta, redevint dure.

— Retourne à ton poste. Et siffle si quelqu'un approche. Pour le reste, rejoins-moi demain au couchant, trois arbres en arrière de celui-ci et avec toutes les informations que tu auras récoltées. Sur elle, mais aussi sur les plans d'attaque. Si tu es loyal, tu auras de l'or en plus de ta vie sauve. Et je veillerai à ce qu'il ne t'arrive rien quand ils sonneront la charge.

Il pivota vers elle, hocha la tête, se précipita. Elle attendit quelques secondes dans l'ombre des arbres puis, s'étant assurée qu'il n'avait pas changé d'avis, elle fendit le tissu de la tente.

Altéric avait été étendu sur une civière légèrement surélevée. Malgré l'ombre qui régnait, elle devina aux odeurs purulentes qui emplissaient l'espace clos comme à sa respiration courte et saccadée que le soldat n'avait pas menti. Il se mourait.

Elle refoula le chagrin qui lui cisailla le ventre. Elle ne lui avait jamais dit qu'elle l'aimait. Elle-même avait refusé d'en prendre véritablement conscience, voulant se convaincre qu'il n'avait toujours été qu'un jouet pour elle, un être de plus qu'elle enlevait à Griffonelle. Mais cette larme sur sa joue, cette gorge qui se serrait tandis qu'elle se penchait au-dessus de lui l'assuraient du contraire.

Il comptait.

— Pauvre fol, murmura-t-elle en lui écartant une mèche brune collée au front par la fièvre. Qu'espérais-tu ? Elle est comme j'ai voulu qu'elle soit. À mon image. Rongée par la haine. Tu ne faisais pas le poids.

Elle sentit ses doigts se crisper sur les siens, comprit qu'il avait entendu. Elle se pencha sur ses lèvres, les embrassa avec douceur avant de chuchoter :

— Crois-moi, il vaut mieux qu'elle soit entre mes mains qu'entre celles de Montfort. Je l'ai assez torturée. Lui pas.

— Pas Montfort, crissa-t-il dans un souffle.

Elle insista pourtant.

— Si Montfort ne l'a pas, alors qui ? Le sais-tu ?

Il s'accrocha à elle pour la rapprocher encore.

Elle recueillit un nom. Fut aussitôt convaincue qu'elle n'obtiendrait rien de plus. Il était en plein délire.

Son cœur chavira.

Mon bel aimé. Tu n'es plus qu'une ombre. Une ombre qui tarde à rejoindre son royaume.

Une ombre de souffrance, rongée de remords et de culpabilité. Une ombre au râle sifflant et à l'espoir déchu.

Lors, elle fit pour lui ce qu'elle espérait que l'on fît pour elle lorsque le moment viendrait. S'il restait quelqu'un d'assez fou pour l'aimer malgré la noirceur de son âme.

Elle planta son poignard là où il fallait.

34.

Montagne Noire

Griffonelle était encore sous le coup de la révélation du seigneur de Cabaret. Comme si une part d'elle s'était réfugiée à nouveau sous le baldaquin du lit, le nez dans les couvertures, refusant la réalité. Pourtant, la réalité emplissait l'espace au travers du parfum du ragoût qui mijotait, du crépitement du feu, du ruissellement le long des piliers de calcaire. Au travers de la main de son hôte qui avait recouvert leurs doigts déjà entremêlés.

Elle finit par poser les yeux dessus, happée soudain par la chaleur, puissante, magnétique, qui s'en dégageait, remontait le long de son bras, de sa nuque. Et un instant, l'idée la traversa que de la brûlure de ce visage tendu vers elle était peut-être né un don. Le don de réchauffer les âmes damnées.

N'était-ce pas ce qu'elle était ?

Elle pouvait décider de ne pas le croire. Mais la haine de Na Loba à son égard trouvait enfin un sens. Une justification. Comment une femme comme elle aurait-elle pu aimer l'enfant d'un monstre ? Un monstre qui avait jeté des centaines de gens au bûcher ? Un monstre qu'elle avait attiré dans sa couche uniquement dans le dessein de s'emparer de la carte réclamée par Mahaut.

Elle balbutia, terrifiée :

— Na Loba. Simon de Montfort. Deux démons unis dans un lit de flammes. Alors voilà de quoi je suis née… de l'enfer.

— Regarde-moi, Griffonelle, chuchota-t-il.

Elle releva la tête.

— Si Mahaut avait pensé un seul instant que ton âme était corrompue, elle n'aurait pas quitté les siens. Elle n'aurait pas tout abandonné et jusqu'à son honneur dans la rue de Glatigny. Or, rien de ce qu'elle fit pour toi ne lui a coûté. Elle t'a aimée. Profondément. Plus que quiconque. Et jusqu'à son dernier souffle.

Elle étrangla un sanglot.

— Comment pouvez-vous le savoir ? Vous n'étiez pas là.

— Mais moi j'y étais.

Elle sursauta, pivota en direction de cette voix qui venait de jaillir de l'ombre, à une dizaine de pas d'elle.

Cette voix ressurgie du néant.

Elle se mit à trembler, le cœur fol, incapable de retenir ces larmes qui dévalaient ses joues.

— Non… Non… ce n'est pas possible, tu es mort, hoqueta-t-elle tandis qu'une petite silhouette accrochait la lumière.

Tandis qu'elle reconnaissait ce visage simiesque, cette orbite creuse, ce regard tendre et douloureux à la fois qui emplissait l'autre.

— Tu es mort, répéta-t-elle en pleurs, le ventre tordu, le corps oscillant, les yeux rivés vers lui qui continuait d'avancer d'une démarche cassée, une démarche qui n'était pas la sienne, la faisant plus encore douter.

Il fallut qu'il soit devant elle, qu'il l'attire dans ses bras, qu'elle retrouve le contact de son cou noueux sous sa joue pour qu'elle ose enfin prononcer son nom.

— Toi. C'est toi, Triboulet.

— Tout va aller maintenant. Tout va aller, Griff.

Il caressa sa nuque, embrassa son front. Elle le serra à l'étouffer, se mit à rire, redoubla de larmes.

Bouleversée comme elle ne l'avait jamais été.

Durant de longues minutes, ils le furent tous deux, bloc soudain recomposé sur lequel la mort n'avait fait que passer. Puis un bruit de vaisselle les ramena au présent et Griffonelle réalisa que le seigneur de Cabaret avait lâché ses doigts pour les laisser à leur intimité. Elle s'écarta pour se réapproprier ces traits si souvent rêvés, les prit à pleines mains, couvrit ses larmes de baisers.

Il se moqua :

— Le ragoût serait bien meilleur que ma barbe.

— M'en fiche ! se mit-elle à rire en lui battant l'épaule comme autrefois. Tu m'as tellement manqué !

— Toi aussi, Griff. Toi aussi, assura-t-il en l'attirant de nouveau contre lui.

Elle s'emplit de son odeur. Elle n'avait pas changé.

— Va falloir que tu t'expliques, tu sais. Parce que la dernière fois que je t'ai vu, tu baignais dans une mare de sang. Et il n'y a pas si longtemps encore, le roi de France en personne m'affirmait avoir rendu ta dépouille à Gaïa.

Un soupir tomba sur sa joue.

— C'est une longue histoire.

— Tu la lui raconteras aussi bien en mangeant. C'est prêt, annonça le seigneur de Cabaret d'un ton plus léger.

Ils se détachèrent l'un de l'autre. Triboulet gagna le bout de la table, se jucha sur son siège avec lenteur et difficulté avant de répondre à son regard anxieux par une grimace. Las, elle ne déforma que la moitié de son visage et Griffonelle sentit de nouveau des larmes lui piquer les yeux. Il tendit sa main en travers de la table, l'enroula à la sienne qui était venue la chercher. Murmura :

— Le nain a survécu, Griff... mais j'ai bien peur que Triboulet, lui, s'en soit allé.

Le pot de ragoût atterrit sur la table, l'obligeant à ravaler de nouvelles larmes. Elle n'aurait su que dire de toute manière. Elle devinait à présent plus de douleur dans l'histoire réclamée qu'elle ne l'avait imaginé.

— C'est l'affection des filles et de Gaïa, leur constance à s'occuper de moi une année durant qui m'a sauvé, se lança Triboulet tandis que le seigneur de Cabaret emplissait leurs écuelles. Tout ce que je vais te raconter, je le tiens d'elles. Un peu avant le lever du jour, cette fameuse nuit où Na Loba m'a planté sa lame dans le torse avant que je n'aie pu m'en défendre, on a toqué à la porte du bors-d'eau. Gaïa est allée ouvrir, s'est aussitôt époumonée pour réveiller tes tantes, puis m'a fait déposer sur ma couche. Le roi avait été généreux pour mes obsèques, par égard pour toi. Et de fait, elles m'ont cru mort, elles aussi. Jusqu'à ce que...

Il éclata d'un rire qui réchauffa le cœur serré de Griffonelle. Ce rire-là, désinvolte, licencieux, elle ne l'avait jamais oublié.

— Jusqu'à ce que... ? l'invita-t-elle à poursuivre, allégée par le voile égrillard de son œil.

— Jusqu'à ce que le drap dont elles m'avaient recouvert se redresse là où il ne fallait pas. Le curé de Saint-Landry qui venait d'arriver a eu beau se signer plusieurs fois, rien n'y fit. Bougre de bougre, j'ai continué de bander comme un diable ! Et ils ont bien été forcés d'en conclure que la mort ne voulait pas de moi ! acheva-t-il dans un nouvel éclat.

Il les emporta tous les trois cette fois.

Parce qu'à cet instant, Griffonelle sut que, quelles que soient les séquelles de ce combat contre la mort, l'impertinent Triboulet, celui qui lui avait appris à s'amuser de tout et à aimer la vie avec panache, son ami, son père, oui, celui-là était toujours là.

35.

Quelque part en Cabardès

Le paysage alternait entre douces collines tapissées de troupeaux, vaux encaissés bruissant du chant d'un cours d'eau et forêts profondes. Depuis leur départ de la ferme abandonnée, Jean, Louis et leur escorte ne s'étaient arrêtés que pour changer de montures.

Ils avalaient les lieues au grand galop, espérant que la nuit ne s'inviterait pas avant qu'ils aient trouvé un abri.

— Les ours, en ce pays, sont aussi nombreux que les loups. Même les voleurs se terrent quand le jour décline. Je m'étonne que vous ayez réussi à rester en vie jusqu'ici, avait avoué l'un des Occitans à Jean lors d'une brève halte.

— La chance, sans doute, avait-il hasardé en se remettant en selle, l'esprit bouillant de questions que son profond respect pour le roi lui interdisait d'énoncer.

— La chance… L'aurait mieux fait de fermer les yeux celle-là, avait grincé un autre avant de cracher dans sa direction.

Il ne semblait pas prêt à lui pardonner d'avoir dû creuser des tombes. Jean ne lui en voulait pas. Lui-même en pareilles circonstances… mais revenir dessus ne servait à rien. Il ferait ce qu'il devait, ainsi qu'il l'avait promis, même si la mort d'un innocent ne se rachetait pas. Il avait fait semblant de n'avoir pas entendu, mais avait rehaussé le niveau de sa vigilance, n'éprouvant qu'une confiance mitigée en cette escorte.

Ils avisèrent enfin ce qu'ils espéraient : une belle cabane de berger, désertée et discrètement en surplomb de la route, même si elle n'offrait pas d'abri pour les chevaux. Ils allaient devoir veiller à ce que les loups ne s'approchent pas.

— Comptez-moi dans votre tour de garde, lança Jean au Vinassier, tandis que les autres conduisaient les bêtes vers le déversoir d'une source dont le murmure leur parvenait.

L'Occitan lui recouvrit l'épaule d'une main épaisse.

— Sauf votre respect, chevalier, ce pays est le nôtre. Nous en connaissons chaque bruit, chaque odeur. Et saurons les différencier avant même que l'une de ces juments ne s'en soit inquiétée. Restez près du roi. Demain, nous arriverons à Lastours. Mieux vaudra qu'il vous ait tout expliqué.

D'autant plus convaincu que, jusque-là, l'intimité leur avait manqué pour ce faire, Jean hocha la tête avant de chercher Louis du regard. Il se soulageait la vessie près d'un buisson, la vue brisée par la courbe des monts ponctuée de futaies. Jean attendit qu'il se rembraille pour le rejoindre d'un pas vif.

— Jean, l'accueillit Louis. Vous ai-je dit à quel point votre présence me réchauffe le cœur ? Et bien que j'eusse préféré vous savoir toujours près de ma mère ?

— D'autres veillent sur elle, Votre Majesté. Mon absence injustifiée les aura mis en alerte, soyez-en certain.

Louis fit quelques pas pour se dégourdir les jambes, l'entraînant dans son sillage sur un des lacets caillouteux qui zébraient la colline.

— Aussi enclins que vous à se méfier du comte de Toulouse ? demanda-t-il en appuyant son regard sur la tuméfaction de sa joue.

Jean croisa les mains dans le dos, sourit.

— Raymond est bien plus amoché.

— Je n'en espérais pas moins, se mit à rire Louis. Allons, expliquez-moi comment vous en êtes arrivé à le soupçonner.

Jean lui raconta tout, de la réaction de Blanche en apprenant sa disparition au message silencieux de la femme du meunier.

— Voilà, Sire, pourquoi, si vous n'étiez intervenu à temps, j'aurais occis l'intégralité de votre escorte, termina-t-il.

Louis s'assit sur un gros bloc qui surplombait la cabane de pierres sèches. L'un des Occitans ramassait du bois près des montures, deux autres disparaissaient sous les frondaisons en amont du chemin, leurs arcs à la main. Le Vinassier, lui, était courbé près du muret en quête de tubercules.

— Le message que l'on m'a remis à l'abbaye était lapidaire, expliqua Louis en suivant leur ballet, destiné à leur assurer de quoi souper : Griffonelle est en danger. Rendez-vous aux *Iris jaunes* sans attendre et sans escorte. On vous y indiquera le moyen de la sauver.

Louis souleva prestement sa paume, tuant tout commentaire, continua pourtant comme s'il y répondait :

— Bien sûr que c'était un piège ! Je l'ai compris aussitôt. Tout comme j'ai deviné qui se cachait derrière. Mais je l'ai dans la peau, Jean, ajouta-t-il dans un murmure navré en le couvrant cette fois d'un regard désemparé. Son visage, son parfum, son souffle, tout m'obsède depuis qu'elle s'est enroulée autour de moi devant cette taverne il y a trois ans déjà.

Jean comprenait. Il regrettait seulement que Na Loba y ait eu intérêt.

— Vous auriez été mieux inspiré d'en aimer une autre, pourtant.

Louis se prit la tête dans les mains, lissa son visage en arrière avant de laisser retomber ses bras.

— Croyez-vous que je ne le sache pas ? que je n'aie pas tout tenté pour l'oublier ? Les faits sont là. Et somme toute, j'ai eu raison.

Il tira un billet de sa besace de ceinture, le lui tendit.

— J'étais assis depuis un moment lorsque l'un de ces hommes s'est installé à ma table. Il l'a fait glisser sur le plateau avant d'ajouter laconiquement qu'il m'attendait dehors. Lisez, Jean. Vous concevrez pourquoi j'ai suivi sa troupe. Tout y est.

Jean fronça les sourcils devant le sceau brisé.

— Je ne reconnais pas celui de Na Loba.

— Et vous ne reconnaîtrez pas non plus son écriture, assura Louis. Lisez, insista-t-il.

Jean parcourut les lignes qui composaient le message, avant de ramener vers Louis un visage aussi surpris que circonspect.

— C'est inespéré, Sire.

Louis sourit, narquois.

— Inespéré, oui. C'est justement pour cela que je ne pouvais refuser.

36.

Éperon rocheux de Lastours
Quartier ouest du village de Cabaret

Le Joglar venait de décharger une brouettée de pointes triangulaires dans le panier du maître arbalétrier quand un cri de surprise attira son regard vers le haut de la calade. Na Loba la descendait à la course, s'excusant par-dessus son épaule d'avoir contraint une des bonnes femmes à reculer dans sa maison.

Étonné de sa précipitation quand rien de ce qu'il savait ne la justifiait, le Joglar la vit fuser au-dessus de lui, entre deux bâtisses. Elle sauta dans le vide et se reçut accroupie, à ses pieds, coupant net l'élan de l'apprenti qui venait récupérer sa commande passée au forgeron.

— Bonjour, Baptiste, le salua-t-elle avant d'empoigner le bras du Joglar et de l'attirer à l'écart, près d'une citerne.

— Il faut organiser un premier départ. Juste les vieillards, les femmes, les religieux et les enfants. Maintenant, annonça-t-elle sans préambule en lui faisant face, la mine sombre, le front en sueur.

Il savait qu'elle ne prenait jamais de décision à la légère. Pas plus qu'elle ne modifiait ses plans inconsidérément.

— Que se passe-t-il, Étiennette ?

— J'ai trouvé Altéric se mourant sous une tente. Le flanc percé. Or, si Beaujeu et Montfort avaient pensé ne rien pouvoir tirer de lui, ils l'auraient laissé là où ils l'avaient trouvé : à quelques pas de leur camp.

— Je vois, tiqua-t-il, ennuyé.

Il le croyait mort quand il l'y avait déposé. Espérant qu'elle en conclurait que Griffonelle s'était vengée avant d'être capturée.

Elle rejeta son ample chevelure en arrière, ramassa une petite branche sur un rocher et la glissa dans un chignon rapidement formé pour se donner une contenance. Il était hors de question que l'on puisse deviner en elle la moindre faiblesse.

Sa voix n'en trahit aucune.

— J'ai mis fin à ses souffrances. Seulement j'ignore ce qu'il a pu leur révéler avant de délirer. Et je ne veux prendre aucun risque. D'autant qu'en revenant j'ai vu Beaujeu et Montfort quitter le campement au grand galop.

— En quoi cela t'inquiète-t-il ? Olivier nous a avertis hier soir qu'il s'était installé en bordure de l'Orbiel avec l'armée de Raymond. Tu sais bien qu'il la conduira à sa perte. Et pas avant que nous n'ayons achevé de mettre bonnes gens et matériel en sécurité.

— Certes, mais imagine que Montfort prenne le contrôle de la soldatesque…

Un des enfants du village arrivait en courant derrière son cerceau, un rire léger en bouche. Le Joglar le laissa passer avant de réagir.

— Olivier ne la lui cédera pas. Et les seigneurs toulousains non plus. Malgré leur soumission à la Couronne, ils ont toujours été nos alliés.

— Ton père et ton oncle l'étaient plus encore. Cela ne les a pas empêchés de nous trahir, le toisa-t-elle dans un sursaut de colère.

Il se ferma.

— D'accord. Prudence ne nuit jamais. Femmes, vieillards, religieux et enfants. On les met à l'abri avec des vivres à trois lieues d'ici dans la bergerie des Quatre-Véziaux et on les rejoint dès que possible. Cela te convient-il ?

— Parfait, s'adoucit-elle.

— Je vais demander aux forgerons de redoubler leurs efforts jusqu'au moment du départ, de cette manière nous serons sûrs de ne manquer ni de flèches ni de carreaux si Beaujeu lance une attaque croisée avant que nous n'ayons eu le temps, de notre côté, de finir de démonter et de charger le matériel sur les mulets. Autre chose ?

Elle lui enveloppa la joue de sa paume moite, lui sourit affectueusement.

— Parle à ta mère. Elle ne m'écoutera pas si je lui demande de s'en aller.

Le Joglar hocha la tête. L'affection que Brunissende portait à Na Loba s'était éteinte le jour où elle avait malencontreusement découvert par Altéric ce qui était arrivé à Mahaut. Elle ne le lui pardonnait toujours pas.

— Griffonelle ? demanda-t-il.

De nouveau l'œil se fit dur, froid comme l'acier d'une lame.

— Aucune trace. J'ai retourné l'un des soldats. Je saurai demain si elle a été mise au secret et où. Je doute pourtant qu'elle se soit laissé appréhender. Elle est trop maligne pour cela. Elle a dû vouloir se cacher dans le premier trou venu et, comme tout étranger à ce pays, penser que le tunnel ouvert devant elle ressortirait un peu plus loin. J'espère juste qu'elle ne s'y est pas brisé le cou.

J'ai encore besoin d'elle. Dès que les plus faibles auront quitté le village, je partirai à sa recherche.

— Non, s'interposa le Joglar avec douceur. Je connais ce labyrinthe mieux que toi. Et j'en ai déjà exploré une grande partie. Je serai plus efficace.

— D'accord, céda-t-elle devant la raison. Mais tu dois la récupérer avant que le roi ne me soit amené. Cela ne devrait plus tarder.

Le Joglar acquiesça. Cette fois il ne pourrait reculer.

— Qui veux-tu pour les escorter jusqu'à l'abri ? s'enquit-il pour revenir à leur priorité : mettre les plus fragiles hors d'atteinte.

Elle chercha Pierre de Lauran du regard, le trouva en compagnie de l'évêque. Il aimait débattre avec lui, l'accompagner dans ses prêches. Pour l'heure, tous deux s'étaient assis près du pont, une canne à la main, taquinant la truite. Elles abondaient dans les deux rivières.

— Ta mère sera soulagée si je choisis ton frère. Elle est toujours chère à mon cœur même si je ne compte plus dans le sien. Et un Cabaret suffit à mes côtés.

Il leva les yeux en direction de la masse imposante du donjon. Brunissende les observait depuis l'une des fenêtres.

— Je saurai la convaincre, affirma-t-il en lui adressant un signe affectueux. Va prévenir Pierre, qu'il sonne le rassemblement. Il faut expliquer la situation à ceux qui doivent partir comme à ceux qui resteront.

Ils se séparaient déjà, lui pour gravir la calade, elle pour achever de la descendre, lorsque l'air fraîchit brutalement.

Ils pivotèrent aussitôt l'un vers l'autre.

— Tu as senti ? demanda-t-il, inquiet.

Elle scruta l'horizon, bouché par les sommets voisins, avisa une nuée, à peine perceptible. Mais cette fois, elle en anticipa toute la gravité. Le taux d'humidité était devenu trop élevé.

— La tempête approche. Plus vite que je ne l'imaginais. Il faut se dépêcher de leur faire quitter Cabaret. Sans quoi ils seront dangereusement exposés avant d'avoir atteint la bergerie.

Il s'élança dans le raidillon.

Elle se rua de même vers le Grésilhou, la gorge nouée.

37.

Vallée de l'Orbiel

Humbert de Beaujeu s'appuya des deux mains au pommeau ouvragé de sa selle, l'air satisfait. Les deux cents hommes qu'il avait demandés au comte de Toulouse se trouvaient bien là, sous ses yeux, en troupe attentive et serrée le long de l'Orbiel.

La plupart étaient des fantassins mais, du haut du talus sur lequel il s'était posté, il pouvait voir étinceler les hauberts d'une cinquantaine de cavaliers.

C'est plus qu'il n'en faut pour réduire la résistance de Cabaret, songea-t-il tandis que le destrier de leur meneur grimpait la butte à sa rencontre.

Olivier de Termes lui avait fait porter un billet une heure plus tôt. Il s'immobilisa devant lui, l'œil du même vert que la frondaison au-dessus de leurs têtes. Mais Humbert était prêt à jurer qu'il n'était pas si franc. Le trentenaire s'était toujours affiché comme protecteur des cathares et avait défait plus d'une garnison française. On le prétendait même l'un des plus habiles stratèges en matière de siège. Un guerrier de sa trempe ne se retournait pas contre ses amis, avait affirmé Amaury de Montfort.

— Gouverneur, l'accueillit pourtant sobrement l'Occitan. Je suis à vos ordres.

— Je n'en attendais pas moins, messire. Mais vous parcourez cette contrée depuis plus longtemps que moi. Je ne peux donc m'en remettre qu'à vos conseils éclairés.

Olivier de Termes hocha la tête en signe d'assentiment. Rien, dans son attitude, ne trahissait l'ombre d'une félonie.

Il n'est pire ennemi que celui que l'on sous-estime. Et je n'en ai pas l'intention.

— Toutefois, votre attachement aux seigneurs de Cabaret n'est pas une légende...

— Et vous ne me faites pas confiance, acheva pour lui Olivier de Termes en se fendant d'un rictus narquois. C'est légitime. À votre place, j'aurais déjà pris le commandement de cette armée.

Humbert fronça les sourcils, aiguisé par cet échange.

— Qui vous dit que je ne suis pas là pour cela ?

Olivier de Termes partit d'un rire sonore qui fit s'envoler avec fracas un groupe d'étourneaux.

— Votre propre constat, gouverneur. Ce pays est le mien. Vous avez besoin de moi pour en percer les secrets et faire tomber cette citadelle. C'est la dernière qui vous résiste. Et celle dans laquelle Na Loba s'est retirée. Je crains donc que vous n'ayez pas le choix.

Il parlait d'un ton supérieur, presque condescendant, et Humbert comprit que Montfort avait raison. Il avait bien fait de se ranger à ses conseils.

— C'est un fait, admit-il. Aussi vous demanderai-je de m'accompagner à mon campement. J'envisage de protéger votre attaque par une solide diversion et je compte sur votre expertise des lieux pour la mettre au point.

Olivier de Termes sourcilla mais Humbert ne lui laissa pas le temps de s'inquiéter. Lui aussi maîtrisait l'art de la stratégie. Et pouvait exceller en duplicité.

— Je ne vous fais pas confiance, certes, poursuivit-il en soutenant son regard. Mais je sais aussi que vous êtes un homme d'honneur et que cet honneur vous contraint à respecter l'engagement du comte de Toulouse envers le roi de France.

L'œil en direction de ses hommes, Olivier de Termes caressa sa barbe d'une main puissante et carrée, habituée au choc des épées, avant de se fendre d'un sourire.

— Je vous l'ai dit, gouverneur, je suis à vos ordres.

Humbert tourna bride, lança par-dessus son épaule :

— Et moi je vous le répète, je demeure votre obligé.

Le cheval d'Olivier de Termes rattrapa le sien et Humbert sourit en son for intérieur. La flatterie et l'humilité venaient à bout de toutes les réserves.

Tu te trompes pourtant sur un point, mon gaillard, se rengorgea-t-il en talonnant sa monture dans le vent vif qui s'était levé. *Montfort connaît Lastours tout autant que toi.*

Faisant fi de leur inimitié réciproque, tous deux avaient composé une nouvelle stratégie en découvrant qui menait l'armée toulousaine. Si Na Loba possédait un atout puissant comme l'avait laissé entendre le délire d'Altéric, ce ne pouvait être que le faydit. Ne restait plus qu'à l'éloigner. Et à duper les guetteurs. Mais c'était le plus facile. Il était parti du campement avec Montfort. Il revenait accompagné. De loin, qui ferait la différence entre un chevalier et un autre ? D'autant que les deux hommes étaient de même stature et d'allure sous le haubert. Une fois au campement, il emprisonnerait l'Occitan jusqu'à la chute de Cabaret.

Sa seule inquiétude résidait en ces nuages. En peu de temps, agglutinés par des bourrasques furieuses, ils étaient venus obscurcir le ciel. Or Olivier de Termes ne faisait pas mine de s'en soucier.

Il sait pourtant de quoi il retourne.

Même lui avait perçu la brusque différence dans l'air, dans les parfums que la hausse du taux d'humidité avait exaltés.

— Une tempête approche, avait affirmé Montfort juste avant qu'ils ne se séparent. Sitôt que j'aurai pris le contrôle de la soldatesque, je lui ferai traverser l'Orbiel pour éviter le risque de crue.

— Je préférerais que vous attendiez que j'aie lancé la mienne.

— Comme vous voulez. Mais si la situation se dégrade…

— Alors vous agirez, lui avait-il cédé.

Même si, connaissant Montfort, il craignait qu'il n'en fasse qu'à sa tête sitôt qu'il se serait éloigné.

Il poussa un peu plus sa monture, obligeant Olivier de Termes à faire de même derrière lui.

Chevaucher à cette vitesse, sur ce passage étroit, pris entre la rivière et la forêt pentue, nécessitait la plus grande vigilance.

Parfait pour empêcher l'Occitan de trop s'interroger.

Pourtant, alors qu'ils abordaient un virage, ce dernier remonta à sa hauteur. Le temps qu'Humbert s'étonne de le voir frôler la bordure escarpée de l'Orbiel, un coup violent le fauchait par le flanc et l'arrachait à sa selle. Déchaussé de ses étriers, projeté en arrière, il roula sur les pierres, atterrit la nuque contre un résineux, resta sonné, les côtes choquées par l'impact sur son haubert. L'épée en avait à peine enfoncé les mailles, mais son cheval continuait sa course.

Quant à Olivier de Termes, il disparut entre les arbres. Un instant seulement, car tandis qu'Humbert se remettait debout, furieux contre lui-même, il vit l'Occitan ressortir du couvert au grand galop, à une vingtaine de coudées devant lui. Emporté par son élan, son destrier s'envola avec agilité au-dessus de la rivière, retomba sur le versant abrupt de l'éperon rocheux et disparut sur un sentier de chèvre.

Droit vers Surdespine.

38.

Montagne Noire

Griffonelle sauça l'intérieur de son écuelle avec son index, refusant de perdre le moindre jus. Ce ragoût de fèves l'avait renvoyée en enfance, à Glatigny, dans le rire de sa mère.

Et, bien qu'elle fût ici, au cœur de la Montagne, près de cet homme qui finalement n'était pas son oncle mais demeurait son ami, bien qu'elle ait découvert que Na Loba l'avait mise au monde après une coucherie opportune avec Simon de Montfort, faisant du balafré son frère, une joie douce lui étreignait le cœur. Parce que Triboulet était là quand elle l'avait cru perdu. Et qu'avec lui, ne fût-il plus que l'ombre de l'acrobate d'hier, elle se sentait capable de tout affronter.

Elle vida un nouveau hanap de vin coupé d'eau, bénissant cette source à la fraîcheur vivifiante qui lui permettait de garder un esprit clair. Elle en avait besoin, se doutant que la fin du récit de Triboulet ne lui réserverait pas d'heureuses surprises.

— Comment es-tu arrivé ici ? lui demanda-t-elle après avoir consciencieusement sucé son doigt.

Il caressa sa barbe tissée désormais de fils blancs.

— Difficilement. Il m'a fallu un peu plus d'un an avant de pouvoir à nouveau marcher et parler. Tout ce que Gaïa et tes tantes avaient réussi à apprendre sur toi durant ce temps-là, c'était que Louis t'avait placée en sécurité, loin de Na Loba et d'Amaury de Montfort. Ce pouvait être n'importe où. De ton plein gré ou captive. Seulement je te connais par cœur, Griff. Tu as serré trop de fois la couverture de ta mère pour ne pas te souvenir de chaque détail de la carte qu'elle représente. Lors, sitôt que j'ai été capable d'agir, j'ai pris la route de Cabaret, sachant que tu finirais par te guérir de ta souffrance, que tu viendrais t'approprier la mine et te venger. Je suis tombé dans un trou à peine arrivé. Et quand j'ai découvert qui le hantait, j'y suis resté pour t'attendre.

Elle lui décocha un clin d'œil.

— Captive. Dans un couvent à Montmartre. Voilà où j'étais. Je m'en suis échappée en volant le pucelage, les vêtements puis le cheval du roi. Ah oui, ajouta-t-elle en lorgnant dans le pot, et aussi les ossements de saint Denis que je venais de découvrir dans un champ.

Les deux hommes échangèrent une œillade inquiète.

— Faites pas cette tête. Louis méritait bien cela ! Et l'abbesse tout autant ! rit-elle en raclant quelques fèves.

— Voilà qui explique la présence de Montfort. La reine a dû le lancer sur tes traces, en conclut le seigneur de Cabaret.

— Et alors ? Il ne m'a pas attrapée, se moqua-t-elle à nouveau avant de soutenir le regard sans visage de son hôte et de grimacer : Mais je le répète, vous auriez mieux fait de me laisser l'abattre quand je le tenais en visée.

— Je souhaite sa mort autant que toi. Néanmoins, elle aurait précipité les choses et nous n'étions pas prêts, soupira Triboulet.

Elle fronça les sourcils.

— Les choses ? Quelles choses ?

— L'attaque de Cabaret. Avant que les nôtres ne soient en sécurité, expliqua son hôte.

Elle s'assombrit.

— Votre fils est dans les murs, c'est cela.

— Mes fils pour être plus exact. Et mon épouse, Brunissende. Mais aussi une soixantaine d'innocents, femmes, enfants, vieillards, en plus d'un évêque cathare, d'une trentaine d'hommes et d'une poignée de chevaliers fidèles. Tous ayant placé leur confiance en Na Loba pour les sauver, précisa le seigneur de Cabaret.

— Tu dois comprendre, Griff. Depuis que Raymond de Toulouse a signé l'abandon de ses droits sur l'Occitanie, bonshommes et bonnes femmes n'ont cessé d'affluer ici, plus encore qu'avant. La fin de la croisade ne signifiait pas pour autant la fin du combat contre l'hérésie, au contraire. Ne pouvant plus compter que sur eux-mêmes pour la faire reculer, les dominicains sont devenus suspicieux et féroces au moindre soupçon.

Le seigneur de Cabaret s'empara d'un gros bol posé un peu plus loin sur la table.

— Les gens ont eu peur qu'ils n'allument de nouveaux bûchers, continua-t-il d'expliquer en posant devant elle du lait de brebis caillé parfumé au miel et aux amandes. Et plus question cette fois d'espérer le moindre appui, la moindre rébellion. Beaucoup se sont mis à chercher une autre terre d'asile.

— Et Na Loba avait la réputation de pouvoir les guider jusqu'à Montségur, la forteresse haut perchée des seigneurs de Foix, située à vingt-cinq lieues[1] d'ici, acheva Triboulet.

1. Environ 100 kilomètres.

Griffonelle eut l'impression que ses cheveux se dressaient sur son crâne. La petite louchée qu'elle s'apprêtait à se servir resta suspendue dans les airs.

— Ne me dis pas que tu es devenu son allié, glapit-elle.

— Ne sois pas idiote, la reprit-il dans un haussement d'épaules. Il gèlera en enfer avant que je ne lui pardonne tout le mal qu'elle nous a fait. Mais depuis presque deux ans que je l'observe, j'ai dû me rendre à l'évidence. Elle sent les choses. Elle est la seule à avoir réussi à amener à Montségur tous ceux qui s'en sont remis à elle. La seule à connaître tous les chemins, tous les obstacles, même de nuit, et à savoir les déjouer. La seule aussi à communiquer avec les loups pour qu'ils épargnent ses protégés. Aucun autre guide, fût-il courageux et persévérant, n'y est jusque-là arrivé sans perte.

L'appétit coupé, Griffonelle remit la cuillère dans le pot, malgré le parfum délicat qui s'en échappait. Elle s'était préparée à tout, mais pas à devoir composer avec cette femme. Elle croisa les bras sur sa haine. Apprendre qu'elle était sa mère ne l'avait pas adoucie, au contraire.

— Alors, si j'ai bien compris, on la regarde partir sous notre nez et Montfort prendre sa place ! Si c'était pour cela, j'aurais mieux fait de rester au couvent !

Triboulet éclata de rire et elle le foudroya d'un œil noir.

— Non, Griffonelle. Ce n'est pas exactement cela, rectifia le seigneur de Cabaret. Ta venue faisait partie du plan de Na Loba. Et celle de Louis aussi.

Elle sursauta.

— Louis ? Louis est ici ?

— En chemin.

— Continuez, réclama-t-elle, sa colère atténuée par la curiosité.

— Si j'ignore comment, je sais qu'elle est intervenue pour faciliter ton évasion de l'abbaye, puis te permettre d'arriver sans encombre en Cabardès. Pendant ce temps-là, le comte de Toulouse se rapprochait de la reine, assez pour neutraliser sa défiance et transmettre anonymement un billet à Louis, l'assurant que tu étais en danger et qu'il devrait suivre les hommes qui se présenteraient à lui s'il voulait te sauver.

— Mauvais plan. Compte tenu de ce que je lui ai pris, il a sûrement plus envie de me faire pendre, assura-t-elle en le revoyant nu et endormi dans la crypte du *Sanctum Martyrium*.

Au fond d'elle, pourtant, elle savait que ce n'était pas vrai. Jamais il ne l'abandonnerait. Ne serait-ce que pour pouvoir la punir lui-même.

Sans doute les deux hommes le comprirent-ils, car ils échangèrent un sourire entendu avant que le seigneur de Cabaret ne poursuive.

— Cela, nous l'ignorions quand nous avons doublé Na Loba. Mais heureusement pour nous, j'ai offert une autre raison à Louis de se précipiter à Cabaret.

Elle ne retint que la première partie de l'annonce de son hôte.

— Comment cela, doublé Na Loba ? Vous venez de dire que…

Triboulet lui prit la main et la serra dans la sienne.

— Qu'elle était la seule, oui, à pouvoir conduire les nôtres à Montségur une fois que, sous l'impulsion de Louis, les troupes se seraient retirées. Je n'ai pas dit qu'elle y survivrait.

39.

Griffonelle s'était levée et martelait le sol de la grotte d'un pas agité, l'esprit en ébullition face aux décisions que les deux hommes avaient prises et qu'ils venaient de lui expliquer. Elle finit par se planter devant eux, à l'autre bout de la table qu'ils n'avaient pas quittée.

— La mine ? Vous n'êtes pas sérieux ! Céder la mine à Louis en échange du retrait de ses troupes ?

Triboulet allait intervenir quand la main du seigneur de Cabaret se dressa pour le faire taire. Dans ce visage perdu, la dureté de son regard se détacha avec tant de puissance qu'elle força Griffonelle, saisie, à reculer.

La voix, pourtant, resta posée.

— Estimes-tu l'or plus précieux que toutes ces vies ? La mort de Mahaut ne t'aurait donc rien enseigné ?

Elle déglutit, baissa les yeux, gênée, avant de les relever, piquée au vif.

— Si. Justement. Elle m'a appris que Na Loba ne reculait devant rien pour obtenir ce qu'elle désire. Et clairement, ce qu'elle veut depuis toujours, c'est que cet or reste aux Occitans. Alors, dites-moi, comment croyez-vous qu'elle réagira lorsqu'elle comprendra que son royal otage va enfin s'en emparer ?

— Il n'y a aucune raison pour que cela arrive, assura Triboulet en passant une main nerveuse dans sa barbe.

Pourtant, le seigneur de Cabaret avait crispé ses mâchoires. Et soudain, elle comprit. Un instant sonnée, elle finit par poser ses poings sur la table et les dévisager avec colère.

— Mais si pour sauver les habitants de Lastours, il fallait choisir entre Na Loba et Louis, c'est Louis qui serait sacrifié, c'est cela ? Malgré ce qu'elle vous a fait ! Et moi ? Moi dans tout cela ? Est-ce que moi aussi je suis une perte acceptable ? Parce que…

Elle recula, recouvrit son ventre de sa paume, les yeux humides, furieux.

— Cet enfant que je porte est de sang royal après tout ! Et quand je dis tout, j'entends bien l'odieux mélange de flammes, de trahison, de persécution et de haine qui coule déjà dans mes veines !

— Comment peux-tu penser cela ? Jamais. Jamais, tu entends ? Jamais je ne consentirai à ce qu'il t'arrive quoi que ce soit. Calme-toi, se troubla Triboulet, livide.

— Que je me calme ? Tu veux que je me calme ?

Elle s'empara d'une coupe vide, la jeta avec violence contre l'un des piliers de calcaire, emplissant brusquement la cavité d'un écho sinistre. À peine apaisée, elle tourna vers eux des traits embrasés.

— Personne d'autre que moi ne décidera si le père de cet enfant doit vivre ou mourir en Occitanie, vous entendez ?

Le seigneur de Cabaret se leva lentement.

— Je suis un homme d'honneur, Griffonelle. Alors je ferai ce que cet honneur me dictera pour assurer la sécurité de ceux qui me sont chers. Comme je l'ai toujours fait. Et dans le respect de chaque vie.

— Ah oui ? le défia-t-elle, le menton relevé.

Le regard du seigneur de Cabaret s'attendrit.

— Tu lui ressembles, tu sais ? Infiniment.

— À qui ? À Na Loba ? À Simon de Montfort ? ricana-t-elle, ulcérée.

— À Mahaut.

Et la fureur de Griffonelle retomba comme un soufflé. Elle resta là, face à eux, démunie soudain. Et puis une larme roula sur sa joue. Une larme qu'elle chassa brutalement d'un revers de manche, tandis qu'il s'avançait vers elle, ému.

— Il me semble la revoir, là, à travers toi, le jour où j'ai décidé de céder Cabaret à Simon de Montfort. Le même emportement, la même ardeur. La même détermination. Le même éclat dans les prunelles. Je me suis trompé sur toi, Griffonelle, et pourtant Triboulet m'avait averti. Je ne te pensais pas capable de te mesurer à Na Loba. Je savais qu'il le faudrait, mais sincèrement, je le répète, je ne t'en pensais pas capable. Je ne sais pas comment Mahaut a pu te transmettre tout cela. Pourtant, il faut que tu le saches, Na Loba ne lui arrivait pas à la cheville. Et si elle n'avait pas quitté l'Occitanie, ce sont ses louanges à elle qu'on y chanterait.

Griffonelle redressa un peu plus son menton qui tremblait.

— Voilà au moins quelque chose qui a du sens. Malgré tout je n'en démords pas. Nous devrons aussi veiller à la sécurité de Louis. C'est sans compromis.

Il tendit ses mains vers elle. Elle les ignora.

Il sourit.

— Je t'en fais le serment, Griffonelle.

Elle céda. Entrelaça ses doigts aux siens, se laissa attirer contre son torse épais, se blottit dans ce cou à l'épaisseur grumeleuse, quand d'autres, gênés par son apparence, par son contact, l'auraient évité. Mais le seigneur de Cabaret ne l'effrayait pas plus qu'il ne la dégoûtait. Par son allure, son orbite creuse, Triboulet lui avait appris depuis longtemps que l'aspect des êtres n'était qu'une façade. Que leur vérité se trouvait dans l'âme. Et ces deux fantômes-là, enterrés plus profondément que quiconque, possédaient en eux plus de beauté que Na Loba n'en afficherait jamais.

Lorsqu'elle s'écarta, elle était déterminée : une fois qu'ils auraient atteint leur but, elle ne céderait à personne le droit de la tuer.

— Sers-nous à boire, Triboulet. Si nous voulons arriver à nos fins, il me faut d'abord tout connaître de votre plan.

Elle s'assit en bout de table, à même le plateau, souleva le hanap qu'il venait, d'une belle poussée, de faire glisser jusqu'à elle et en avala une gorgée tout en rejetant en arrière sa chevelure indisciplinée. En cet instant, sans même qu'elle s'en rende compte, les poils des deux hommes se hérissèrent sur leurs bras tandis que leurs cœurs s'embrasaient d'une douce tendresse. Mahaut vibrait en elle, c'était frappant. Comme une présence invisible qui, elle aussi, avait des comptes à régler. Mais tout à la fois, c'était la somptueuse sensualité guerrière de Na Loba qu'elle dégageait. Un mélange de puissance, de ferveur et d'impitoyable sérénité face au danger. Un mélange qui les éblouissait autant qu'il les terrifiait.

— Alors, ce plan ? insista-t-elle devant leur mutisme.

Le seigneur de Cabaret se racla la gorge pour revenir à elle, juste elle, Griffonelle, jouvencelle de dix-neuf ans prête à tout pour sauver l'homme qu'elle ne cesserait sans doute jamais d'aimer.

— Celui de Na Loba tout d'abord. Simple. Efficace : se faire amener Louis, le planter devant toi qu'elle tiendrait sous sa menace et, en échange de ta vie, exiger une lettre de cachet dans laquelle il affirmerait se dresser au sommet de Quertinheux, entouré d'archers en visée. Archers qui n'hésiteraient pas à tirer si l'armée tout entière ne se retirait. Pendant que le gouverneur obtempérerait, évacuer la forteresse et ne laisser plus qu'une place vide dans laquelle ils trouveraient le roi.

— Ligoté près de mon cadavre, je suppose, termina Griffonelle sans s'en émouvoir.

Elle avait depuis longtemps compris que cette femme ne comptait pas l'épargner.

— Pas tout à fait. L'idée étant que Louis renonce à les poursuivre, Na Loba comptait t'emmener avec elle jusqu'à ce que les nôtres soient en sécurité. Ensuite…

Elle rapprocha le gros bol dans lequel subsistait du fromage caillé. Stimulé par son emportement, son appétit revenait.

— Jusque-là, c'était un bon plan, admit-elle en acceptant la cuillère de bois que lui tendait le seigneur de Cabaret. J'imagine que c'est pour l'empêcher de me tuer que vous l'avez modifié.

— En effet, intervint à son tour Triboulet, impressionné par la femme qu'elle était devenue en trois années.

Il lui retourna son sourire complice, continua.

— Sitôt que l'aîné de Pierre nous a fait part des intentions de Na Loba, nous avons préparé notre riposte. Elle l'avait chargé de choisir les hommes qui iraient au-devant du roi.

— Il a pris les anciens, ceux qui m'avaient connu et s'étaient lamentés de ma perte avant de la suivre aveuglément dans la lutte, compléta le seigneur de Cabaret. Il les a menés à moi. Je te laisse imaginer la suite.

Elle ricana.

— Une furieuse envie de doubler Na Loba…

Triboulet se mit à rire.

— C'est cela.

Le seigneur de Cabaret poursuivit.

— Ils sont donc partis récupérer Louis, porteurs de mon message. Je ne lui offrais pas seulement la mine, mais l'assurance de ta vie sauve et la mort de Na Loba sous les murailles de Montségur. Je lui révélais aussi que Triboulet avait survécu, qu'il œuvrait avec moi et qu'il devait nous faire confiance, ainsi qu'à mon fils, pour empêcher Na Loba de s'en prendre à toi.

Elle hocha la tête, conquise par le mélange de lait caillé, de miel et d'amande. Beaucoup moins par ce qu'ils venaient d'énoncer. Elle battit l'air de sa cuillère soigneusement léchée.

— Tu avais raison, Triboulet. Si Louis s'en tient à cette promesse, il ne risque rien. Mais je doute fortement que ce sera le cas.

Elle opposa un profond soupir à leurs regards inquiets.

— Malgré ce que je lui ai fait, il m'aime. Et il sait à quel point Na Loba me hait. Alors, si ce n'est pas vous deux, en personne, qui lui affirmez que je ne risque rien, il songera à une ruse de sa part. Et jamais il ne la laissera m'emmener.

40.

Éperon rocheux de Lastours

Le son du cor ressemblait à la longue plainte d'agonie d'un cerf et tous, dans le village de Cabaret en effervescence, entendirent avec effroi ce qu'il annonçait : la certitude d'une fin prochaine.

Olivier de Termes devait les prévenir de l'imminence de l'attaque. Mais Na Loba lui avait demandé d'attendre son propre signal avant de l'engager.

La boule au ventre, laissant derrière elle ces gens qui, près du Grésilhou, tournaient vers elle un visage anxieux, elle s'élança en direction de la crête, bondissant dans la calade puis sur les rochers entrecoupés d'arbres qui la surplombaient.

Ce signal, elle ne l'avait pas donné.

Et pis encore, si Olivier de Termes s'annonçait par ce versant, de manière si répétée et sous cette voûte céleste qui ne cessait de s'obscurcir, c'était que sa pire crainte s'avérait : Amaury de Montfort lui avait ravi le contrôle de l'armée.

Elle parvenait au sommet quand un bruit de course la fit se retourner. Le Joglar avait dû quitter précipitamment sa mère lui aussi, car il arrivait, martelant la roche de ses longues et musculeuses foulées, chassant les cailloux derrière lui.

Il s'immobilisa à côté d'elle au moment où la silhouette d'Olivier de Termes jaillissait de la touffeur de la végétation, dans un horizon totalement plombé. À leur vue, le faydit cessa de s'époumoner, rangea son instrument et lança un signe amical aux archers massés en haut de Surdespine. Puis, ayant assez demandé d'efforts à sa monture, il calma son allure.

Renonçant à l'attendre, Na Loba et le Joglar dévalèrent l'escarpement et le rejoignirent à hauteur d'un lacet à peine inscrit dans la végétation.

— Je n'ai rien pu faire, lâcha-t-il aussitôt, dépité, depuis sa selle. Beaujeu s'est présenté seul avec une méchante excuse pour m'attirer à son campement. Si vous ne m'aviez appris que Montfort le soutenait, j'aurais pu me laisser prendre. Je ne l'ai pas vu, mais je suis sûr qu'il s'était embusqué à proximité de mes hommes. J'ai faussé compagnie à Beaujeu à l'aplomb du passage chevrier, le laissant à pied et quelques côtes probablement brisées.

— Sur qui pouvons-nous compter dans tes rangs ? demanda-t-elle, pragmatique.

Il grimaça, nerveux.

— Aucun que Montfort n'abattrait lui-même s'il désobéissait. Il va probablement leur faire franchir la rivière avant l'arrivée de la pluie.

— C'est à craindre, oui, admit le Joglar.

Pour l'heure, les guetteurs ne signalaient rien. Montfort devait avoir du mal à s'imposer auprès de ces Occitans qui le détestaient. Quant à Beaujeu, le temps qu'il revienne jusqu'au campement et qu'il lance sa propre attaque, il serait sous la tempête. Avec tous les risques que cela comporterait.

— Le roi ? s'enquit Olivier arrivé au même constat.

Na Loba secoua négativement la tête. Depuis qu'elle avait entendu sonner le cor, son esprit moulinait, anticipait, cherchait d'autres solutions. Elle n'en manquait jamais d'ordinaire. Mais aucune n'était meilleure qu'opposer la captivité de Louis à la détermination du gouverneur et de Montfort.

— Il n'est sûrement plus très loin, argua le Joglar, tout aussi circonspect. Seulement, sans connaissance de la situation, son escorte n'a aucune raison de le pousser dans la nuit. Ils se sont sûrement arrêtés dans un abri quelconque.

— Alors il faut aller les chercher, décida-t-elle soudain avant de lever un menton tonique en direction du faydit. C'est à Turpin Chamillier que j'ai confié la mission de le ramener. Tu le connais bien, Olivier, tu sais de quelle manière il se déplace, ses manies, ses habitudes et les sentiers qu'il aura privilégiés pour s'approcher. Il bravera les éléments si c'est toi qui le lui commandes. Et le roi aussi, quand tu lui auras affirmé que je n'hésiterai pas une seconde à livrer Griffonelle à Montfort si cela peut me faire gagner du temps.

Il approuva. Lui non plus ne voyait de meilleure idée.

— J'ai besoin d'un autre cheval. Celui-là s'est légèrement blessé en sautant la rivière et je ne l'ai pas arrangé en l'obligeant à grimper rapidement parmi les rochers.

— Conduis-le aux écuries et emprunte le mien, lança le Joglar. Il est rapide, possède un bel instinct, ne craint pas le tonnerre et connaît la montagne. Bastien te l'indiquera avant de regarder ce qu'il peut faire pour le tien.

— Entendu, lança Olivier, qui faisait toute confiance au jeune palefrenier et à ses onguents.

À peine se fut-il avancé sur le fin sentier, malmenant de nouveau et à regret sa monture, que Na Loba se tournait vers le Joglar.

— Ton frère et l'évêque s'occupent de rassembler leurs protégés. Je vais les prévenir qu'ils doivent partir dans le quart d'heure qui vient, quitte à tout abandonner derrière eux. Ensuite j'irai voir où en est l'armée.

— Nos archers n'arrêteront pas deux cents hommes.

— Non. Mais ils peuvent les ralentir. Les pignes sont sèches et les aiguilles tombées forment de solides paquets entre les sapins...

Il tiqua.

— Tu veux embraser la forêt du Val du Milieu ?

Elle non plus n'aimait pas cette solution. Mais elle n'en voyait pas d'autre. Située entre les deux rivières, l'étroite vallée débouchait au pied le moins abrupt de l'éperon rocheux et permettait d'atteindre facilement le quartier nord de Cabaret. C'était forcément ce passage que Montfort allait emprunter.

— Le vent portera les flammes vers l'Orbiel, leur interdisant de traverser. Cela nous permettra d'attendre l'arrivée de Louis.

Elle le prit par les épaules, plongea son regard tourmenté dans le sien.

— Ramène-moi Griffonelle... S'il te plaît...

Il hocha la tête, la gorge serrée.

Cette fois, il le fallait.

41.

Montagne Noire

Triboulet remit quelques bûches dans le feu. Même si la température de la grotte était constante, l'humidité permanente qui y régnait était difficile à supporter les premiers temps. Griffonelle se rapprocha de lui, comme elle le faisait autrefois, quand ils se tenaient devant l'âtre, à Glatigny. Quand elle venait derrière lui, nouait ses bras à son cou et l'attirait contre sa poitrine. Il y nicha l'arrière de sa longue chevelure. Elle non plus il ne l'avait pas coupée. Même si, comme sa barbe, elle avait blanchi au cours de ces trois années sous le joug de la souffrance.

— Alors comme ça tu vas être maman.

Elle perçut soudain cette émotion que l'âpre discussion de tantôt l'avait contraint à rejeter.

— Tu t'y feras, sourit-elle. Comme je m'y suis faite. Pour l'instant cela se voit à peine. Et avec tout ce qui nous attend, je préfère ne pas trop y penser.

— Tu te souviens, murmura-t-il tandis que les flammes grandissaient et que le seigneur de Cabaret se plaçait face à eux, de l'autre côté du brasier débarrassé du trépied à cuire.

— Oui. Je me souviens, assura-t-elle, certaine qu'ils pensaient à la même chose.

Il le lui confirma d'une caresse à son bras.

— Elles me manquent souvent, Gaïa, Solenne, Sibylle, Mahaut. Dans ma mémoire parfois, elles ne font plus qu'une. Peut-être parce que les trois premières n'ont cessé de l'évoquer tandis que j'étais prisonnier de cette couche autour de laquelle elles se relayaient. Elles seraient heureuses de savoir que tu portes un enfant. Fût-ce celui du roi de France, tempéra-t-il en grimaçant.

Elle déposa un baiser sur sa joue.

— À moi aussi, elles me manquent.

— Mahaut n'est jamais vraiment sortie de ma vie, avoua le seigneur de Cabaret. Elle m'écrivait, parfois. Par l'intermédiaire de mon fils. Me disait son bonheur de t'avoir à ses côtés. Comme tu seras heureuse d'avoir cet enfant près de toi.

— Est-ce à cause de ces lettres que Na Loba l'a retrouvée ? demanda-t-elle.

— Non, j'ai pris soin de toutes les brûler après lecture. Et si elle en avait intercepté une, elle aurait appris que j'avais survécu. Or, elle semble toujours l'ignorer.

Griffonelle soupira.

— De toute manière, les jeux sont faits. Sauf en ce qui concerne Louis. Je reste persuadée qu'il vous faudra vous montrer à lui, mais je sais aussi que ce ne doit pas être trop tôt. Les vôtres ne peuvent pas perdre confiance en Na Loba, pas tant qu'ils sont en danger.

L'œil du seigneur de Cabaret se teinta d'admiration et de respect.

— Je suis heureux que tu aies compris cela. Compris qu'elle nous était nécessaire, au mépris de ta haine.

Le regard de Griffonelle se perdit dans les profondeurs obscures de la grotte, tandis que de nouveau un long frisson la parcourait.

— Il y a un temps pour tout. S'il faut se battre, je me battrai à ses côtés. Ensuite, oui, quand tout sera terminé, je la tuerai.

Triboulet noua ses bras autour des siens, la berçant doucement, comme autrefois quand elle était tourmentée.

Elle sentit remonter en elle une bouffée de rancœur.

— Ne me demandez pas d'avoir la même patience envers Altéric.

— Oh, tu n'en auras pas besoin, souffla Triboulet.

Elle sursauta.

— S'en serait-elle débarrassée ?

Étrangement, cela ne lui était pas venu à l'idée.

— Non. Je m'en suis chargé. Je ne pouvais pas le laisser gâcher nos projets.

Elle s'était souvent demandé quel sort elle lui réserverait quand elle se retrouverait face à lui. Ils avaient tant partagé durant l'enfance, tant qu'une part d'elle aurait voulu pouvoir entendre sa version des faits et lui pardonner. Mais au fond, elle le savait bien. Il était des trahisons dont on ne se remettait jamais.

— Tu as bien fait, trancha-t-elle en chassant aussitôt le moindre regret.

Les flammes grimpaient, puissantes sous la voûte, la forçant à se détacher de Triboulet pour s'en écarter. Elle se perdit un instant dans leur mouvement dément avant de s'apercevoir que son hôte s'était déplacé. Le temps qu'elle le cherche des yeux, un homme le rejoignait d'un pas félin.

— C'est son fils. On l'appelle le Joglar par ici, le présenta Triboulet, qui s'était à nouveau rapproché d'elle.

— Pourquoi ? demanda-t-elle, cherchant à deviner son visage que la haute carrure de son père lui masquait.

— Dans sa prime jeunesse, les plus éminents troubadours séjournaient régulièrement à Cabaret. Il a été bercé par leurs chansons, a appris à jogler[1] à leur école. En grandissant, comme lui aussi portait le nom de Pierre-Roger, c'est ainsi qu'on s'est mis à le désigner plutôt que le Jeune, comme il est de coutume ici. C'est quelqu'un de bien, ajouta Triboulet comme les deux hommes revenaient vers eux et qu'elle découvrait enfin en lui ces traits que Na Loba avait volés au vieux seigneur de Cabaret.

Des traits qui, à sa grande surprise, firent s'envoler son cœur au moins autant qu'autrefois ceux d'un jouvenceau au sortir d'une taverne, un jouvenceau dont elle ignorait alors qu'il était le roi de France. Troublée par ce sourire à l'éclat tourmenté, par ce regard qui l'enveloppait, elle se sentit gourde. Ne sut répondre à son salut chaleureux que par un hochement de tête, crispé.

Il n'en vint pas moins lui prendre ces mains qu'elle aurait brusquement voulu cacher tant elle frissonnait d'une émotion que seul Louis avait jusque-là réussi à éveiller en elle.

Comme si c'était le moment, s'en voulut-elle, se forçant à se reprendre.

Mais elle avait l'impression d'avoir rougi jusqu'aux oreilles.

— J'aurais aimé que l'on ait plus de temps pour faire connaissance, Griffonelle. Aimé vous montrer Cabaret dans d'autres circonstances. Hélas, le temps presse.

Douchée par l'angoisse qui perçait dans sa voix, elle sursauta.

— Que se passe-t-il ?

En quelques secondes, allant à l'essentiel, il leur résuma la situation et son urgence.

— D'accord, lui concéda-t-elle sans réfléchir davantage. Je vous suis.

1. Chanter, raconter des chansons de geste.

42.

Paris
Palais de la Cité

Blanche de Castille lissa le dessus de son oreiller d'une main nerveuse. Retrouver Paris, l'île de la Cité, le palais royal, cette chambre dans laquelle les étreintes sauvages de Raymond de Toulouse étaient venues faner celles de son défunt époux ne l'avait pas apaisée. Au contraire. Elle se sentait sale. Sale d'avoir forniqué avec cet homme, sale d'avoir laissé son orgueil prendre le pas sur sa douleur et son immense sentiment de solitude.

Sale d'avoir osé lever la main sur un cardinal, juste parce qu'il disait la vérité. Un trophée. Oui, Toulouse l'était. Et son comte qu'elle avait réussi à faire plier aussi. Mais l'aurait-elle épinglé sur sa peau cette grande, cette époustouflante Aliénor qui n'avait eu de cesse, pourtant, de le gagner ?

Non, sûrement pas. Elle se serait contentée de le piétiner avant d'en ramasser les morceaux et, seulement là, permettre que l'on construise la paix.

Elle se sentait pitoyable. Et pire que tout, pitoyable de se sentir pitoyable.

Terminé, venait-elle de décider en redressant le buste, en claquant avec vigueur sa honte et sa faiblesse. Si un homme devait à nouveau se coucher sur elle, ce serait au nom d'un amour partagé.

Quant à Raymond...

Elle emporta le chandelier dans sa main et s'en fut ouvrir la porte contre laquelle il venait de toquer.

À l'inverse pourtant de leurs habitudes, elle recula tandis qu'il refermait soigneusement à clef derrière lui. Lorsqu'il se tourna vers elle, elle n'était plus à portée, mais installée sur un siège devant un plateau d'échecs. Elle déplaça une pièce sur le jeu, maussade.

— Je n'ai pas le cœur aux caresses, mon ami. Ce soir, nous nous battrons avec d'autres armes.

Il s'inclina, visiblement déçu, prit place en face d'elle.

— Je conçois que cette situation vous pèse. J'imagine que c'est la raison pour laquelle vous avez voulu rentrer précipitamment à Paris.

— J'espérais, sottement, que Louis m'y aurait précédée. Pressé par Jean. Car, de vous à moi, il est évident que le chevalier l'a rejoint en son refuge de dépravation. Complice. Dois-je m'en étonner ? Non, évidemment ! Louis est le roi ! C'est devant sa volonté que Jean doit s'incliner, pas devant la mienne. Je ne peux même pas lui en vouloir de l'avoir fait.

Raymond avança un pion, puis ses doigts vinrent affectueusement recouvrir ceux de Blanche.

— Votre tourment me bouleverse, ma reine. Mon impuissance plus encore. Je ne suis pourtant pas sûr que rester à Paris soit la meilleure idée. Pour l'heure le secret est toujours gardé, mais ici, en ces murs, ne craignez-vous pas que l'absence de Louis inquiète ? qu'on ne finisse par vous presser de questions embarrassantes ?

Elle lui retourna un sourire crispé.

— Un roi n'a de comptes à rendre qu'à Dieu. Ceux qui savent sauront rester discrets. Les autres se tairont.

Il la laissa déplacer sa dame, prit un fou tandis qu'elle approchait sa main d'un plateau garni de deux hanaps en argent et d'une bouteille en verre facetté.

— Laissez, insista-t-il.

Elle lui tendit son gobelet, regarda le vin y couler puis Raymond se servir à son tour avant de le porter, elle aussi, à ses lèvres.

Elle y toucha à peine, attendit qu'il l'ait reposé pour jouer.

— Vous avez pourtant raison, Raymond. Il n'est pas bon pour le royaume de laisser s'installer des commérages. C'est pourquoi désormais nous ne nous verrons plus.

Il sursauta, plongea un regard surpris dans le sien que la clarté des chandelles troublait de nuances dorées.

— Vous m'en désespérez, ma mie. Est-ce à dire que vous voulez me voir quitter Paris ?

Elle se mit à rire.

— Comme vous y allez ! Non. Vous resterez ici… Tant que Louis ne sera pas rentré, ajouta-t-elle plus durement en reculant sur son siège.

Il déglutit, la gorge soudain serrée, s'empara de cette dame qu'elle venait de lui mettre à portée, se força à plaisanter.

— Voudriez-vous donc que j'en vienne à espérer que ce soit le plus tard possible ?

Le ton se fit cassant cette fois.

— À votre avis ?

Il releva la tête, accusa un discret vertige, se racla la gorge.

— Pardonnez-moi ce trait. Il était inapproprié. À dire vrai, je ne me sens pas très bien tout à coup, s'excusa-t-il.

Elle tomba un œil froid sur le hanap qu'il avait vidé avant de sourire, narquoise.

— L'effet du poison que vous venez d'ingérer. Rassurez-vous, il nous garantit encore quelques minutes d'intimité.

La peur qui s'inscrivit brusquement sur ses traits lui rendit un sursaut de vitalité. Il grimaça.

— Vous n'auriez pas osé…

Elle se leva, s'écarta de lui juste assez pour éviter toutes représailles avant de sortir de son corsage une fiole aux reflets ambrés.

— En matière d'audace, mon cher, je crois que je vous ai suffisamment prouvé mes capacités. Votre gorge va continuer de se serrer, votre pouls de s'affoler. Dans le même temps vous allez manquer d'air et suffoquer tandis que tous vos membres vont se tétaniser. D'après ce que m'en a dit la miresse, la mort est aussi lente que douloureuse. À moins, bien entendu, que je ne vous administre à temps cet antidote qu'elle m'a confié.

Il voulut se lever, mais la douleur le plia en deux. Il retomba lourdement sur le siège, balayant le jeu du repli d'un coude, avant de passer le revers de sa manche sur son front en sueur.

— Que voulez-vous ?

Elle ricana.

— Comme si vous l'ignoriez.

Il tendit la main vers elle. Elle recula d'un pas, leva le flacon.

— Ne jouez pas. Ne jouez plus où je le brise et je vous regarde crever. Où est mon fils ? Où est le roi ?

Il comprit cette fois qu'elle n'hésiterait pas.

— À Cabaret.

Elle s'embrasa, écarta les doigts. Il tendit les siens, hurla.

— Non ! Non, Blanche ! Il n'y est pas en danger ! Je ne l'aurais pas permis.

Elle n'en maintint pas moins sa menace.

Il toussa, prisonnier des symptômes qu'elle avait décrits, siffla :

— Na Loba veut échanger la liberté de Louis contre celle des bonnes gens. Tout ce qu'elle souhaite, c'est sauver les cathares qui se sont réfugiés à Lastours et quitter définitivement l'Occitanie avec eux sans être pourchassée. Je vous le jure, Blanche. Louis ne craint rien. Il est seulement son otage. Beaujeu le trouvera sauf quand il entrera dans la place, vidée.

— Comment l'avez-vous convaincu de se rendre à elle ? insista-t-elle malgré ses lèvres qui bleuissaient.

Il balbutia, la vue trouble, la douleur en étau autour de son cœur, de ses muscles, de ses organes.

— Griffonelle. Elle l'a capturée aussi. Il se livrait à elle et la jouvencelle avait la vie sauve. Sauf qu'elle a menti sur ce point. Elle la tuera. C'est le cadeau qu'elle vous fait. Avec la relique qu'elle a volée. Pour que Louis cesse d'en être obsédé et ne se préoccupe plus que du royaume. Pour que vous vous sentiez vengée de la mort du Lion. Et la laissiez en paix.

Blanche explosa.

— Quelle insolence ! M'offrir cette teigne en échange de ma vengeance.

— Ce n'est pas qu'une teigne, Blanche…

Il bascula, se reçut à genoux à ses pieds, leva vers elle un visage blême, tourmenté, trouva malgré tout la force de hoqueter :

— C'est sa fille…

Blanche resta un instant désarmée, avant, devant ses yeux qui se révulsaient, de lui vider l'antidote dans la bouche. Il coula à terre sitôt après l'avoir avalé, replié sur lui-même, espérant son effet. Blanche recula jusqu'à s'asseoir sur le lit, les mains tremblantes, le cœur fol.

— Sa fille… Elle sacrifierait sa propre fille pour tous les sauver…

Cela lui paraissait inconcevable. Et pourtant quelque chose en elle l'assurait que Raymond n'avait pas menti. Quelque chose de viscéral. Comme un désir ardent, dévastateur.

Le désir d'être enfin débarrassée de cette Louve et de sa petite traînée.

43.

Éperon rocheux de Lastours
Quartier nord du village de Cabaret

Un bouquet d'éclairs cinglait l'horizon lorsque Na Loba se posta sur le toit de l'une des dernières maisons, en surplomb du Val du Milieu. Comme elle s'y attendait, Amaury de Montfort remontait le cours de l'Orbiel à la tête de l'armée toulousaine. N'ayant trouvé aucun angle pour le tuer, elle n'avait plus le choix. Elle devait embraser la forêt qui lui faisait face.

L'air avait fraîchi de nouveau dans un ciel privé de lumière. Mais elle connaissait chaque parcelle de cette terre qu'elle allait sacrifier.

Elle encocha une flèche, trempa sa pointe emmaillotée d'étoupe dans un tonnelet de poix puis dans le brasero. Ensuite seulement, l'œil dans le crépitement des flammes, elle visa. Lorsqu'une nouvelle décharge éblouissante transperça l'épaisseur des nuages, l'assurant de ne pas rater sa cible distante de quatre-vingt-dix coudées[1], elle relâcha la corde. Elle surveilla l'envol du trait, le vit avec satisfaction se ficher dans un châtaignier aux feuilles déjà roussies par les fortes chaleurs. Elle recommença, un

1. 43 mètres.

peu plus à dextre. Huit flèches plus tard le feu grimpait à l'assaut des pins et des châtaigniers, formant une ligne de défense que le vent épaissirait vers la rivière.

Satisfaite, elle descendit l'échelle de corde et rejoignit le chevalier d'Hautpoul qui l'attendait en bas.

— Voici qui devrait les dissuader de franchir l'Orbiel. Du moins jusqu'à la pluie. Après ce sera à toi et aux autres de les retenir. J'espère juste que nous n'aurons pas besoin d'en arriver là.

Il soupira.

— Certes. Mais ne serait-il pas plus sage de filer nous aussi dès maintenant ?

Elle lui sourit tristement.

— Et que fera Montfort face à une place vide, selon toi ? Tu sais comme moi qu'il s'élancera sur mes traces parce que je suis la seule à pouvoir le conduire à la mine. Et à l'inverse de la dernière fois où nous avons dû abandonner Cabaret, il connaît la montagne. Peux-tu accepter de mettre en danger ta femme, tes enfants, celles et ceux de nos compagnons ?

— Non. Bien sûr que non.

Elle pesa un peu plus sur son épaule cuirassée. Jamais elle n'avait vu cet homme se détourner d'un combat ou discuter ses choix. Elle ne lui en voulait pas. Elle-même devait admettre que l'arrivée de Montfort compliquait la donne. Plus qu'elle ne voulait l'admettre.

— Deux heures. C'est le temps qu'il faudra encore à ceux qui nous sont chers pour arriver au point de rendez-vous. Nous devons tenir Cabaret jusque-là. Ensuite, oui, nous filerons. Avec ou sans la protection du roi de France.

Elle s'apprêtait à lui tourner le dos. Il la retint par le bras, le profil barré d'une inquiétude profonde.

— Ne crois pas que je n'aie pas foi en toi, Na Loba. Seulement je sais aussi que si tu venais à mourir ici, les nôtres n'auraient que peu de chances d'atteindre Montségur.

Elle le défia d'un regard dans lequel tremblaient à présent les flammes.

— Je ne suis pas plus valeureuse que toi, le Joglar ou n'importe lequel de ceux qui se sont embusqués derrière ces fenêtres. Et à peine plus obstinée. Vous me remplaceriez haut la main si je devais succomber. Mais ne t'inquiète pas. Cela n'arrivera pas. Le diable a encore besoin de moi.

Elle remonta la calade jusqu'à l'escalier de pierre taillé à même la roche et gravit les degrés qui ramenaient à l'esplanade du donjon.

Elle grimpa lestement jusqu'à son sommet. De là, elle pourrait mieux juger de l'avancement des préparatifs de défense pour les uns et de départ pour les autres. Elle se glissa dans le hourd, survola du regard les bâtisses en dessous d'elle, puis immobilisa sa prunelle sur le groupe qui s'était formé devant le pont du Grésilhou. Nul doute que Pierre de Lauran s'apprêtait à le faire traverser quand son attention avait été captée par l'incendie qu'elle venait d'allumer. Tous avaient le regard rivé sur ces lueurs qui grandissaient.

Hâte-les, Pierre, supplia-t-elle intérieurement.

Même si elle devinait ce qu'ils devaient éprouver en cet instant. Le frère du Joglar les avait arrachés brutalement à leur vie, les contraignant à tout abandonner derrière eux, jusqu'à ce poisson qu'elle avait trouvé prêt à enfourner en traversant la maison depuis laquelle elle avait tiré.

Elle vit Brunissende lever les yeux vers elle, immobile entre les piliers, à la limite du vide sous ses pieds. La châtelaine lui envoya un discret salut. Juste un mouvement de tête. Pourtant elle le prit pour ce qu'il était. Une supplique muette. Sachant à quel point celle-ci avait dû lui coûter, elle hocha la tête à son tour en gage de promesse. Elle avait tout enlevé à celle qui autrefois avait été son amie. Elle veillerait à lui ramener son aîné. Entier.

Pierre de Lauran agita la main en signe de ralliement, puis franchit la passerelle de bois le premier. Brunissende se détourna enfin pour le suivre. Pour donner l'élan à ces bonnes gens dignes et pourtant dévastés.

Le cœur pincé, sentant sur ses épaules le poids de l'espoir qu'ils mettaient tous en elle une fois de plus, Na Loba les regarda aborder l'autre rive, puis disparaître, avalés par la végétation et l'obscurité.

Elle allait se détourner lorsque deux ombres émergèrent du couvert un peu plus en amont, entrant dans la lueur des torches qui, pour quelques minutes encore, éclairaient le pont. Elle reconnut la silhouette du Joglar.

Celle de Griffonelle.

Elle sentit ses poings se crisper, son cœur s'affoler dans sa poitrine, la haine enserrer de nouveau sa gorge. Comme ce jour où elle s'était couchée sous Simon de Montfort, riant trop fort pour ne pas le frapper. La première fois qu'elle composait avec elle-même.

— Le tuer ne ferait qu'en placer un autre à la tête de l'armée du pape. Séduis-le comme je l'ai fait de son fils, et nous saurons exactement où et quand riposter, avait insisté Mahaut, contrainte de rester dans l'ombre depuis qu'Amaury de Montfort avait découvert qui était vraiment la femme dont il s'était amouraché.

Na Loba avait cédé. Fait semblant de jouir. Jusqu'à ce que l'occasion lui soit donnée de récupérer la carte des gisements du Cabardès à Carcassonne. Elle avait quitté la cité par un dédale de galeries qui l'avaient conduite sous Quertinheux. Elle avait cru qu'elle se guérirait de la souillure de Simon de Montfort, mais il ne s'était pas contenté de brûler sa famille, ses amis.

Il avait aussi brûlé sa chair à elle, de l'intérieur.

Elle aurait voulu pouvoir arracher cette enfant de son ventre qui poussait, seulement une vie était sacrée. Et Mahaut tout comme Brunissende n'avaient cessé de répéter que tout être était innocent, « parfait » avant de naître. Qu'il suffirait de l'élever dans l'amour pour qu'il le reste. Elle avait essayé de l'aimer. Essayé. Las, son rejet n'avait fait qu'empirer avec sa venue au monde. Et elle n'avait su lui donner pour nom que celui de cet animal monstrueux, diabolique, flanqué d'un corps de lion, d'une tête, d'ailes et de serres d'aigle. Un griffon. Gardien des trésors de la terre. Emblème de vigilance, de force, de courage. Ces vertus qu'elle-même allait devoir développer pour accepter de la voir grandir tout en protégeant le secret de la mine.

Elle s'en était crue capable, l'avait confiée à Mahaut et à Brunissende tandis qu'elle-même battait les chemins. Néanmoins, chaque fois qu'elle revenait à Cabaret et la retrouvait, la douleur la consumait.

Griffonelle était la fille de ce démon qui ravageait l'Occitanie. Chaque hérétique qu'il menait au bûcher était une vie qu'elle aurait pu épargner en le tuant dans son sommeil à Carcassonne. Une vie sacrifiée qui pesait sur son âme, la chargeant d'un peu plus de culpabilité. Une culpabilité que l'existence même de Griffonelle renforçait.

Parfois, un sourire, un babil transperçait cette haine, lui ramenait au cœur des picotements, un trouble. Une faiblesse. Un sentiment qui la dégoûtait plus encore. Alors, pour être certaine de ne jamais y sombrer, elle s'était emmurée en elle-même. S'était fixé un but : tuer Simon de Montfort et faire en sorte que personne d'autre qu'elle ne puisse posséder la mine. Non pour sa puissance ou sa richesse. Juste pour que cet or contribue à l'œuvre du comte de Foix et de sa fille Esclarmonde : l'édification du château de Montségur. Une forteresse indestructible où tous les persécutés pourraient se réfugier.

Mahaut l'avait soutenue dans sa démarche. Jusqu'au jour où elle l'avait trouvée avec Griffonelle hurlant dans les bras et son coutelas dans son poing fermé.

— Elle doit avoir faim, avait-elle dit en la lui prenant d'autorité pour l'entraîner vers la pièce attenante.

Le lendemain, toutes deux disparaissaient.

Mais te voilà de nouveau. Et cette fois, tu es à moi. Oui. À moi…, pulsa en elle ce ressentiment qu'elle avait couvé tout au long de ces dix-neuf années.

La jouvencelle abordait la rive du village. Lors, elle avança le bout de ses souliers et brava un peu plus le vide entre les piliers du hourd.

Jusqu'à ce que, alertée par le Joglar, Griffonelle lève les yeux vers elle et s'immobilise, frappée par le sentiment de puissance qu'elle était consciente de dégager dans l'écrin de son impitoyable beauté.

44.

Éperon rocheux de Lastours
Quartier ouest du village de Cabaret

— Viens. Si j'en juge par ces lueurs qui grandissent dans le Val du Milieu, la riposte des nôtres a commencé. Ils vont avoir besoin de renforts, la pressa le Joglar en reportant son regard sur Griffonelle.

— C'est elle, n'est-ce pas ? demanda-t-elle face à cette silhouette qui la défiait.

— Oui. Et elle t'attend depuis trop longtemps déjà.

Baissant enfin les yeux, Griffonelle lui emboîta le pas. Pour elle aussi, ce moment n'avait que trop tardé. Après les révélations des trois hommes, elle avait remis ses vêtements de route. Le vieux seigneur de Cabaret ne les avait pas lavés, sachant que Na Loba remarquait tout. Et qu'elle s'étonnerait de la trouver si propre après avoir officiellement erré dans les cavités. L'idée était de donner le change, le temps que le groupe conduit par Pierre de Lauran se soit suffisamment éloigné. Ensuite, le vieux seigneur de Cabaret se montrerait.

— Personne ne me reconnaîtra sous ce masque et je n'ai de raison de l'ôter que devant elle. Je n'en avais pas l'intention, estimant que Cabaret était imprenable. Mais la présence d'Amaury de Montfort à la tête de l'armée change tout. Une épée de plus ne sera pas de trop pour combattre. Et puis tu as raison, Griffonelle, avait-il ajouté en la prenant par les épaules. Le roi ne fera pas confiance à un fantôme. Parce qu'un fantôme n'a aucun droit sur ces terres. Lorsqu'il arrivera, s'il arrive, je veux pouvoir le convaincre que mes promesses seront tenues.

— Ne craignez-vous pas que Na Loba vous en empêche, père ? s'était inquiété le Joglar.

Le vieux seigneur de Cabaret avait esquissé un sourire narquois.

— Je suis apte à me défendre. Bien mieux que la dernière fois où nous nous sommes affrontés, elle et moi. Le roi veut une mine d'or. Et nous lui en donnerons une. Celle qu'elle exploite depuis qu'elle m'a enseveli sous la principale.

— Il y en aurait donc plusieurs ? s'était étranglée Griffonelle.

— De moins bonnes quantité et qualité. Mais si l'on y ajoute d'autres, de cuivre, de plomb argentifère et de fer, ce sera suffisant pour assurer le roi de sa bonne fortune. À moi de convaincre Na Loba qu'elle n'y perdra rien et qu'elle garde le contrôle de tout.

— Y compris de ma vie, en avait déduit Griffonelle, les poings serrés.

— Avons-nous le choix pour l'instant ? s'était-il désolé.

Elle avait haussé les épaules.

— Non. Je ne pensais même pas en venant à Cabaret que j'y trouverais des alliés. Et toi encore moins, Triboulet.

Le nain lui avait décoché un clin d'œil complice.

— Ne t'inquiète pas. Tout comme le Joglar, je ne serai pas loin de toi. À aucun moment. Si j'ai perdu mon agilité, je sais toujours me fondre à l'obscurité. Et frapper sans que l'on me remarque. Cette garce ne nous séparera pas deux fois.

Forte de la détermination des trois hommes, elle avait suivi le Joglar dans le dédale des galeries jusqu'à l'air libre et le village de Cabaret.

Envahissant le contrefort de l'éperon rocheux, il s'étageait maintenant devant elle avec ses maisons hautes et vastes, construites à même la roche dont elles épousaient le relief, ses citernes de briques enduites à la chaux, ses ateliers, ses forges, ses écuries. Et son cœur se serra de découvrir ces bâtisses désertes quand elle aurait aimé les voir vivre, respirer les parfums de cuisine, entendre le rire des enfants, se poster dans l'encadrement d'une porte, devant un vieillard ou une femme occupée à coudre, à tisser.

Elle avait voulu connaître l'endroit où sa mère était venue au monde, le respirer pour se rapprocher d'elle qui lui manquait tant. Mais c'était celui que Mahaut avait fui que ses pas martelaient. Lors, refusant de laisser les regrets l'envahir, elle s'efforça de ne plus voir que les murailles du donjon qui se rapprochaient au sommet de la calade.

Na Loba avait quitté son perchoir et les attendait dans la grande salle du château, celle qui autrefois rayonnait du chant des troubadours, des jongleurs, du prêche des évêques parcourant librement la contrée. Celle dans laquelle chacun avait été heureux, paisible, avant que la croisade ne balaye tout.

Griffonelle la trouva assise d'une fesse sur un coffre haut, un pied battant le vide, ses mains jouant avec la pointe d'un poignard sous le cintre d'une fenêtre.

Si tu crois pouvoir m'effrayer avec cette arme et cette assurance, c'est raté, se moqua-t-elle en esquissant un sourire narquois. *Je sais à quel point tu as besoin de moi.*

— Je l'ai trouvée tapie dans l'une des cavernes, à proximité d'un point d'eau. Pas très loin de l'entrée, mais dans le noir et avec cette blessure à la tempe…, annonça le Joglar pour justifier le fait qu'elle ne soit pas davantage blessée.

— Laisse-nous, lui répondit simplement Na Loba sans bouger ni détacher ses yeux d'elle.

Il tourna les talons, s'effaça derrière le battant.

— Tu t'en tires bien. Tu aurais pu te rompre le cou, lui lança-t-elle sitôt qu'il l'eut refermé.

— Je ne voulais pas vous priver du plaisir de me le tordre, lui rétorqua Griffonelle.

Un rire clair emporta Na Loba, la déstabilisant un instant. Il ne dura pas. Fut remplacé par un rictus cynique.

— Visiblement le couvent ne t'a pas guérie de ta repartie.

— Ni du reste… mère.

Na Loba blêmit, suffisamment pour qu'elle en retire une douce satisfaction.

— Ainsi donc tu l'as découvert. Fort bien. Cela me fait gagner du temps, se reprit-elle déjà.

— Vous ne voulez pas savoir comment ? joua Griffonelle en se dirigeant vers un cruchon de vin posé sur une table à côté de plusieurs hanaps.

— Non.

Le ton était sans appel, si froid que Griffonelle, saisie, suspendit son geste. Pas assez longtemps cependant pour que Na Loba le relève.

— Vous avez raison. Il y a plus urgent.

Elle emplit deux gobelets, pivota, se dirigea vers elle d'un pas décidé et lui en tendit un, l'obligeant à ranger son poignard à sa ceinture. Aussitôt qu'elle l'eût pris, elle s'assit à côté d'elle sur le coffre, presque à la frôler.

Feindre. L'indifférence. Le détachement.

Elle l'avait si finement appris à Montmartre ! Mais cela lui fut plus difficile qu'elle ne l'imaginait.

Pour elle aussi, visiblement, se réconforta-t-elle en remarquant la crispation de ses doigts, de son profil parfait tandis qu'elle portait le gobelet à ses lèvres.

Et soudain, elle se sentit forte. Plus forte qu'elle ne l'avait jamais été. Parce que son ennemie jurée était là, contrainte de composer avec leur haine réciproque et qu'elle pouvait sentir, palper presque, la souffrance que la sienne lui imposait.

— Je vous aiderai à sauver ces bonnes gens, dit-elle avec hauteur. À retenir Montfort et à convaincre Louis de me laisser partir avec vous et les faydits. Je vous aiderai parce que votre acharnement à tout me prendre a fait de moi l'une des vôtres. Comme Mahaut l'était. Ensuite…

À son tour, elle avala une gorgée.

— Ensuite, poursuivit-elle en soutenant ce regard hautain revenu dans le sien, ensuite c'est moi qui vous tuerai.

45.

L'espace d'une seconde, Griffonelle eut le sentiment que son audace et sa froide détermination avaient appelé du respect dans cet œil aux teintes des roches de Cabaret.

Elle n'eut pas le temps de s'en réjouir. Aussi rapide que cet éclair venant d'illuminer la croisée entre elles, Na Loba la délesta avec violence du hanap et elle se retrouva plaquée au mur, une main sur sa gorge, l'autre lui piquant le sternum de la pointe d'un poignard.

Étonnamment pourtant, son cri de surprise retombé, c'est un sourire de défi que Griffonelle dessina.

— Profitez-en. L'occasion ne se représentera peut-être pas, chuchota-t-elle sur le souffle de Na Loba.

La Louve la relâcha aussi vivement qu'elle l'avait saisie, et, lui tournant le dos, s'en fut négligemment ramasser les deux gobelets qui avaient roulé à terre.

Troublée, Griffonelle comprit qu'elle avait expurgé sa tension en la bousculant.

À moins que tout cela n'ait été calculé, songea-t-elle, se souvenant soudain que la Louve ne laissait rien au hasard.

Et elle avait eu le temps de préparer cette rencontre. Au moins autant qu'elle.

— Est-ce la mort que tu as cessé de craindre ou moi ? demanda Na Loba d'un ton égal en les resservant au cruchon.

— Sans doute les deux, répondit Griffonelle.

Na Loba revint se planter devant elle.

— Alors c'est que j'ai atteint mon but avec toi.

Griffonelle tressaillit.

— Faire de moi votre pire ennemie ? persifla-t-elle en saisissant la boisson que la Louve lui tendait à son tour.

— D'une certaine manière, oui. Je voulais que tu sois pour moi ce que j'ai été pour toi : une menace, lui concéda-t-elle avant de vider le vin d'un trait.

Le cœur cognant sourdement dans sa poitrine, Griffonelle la regarda s'essuyer les lèvres d'un revers de manche. Elle serra les poings sur cette rancœur qui l'asphyxiait de nouveau, crissa, mauvaise.

— Une menace ? Quelle menace ? Je n'étais qu'un enfançon quand Mahaut m'a enlevée ! Vous n'aviez qu'à nous oublier toutes les deux !

— Je ne pouvais pas ! hurla Na Loba, les traits brusquement enlaidis par la haine avant de balancer violemment son hanap.

Il se fracassa contre le mur latéral et cette fois Griffonelle sentit un frisson lui parcourir l'échine. Elle avait déjà vu ce visage déformé. Sa mémoire recracha un souvenir lointain. Elle était petite fille, avait échappé à la surveillance de Triboulet, s'était fait avaler par les passants, rejeter dans une rue voisine. Un attelage avait surgi, droit sur elle. Tétanisée, elle n'avait pu bouger. Et soudain, elle s'était retrouvée plaquée sur le côté dans un parfum de sous-bois.

Le même que celui qui flottait dans la pièce et que la Louve venait, lors de son nouvel éclat, de raviver.

Elle se mit à trembler.

— C'était vous. J'étais enfant et vous m'avez sauvée de ce charroi qui menaçait de me renverser. C'était vous, n'est-ce pas ?

Na Loba la foudroya du regard mais ne répondit pas.

Griffonelle se leva, perdue dans ses sentiments. Ce jour-là, Na Loba lui avait sauvé la vie. Un instant, elle l'avait serrée dans ses bras, avait repoussé une mèche sur sa joue. Un instant à peine. Aussitôt elle l'avait repoussée et ses traits n'avaient plus exprimé que cette laideur. Cette laideur qui la défigurait à nouveau.

Elle avança d'un pas. Na Loba ne bougea pas.

— Vous avez toujours su où nous nous trouvions n'est-ce pas ? Vous auriez pu me tuer cent fois. Et Mahaut aussi.

— C'est vrai, avoua-t-elle, glaciale.

Griffonelle secoua la tête, perplexe.

— Je ne comprends pas.

Solidement campée dans ses vêtements d'homme, une paume recouvrant le pommeau de son épée, l'autre celui du poignard, elle ricana.

— Où aurait été mon plaisir si je n'avais pu voir Mahaut s'avilir chaque jour davantage pour s'occuper de toi, au point de cacher cette foi qui avait été tout pour elle, au point de t'élever sous le couvert de l'Église ? Je voulais qu'elle souffre de ses renoncements. Et que sa déchéance retombe sur toi. Je voulais que tu grandisses dans l'opprobre, dans le stupre, dans la laideur du monde, que tu en sois le reflet. Avant que tu ne viennes au monde, Mahaut imaginait que tu resterais « parfaite ». Qu'importe que je devienne, moi, monstrueuse ! Je voulais qu'elle soit face à son échec. Mais contre toute attente, tu rayonnais de gaieté, de vie, de lumière. Et elle… elle, elle rachetait son âme chaque fois qu'elle te serrait dans ses bras !

Griffonelle sentit ses paupières s'emplir de larmes face à celles de rage qui voilaient à présent le regard aux profondeurs infernales de Na Loba.

— Alors c'est pour cela ? Pour la punir de m'avoir aimée à votre place que vous avez soudoyé Altéric ? Que vous avez mené Montfort jusqu'à elle ?

— T'aimer ? Mais comment aurais-je pu, un jour seulement, avoir envie de t'aimer ? aboya Na Loba en lui tournant abruptement le dos.

Piquée en plein cœur quand elle n'aurait jamais imaginé pouvoir l'être, Griffonelle la regarda s'éloigner de quelques pas en direction de la porte.

— Alors pourquoi ? cria-t-elle. Pourquoi ?

Na Loba se retourna, lui renvoya un visage dévasté par ce combat intérieur qu'elle menait depuis dix-neuf ans.

— Parce qu'en t'emmenant, elle m'a enlevé le choix ! Le choix d'être ta mère ou ton bourreau ! Le choix de faire de toi ma semblable, de te salir comme j'ai été salie sous les coups de boutoir de ton monstre de père ! Elle n'avait pas le droit de décider à ma place ! Tu étais à moi ! Tu as toujours été à moi ! J'ai payé assez cher ce privilège-là !

Griffonelle ferma un instant les yeux, ravagée par la souffrance qui émanait de cette femme. Une souffrance dont elle n'aurait pu mesurer l'abîme. Elle murmura :

— Alors vous avez fait en sorte que je vous revienne.

De nouveau ce ricanement. Désespéré et glaçant à la fois.

— Pas seulement. Je voulais que tu sois à jamais souillée par la haine. Comme je l'ai été depuis que Simon de Montfort a posé les mains sur moi, depuis que j'ai volé la carte plutôt que de le tuer ce jour-là à Carcassonne. Ce sang qu'il a fait couler, ces flammes qu'il a allumées m'ont privée de salut. Elles sont ton héritage. Et tu voudrais que je permette à ton âme d'en faire table rase ? Alors que la mienne ne le peut ? J'ai bâti une carapace autour de mon cœur pour pouvoir vivre avec cela. Te laisser ta pureté aurait fini par la fissurer. Maintenant je ne crains plus rien. Tu es toi aussi à mi-chemin entre le paradis et l'enfer. Ni cathare ni catholique. Une âme perdue. Mais prête à tout, y compris à te jeter devant moi, pour sauver la vie de gens que tu ne connais pas.

Griffonelle sentit ses jambes se dérober sous elle.

— Tu es ma vengeance, Griffonelle, martela Na Loba. Ma vengeance sur moi-même. Alors sois certaine d'une chose. Quand tout cela sera terminé, quand j'aurai ramené tous ces êtres qui comptent pour moi à Montségur, je ne me détournerai pas de ta lame. Parce qu'en me perçant le cœur, tu ne m'offriras pas seulement la paix, tu deviendras définitivement comme moi. Et tu ne t'en relèveras pas.

Elle marcha sur la porte, posa la main sur le loquet.

— Vous vous trompez, la retint Griffonelle dans ce sursaut qui la secoua. Je m'en relèverai. Parce que j'aime déjà l'enfant que je porte. Et que cet amour me sauvera.

Na Loba resta figée devant le battant. Quelques secondes passèrent dans un silence épais. Puis elle pivota lentement.

— Est-ce celui de Louis ? demanda-t-elle, l'œil redevenu sournois.

Inutile de mentir, comprit Griffonelle.

Son aveu ne changeait rien aux intentions de Na Loba. Il lui offrait juste un moyen de pression supplémentaire sur Louis.

— Oui, répondit-elle.

Les traits de Na Loba se décrispèrent.

— C'est une bonne chose pour nous, dit-elle simplement en ouvrant la porte.

— Et maintenant ? demanda Griffonelle, que ce « nous » avait ramenée au combat.

Elle se hâta de rattraper la distance qui les séparait. Na Loba passa le seuil puis se retourna vers elle, le battant dans la main.

— Maintenant, tu attends sagement là, ordonna-t-elle avant de le lui rabattre au nez et de donner un tour de clef, la laissant désemparée et furieuse de l'autre côté.

46.

Vallée de l'Orbiel

Amaury de Montfort faisait face au brasier qui ravageait le Val du Milieu, de l'autre côté de la rivière, lorsque son cheval se cabra.

Garce, fulmina-t-il sous son haubert en forçant l'animal, affolé, à retomber sur ses pieds.

Ils approchaient du gué lorsqu'il avait vu s'élever le trait enflammé. Quand d'autres avaient suivi, il avait perdu tout doute. Na Loba les avait repérés.

Hâter la marche des hommes et des montures n'y changea rien. En quelques minutes, servi par le vent autant que par la sécheresse, le feu s'était mis à courir.

À croire qu'elle le commande ! s'enragea-t-il devant leur accès coupé.

Il revint vers la soldatesque, immobilisa sa monture face aux quatre cavaliers qui s'étaient avancés à sa rencontre.

— Nous ne pouvons rien pour l'instant mais que vos soldats se tiennent prêts. Le feu ne résistera pas aux trombes d'eau.

— Nous non plus, grinça l'un des chevaliers.

— Que proposez-vous ? se piqua Amaury de Montfort sous l'air dédaigneux que promenait cet homme à la lueur de sa torche.

Comme si l'incendie n'était pas assez intense pour dessiner leurs traits.

— De nous replier. Na Loba sait ce qu'elle fait en nous contraignant à l'immobilité. Si nous nous acharnons, nous péririons tous noyés dans cette vallée.

Amaury de Montfort se dressa sur ses éperons, le visage cramoisi par une poussée de colère. Il ne céderait à personne le droit de renoncer.

— Seriez-vous devenus couards et défaitistes à Toulouse ?

Ils s'empourprèrent sous l'injure.

— Nous ne vous permettons pas, messire, parla l'un d'eux au nom des autres.

Montfort les toisa avec morgue. Même s'il savait qu'il leur suffirait de dégainer leurs lames pour que, malgré une résistance farouche, il se vide de son sang sur cette berge tapissée de coudriers.

Ils l'avaient connu incapable de les repousser autrefois, les laissant contre son gré regagner peu à peu les places que son père avait emportées. Mais ce temps-là était révolu. Il n'était plus seul. Il avait pour lui, derrière lui, la puissance du royaume de France. Il s'en drapa tandis que le grondement du tonnerre roulait comme une mer sur le point de se déchaîner.

— À cette heure le gouverneur de l'Occitanie remonte le Grésilhou de l'autre côté de cet éperon rocheux. Encourant les mêmes risques que nous. Alors si vous ne voulez pas que je vous considère moins que les soldats français, rejoignez les vôtres et préparez-les à l'attaque. Parce que cette forteresse ne tombera que si on la prend en tenaille. Na Loba en a parfaitement conscience, sans quoi elle n'aurait pas allumé ce brasier. Depuis le temps, vous devriez savoir à quel point elle chérit la forêt…

Ils tournèrent bride, la mine sombre, et un sentiment de victoire l'envahit tout entier. Il les regarda relayer ses ordres puis fit de nouveau face à ces langues gourmandes qui léchaient les ténèbres. Un éclair les déchira d'un arc bleuté avant de foudroyer un arbre sur l'autre rive. Une goutte de pluie de l'épaisseur d'un doigt s'écrasa sur sa joue. Il leva le visage, en reçut une autre qui éclaboussa sa cicatrice.

Ses poings se crispèrent sur la garde de son épée. Il se revit brusquement quelques années en arrière, en 1209, couché au-dessus de Mahaut.

Il venait de jouir, de lui avouer qu'il l'aimait.

— À quoi songes-tu ? avait-il demandé, surpris par la lueur avide de son œil tandis qu'elle lui caressait la pommette.

— Au plaisir que j'aurai demain, dans un mois, dans un an, avait-elle répondu en riant.

Il l'avait embrassée dans le cou, avait murmuré sur ses lèvres :

— Est-ce ta manière de me dire que tu partages mes sentiments ?

— Tu le sauras bien assez tôt, s'était-elle amusée avant de le museler d'un baiser.

Deux semaines plus tard, un des chevaliers revenus de campagne pour son père la reconnaissait et elle disparaissait, lui laissant au cœur un sentiment profond de trahison et de souffrance amère.

Il avait dû attendre deux ans avant de se retrouver à nouveau en face d'elle, dans ce village de Cabaret que tous fuyaient. Elle lui avait tourné le dos, s'était mise à courir, à remonter l'éperon rocheux. Il avait lancé son cheval derrière elle. Une fois à sa hauteur, il s'était jeté sur elle, l'envoyant rouler à terre. Il n'avait pas vu le poignard qu'elle tenait en main. Le sang avait jailli de sa chair déchirée. De surprise et de douleur, il l'avait lâchée. Elle en avait profité pour se relever et filer. Non sans jeter par-dessus son épaule :

– Maintenant tu sais à quoi je pensais quand tu m'as dit que tu m'aimais !

Fou de rage, il avait essayé de la rattraper, en vain. Il lui avait fallu s'installer dans cet antre d'hérétiques pour s'effarer devant le nombre de trous, de cavernes qui composaient la montagne. Et comprendre que le rire mauvais de Mahaut ne cesserait jamais de le hanter.

Il ne ferait pas cette fois l'erreur de sous-estimer une femme. Et Na Loba moins qu'une autre. Mais il avait promis deux choses à son père, quelques minutes seulement avant que la Louve ne tire son boulet depuis les murailles de Toulouse et ne l'écrase dessous : s'emparer des mines et éliminer Griffonelle, cette enfant que Na Loba avait portée et que Mahaut avait emmenée.

Griffonelle.

Sa demi-sœur.

La preuve que le diable avait, un jour, mis Dieu à genoux à travers son missionnaire.

Or Griffonelle était quelque part, derrière cette fournaise. Altéric le lui avait confirmé. Cette fois, elle ne lui échapperait pas. Comme Mahaut et Na Loba, elle devait mourir.

Et foi d'Amaury de Montfort, jura-t-il en tournant bride, *je les tuerai.*

Nuit du 20 au 21 juillet

47.

Quelque part en Cabardès

Le tonnerre forcissait de minute en minute.

Planté sur le seuil de la cabane de pierres sèches, à quelques pas seulement des chevaux, Louis les regardait tirer sur leurs longes, piaffer et souffler des naseaux, les oreilles couchées. L'anxiété qui les tourmentait usait chaque fibre de son être, comme si le danger ne battait pas seulement la montagne.

Comme si Griffonelle aussi l'encourait.

Pourtant, dans son message, le vieux seigneur de Cabaret lui avait assuré que son fils lui-même veillerait sur elle, interdisant à Na Loba de l'éliminer.

Et puis il y a Triboulet...

Il se demandait encore comment le nain avait pu survivre. Il l'avait bien cru mort ce jour-là. Emporter Griffonelle, évanouie, la mettre en sécurité avait certainement obscurci son jugement. Mais la blessure du petit homme, son apparence cadavérique avaient même grugé le valet qui l'avait ramené au bors-d'eau.

Un miracle. Je ne peux y voir qu'un miracle, se répéta-t-il face à ces épées flamboyantes qui battaient furieusement les ténèbres.

Il avait écarté l'idée que le message signé du vieux seigneur de Cabaret puisse être en réalité une ruse de Na Loba. Elle ne pouvait connaître tant de détails sur le nain et sur Griffonelle. Sans compter que son escorte avait confirmé l'avoir vu, borgne et éclopé auprès de leur ancien maître, dans cette grotte où ce dernier se terrait depuis que Na Loba l'avait mutilé.

Je dois rester confiant, ne pas me laisser emporter par le doute. Je la reverrai. Vivante. Bouleversante. Déterminée. Comme elle l'a toujours été.

Malgré tout, depuis son départ d'Asnières, il devait faire face aux sentiments contradictoires qui l'animaient. Une part de lui aurait voulu la châtier pour l'humiliation qu'elle lui avait infligée, une autre ne songeait qu'à se coucher sur elle dans un grand lit carré, effeuillant ses regrets comme autant de pétales de lys blanc. La dernière voulait se racheter de sa faiblesse pour elle en rapportant à sa mère les richesses de Cabaret et à l'Église les reliques de saint Denis. Quand être le roi de France et faire preuve d'impitoyable autorité aurait seul dû le porter à chevaucher.

Il referma le battant en frissonnant. À la chaleur lourde, épaisse de la journée, succédait à présent une fraîcheur anormale.

Comme si les cieux allaient s'ouvrir sur des pieux de glace, songea-t-il en se frottant les mains face aux cinq hommes assis à terre.

Jean s'était invité à leur partie de dés dans l'espoir de les voir prendre leur revanche. Mais il gagnait.

— Les chevaux sont de plus en plus agités. Je crains qu'ils ne finissent par se blesser à force de vouloir se détacher, annonça-t-il pour détourner leur animosité.

Celui que Jean persistait à nommer intérieurement le Vinassier s'empressa de se lever et de se glisser à son tour dans l'embrasure. Louis le vit s'assombrir.

— Faut les rentrer. Maintenant.

Son annonce dressa aussitôt ses compagnons sur leurs pieds. Ils le rejoignirent sur le seuil battu par un vent de plus en plus humide.

— Ça va cingler, comme des coups de poignard. Et dru, entendit Jean qui les avait rejoints.

— Ramassez nos affaires et faites place, lui lança l'un des Occitans avant, comme ses compagnons, de se diriger vers les bêtes.

Jean se hâta de regagner l'habitation et de dégager leurs maigres effets. Il avait l'habitude en campagne de dormir contre son cheval, abrité ou non. Louis, en revanche… Il lui adressa un sourire navré.

— À six dans si petit espace, ce n'était déjà pas folichon, alors…

Louis battit l'air d'un geste désinvolte.

— Tout ce qui m'importe est d'arriver au plus vite à Cabaret. Nous avons besoin de ces montures plus que de confort.

Il récupéra sa couverture de selle jetée dans le fond de la pièce à son arrivée et l'installa à l'écart d'une ruade. Même si, une fois à l'abri, il y avait fort à parier que les bêtes se calmeraient.

Contre toute attente, pourtant, les hommes tardèrent à revenir. Redoutant que les chevaux ne soient devenus ingérables, ils allaient les rejoindre pour leur prêter main-forte lorsque la porte s'ouvrit finalement sur le Vinassier.

— Je crains, Sire, qu'il ne nous faille revoir nos priorités, annonça-t-il en pénétrant dans la pièce, suffisamment pour laisser entrer à son tour un inconnu recouvert d'un haubert de maille.

— Votre Majesté, s'inclina ce dernier avec respect. J'arrive tout droit de Lastours, porteur d'un message de Na Loba. Et Dieu me damne, j'ai bien failli vous rater. Si je n'avais pas entendu hennir ces bêtes depuis le chemin, je l'aurais poursuivi sans rien voir de ce qui m'entourait.

Louis sentit son cœur se tordre. Craignant brusquement d'entendre que la Louve avait éventé la ruse du vieux seigneur de Cabaret et fait exécuter Griffonelle, il chercha le regard de Jean. Il trouva le chevalier sur la défensive, la main déjà sur le pommeau de sa lame. Et l'entrée des Occitans, dont le front plissé exprimait toujours la rancœur, ne fit qu'ajouter à son angoisse.

Si Na Loba a finalement décidé de nous occire aussi, nous sommes faits. Mais je ne me rendrai pas sans combattre, songea-t-il en reculant d'un pas pour pouvoir dégainer.

Feignant de ne pas remarquer la tension ambiante, l'émissaire prit un visage plus avenant tout en réchauffant ses paumes d'une solide friction.

— Je me nomme Olivier de Termes, se présenta-t-il, faisant sursauter Jean, prêt pourtant à toute éventualité.

— Ne devriez-vous pas être à la tête de l'armée du comte de Toulouse ? le coupa-t-il, affolant un peu plus Louis.

— Si fait, messire, soupira Olivier avant de leur raconter ce qui l'avait contraint à parcourir la montagne pour les ramener au plus vite.

— Montfort. Montfort ici… prêt à ravager Cabaret, bredouilla Louis sous le coup de cette information qui lui glaçait le sang.

Et soudain, la peur qui y coulait depuis quelques minutes prit un visage et un nom. S'il n'intervenait pas au plus tôt, ce ne serait pas Na Loba qui exécuterait Griffonelle. Mais cet homme qui n'avait jamais caché ses intentions à son sujet. Au point que, trois ans plus tôt, il l'avait renvoyé sur ses terres de Montfort-l'Amaury, lui interdisant de seulement la rechercher. Peu importait ce qui avait mené là ce charognard. Il devait y mettre un terme.

— Il n'y a pas un instant à perdre, cria-t-il en fusant en direction de la porte.

Une bourrasque l'ouvrit avant lui, précipitant sur sa bure un vent hurlant et d'imposantes gouttes de pluie. Il ne s'arrêta pas pour autant.

— Sire, c'est de la folie, voulut s'interposer Jean, mesurant, en homme d'expérience, la nature et la violence de ce qui allait se déchaîner autour d'eux.

Louis le repoussa à pleines mains.

— Je n'ai pas battu monts et vaux depuis huitaine pour échouer si près du but. Restez si cela vous effraie ! le toisa-t-il avant de se tourner vers les autres.

— Combien de temps pour gagner Cabaret ?

— Moins d'une heure par grande chevauchée, affirma Olivier de Termes, soulagé par sa réaction.

Tout le trajet, il n'avait cessé de se demander si la menace de la tempête n'allait pas nécessiter de le contraindre.

— Pouvez-vous m'assurer d'y arriver sauf ? insista Louis devant ces arbres que la danse furieuse du vent et des éclairs lui révélait à présent pliant désespérément au-dessus du chemin.

— Au péril de nos vies, s'y engagea le Vinassier.

— Alors en selle, décida Jean en se jetant le premier sous la pluie, espérant seulement que Dieu, cette nuit, saurait protéger l'honneur et la paix à défaut de cette terre malmenée.

48.

Éperon rocheux de Lastours
Donjon de Cabaret

Griffonelle frotta son bras meurtri avant d'abattre un poing rageur sur cette porte qui malgré ses coups répétés lui résistait.

Rien à faire sans la clef.

Elle avait bien tenté de crocheter la serrure puis de cogner le bois en implorant qu'on la libère : peine perdue. Lors, en désespoir de cause, refusant que le destin de Cabaret se joue sans elle, elle avait tenté de la défoncer. Force lui fut de reconnaître que c'était une erreur. Non contente d'être toujours prisonnière, elle se retrouvait à présent avec l'épaule mâchée.

Elle recommença à marteler le sol d'un pas vif.

Tu ne m'auras pas. Non, tu ne m'auras pas, se répéta-t-elle avant de s'immobiliser près de la table massive qui occupait le centre de la pièce.

Elle se mit à tapoter nerveusement le parquet de la pointe de son soulier.

Elle avait défié Na Loba, persuadée qu'elle la voulait morte et qu'elle devrait frapper la première lorsque le moment viendrait. Et elle avait été retournée dans ses émotions, dans ses certitudes, dans ses désirs les plus profonds et ancrés.

Il avait fallu que ce fichu vantail la lui dérobe pour qu'elle accepte enfin que la Louve l'avait toujours manipulée. Comme un félin qui aurait maintenu un gros rat sous sa griffe en le laissant courir suffisamment pour lui donner l'illusion qu'il pourrait à tout moment lui échapper.

— Mais je ne suis pas à toi. Oh ça non ! Cette guerre est aussi la mienne. Et tu ne vas pas tarder à le constater, s'époumona-t-elle, brusquement saisie par une nouvelle idée.

Elle se précipita vers la fenêtre. Bien qu'étroite et haute, elle pouvait toujours tenter d'y prendre appui pour escalader les pierres de façade et gagner le hourd, juste au-dessus d'elle. De là, elle redescendrait et rejoindrait les archers dans le village jusqu'à avoir enfin Amaury de Montfort en ligne de mire. C'était à elle de l'exécuter. À elle seule.

Un sourire de défi aux lèvres, elle ouvrit le battant. À peine pourtant eut-elle passé la tête dans l'encadrement pour évaluer la distance qu'elle aurait à grimper, qu'elle rentra, douchée. La pluie cinglait à présent, droite, affûtée.

Elle hésita, posa la main sur son ventre. Ce ne serait pas seulement sa vie qu'elle briserait si ses doigts ripaient sur ces moellons trempés.

Mais si Montfort s'empare de Cabaret et qu'il ouvre cette porte, nous ne vaudrons guère plus cher l'un que l'autre, mon tout-petit. Et je ne suis pas de celles qui attendent que la mort vienne les chercher.

Elle déchira le bas de sa cotte, en fit deux bandes et les enroula à ses mains pour gagner en adhérence.

Plus qu'à prier pour que ce soit suffisant.

Elle se hissa sur le coffre et rouvrit le volet, précipitant un tourbillon froid dans la pièce.

Ne te laisse pas impressionner. Notre-Dame était bien plus haute, tout aussi ventée, et tu n'es jamais tombée...

Elle redressait déjà le buste dans le vide, cherchant sa première prise à la faveur des éclairs lorsque la porte s'ouvrit sur un cri :

— Bougre de bougre !

Le temps qu'il parvienne à ses oreilles battues par le vent et la pluie, Triboulet forçait sa démarche, se jetait sur elle et, tout en hurlant son nom, s'accrochait à sa taille pour l'empêcher de s'élancer. Ils retombèrent l'un sur l'autre au pied du coffre trempé.

— Non, mais où donc as-tu la tête ? Dans ton état ? Je t'avais dit que je veillais, s'emporta le nain dans la foulée.

— Et c'est ce que tu viens de faire. Oh pardon, pardon mon Triboulet, s'excusa-t-elle en lui prenant le visage à pleines mains.

Il se laissa biser, soulagé d'être arrivé à temps. Au moins autant qu'elle. Avant, doucement, de la repousser.

— La pluie libère le passage du Val du Milieu à l'armée de Montfort. Quant à Humbert de Beaujeu, il a dû réussir à regagner son campement, parce que lui aussi s'est mis en marche. Sa soldatesque remonte le Grésilhou. Et les tireurs de Surdespine et de Quertinheux n'arrivent à rien avec ces rafales. Avant longtemps, nous serons cernés.

— Je n'avais pas l'intention d'attendre sagement que l'on vienne me cueillir, lui rappela-t-elle en se remettant debout.

Son regard tomba sur la porte béante. Retrouvant les vieux réflexes d'autrefois, elle lui battit doucement l'épaule, agacée.

— Je me suis escrimée désespérément dessus. Comment as-tu fait pour ouvrir ?

Il se mit à rire.

— Avec la clef. Elle était pendue à un clou, juste à côté.

Griffonelle leva les yeux au ciel.

— Alors pourquoi as-tu mis si longtemps ?

Il baissa le front et elle se sentit soudain stupide. Bouleversée, s'en voulant amèrement, elle s'accroupit devant lui, l'enserra dans ses bras et nicha sa tête dans son cou.

— Faut juste que je m'y fasse, mon Triboulet. C'est déjà tellement merveilleux de t'avoir retrouvé.

Il la pressa un peu plus, conscient du temps qu'il lui avait fallu, à lui, pour s'habituer aux séquelles que le vide de sang avait provoquées. Finit par soupirer.

— J'ai bien réfléchi Griff. Tout comme la présence de Montfort, la tempête et ce qu'elle va provoquer bouscule nos plans. Rien ne prouve que le Joglar ou son père sortiront vivants de la bataille, que Louis pourra atteindre Cabaret et que la Louve ne décidera pas de t'occire avant de filer. Il vaudrait mieux que l'on quitte Cabaret maintenant.

Elle s'écarta, piquée.

— Non. Pas avant que j'aie abattu Montfort.

Il sursauta, s'empourpra.

— Et comment le reconnaîtras-tu sous ce déluge ? Non, non, non, non. Oublie ! Tu as fait assez de bêtises pour ce soir. Faut filer. Les laisser se débrouiller entre eux. Crois-moi. Les bonnes gens sont sûrement en sécurité à cette heure. Nous ne devons plus rien à personne.

Il leva vers elle un regard désespéré, lui pressa les doigts avec ferveur avant d'ajouter :

— Survivre dans cet état me coûte chaque jour. La seule chose qui m'a permis de l'accepter, c'est de te serrer à nouveau dans mes bras. Alors ne m'impose pas de voir Montfort ou Na Loba t'achever.

Elle faillit lui dire que Na Loba n'en était pas si pressée, mais cela n'aurait rien enlevé à la menace du comte de Montfort. D'autant qu'il avait raison : toute à son besoin de vengeance, elle n'avait pas mesuré à quel point son entreprise était vouée à l'échec, quand bien même elle aurait réussi à ne pas se rompre le cou avec cette escalade.

Et à tuer l'enfant qu'elle portait.

Il va vraiment falloir que j'apprenne à tempérer mon impulsivité, en conclut-elle avant de hocher la tête et de laisser Triboulet l'entraîner de son pas gourd vers le palier.

49.

Éperon rocheux de Lastours
Village de Cabaret, quartier nord

Un frisson transperça Na Loba, ramenant un froncement de sourcils sur son visage délavé par la pluie. Ce froid en elle était inhabituel. Elle battait les sentiers de la Montagne Noire depuis son enfance, d'un bout à l'autre de l'année et par n'importe quelle température. Elle avait été plus souvent trempée qu'à son tour, par la pluie, par la neige. Quelquefois même par la grêle. Jamais elle n'avait eu cette impression d'être glacée jusqu'au plus profond d'elle-même.

C'est elle. C'est forcément elle qui m'aura affaiblie, déduisit-elle en lançant un regard furtif en direction du donjon que la lumière crue et fugace des éclairs illuminait de façon régulière au-dessus d'elle.

Défiant les éléments, elle quitta l'assise inconfortable du faîtage de la maison sur laquelle elle s'était postée et se redressa lentement.

Elle s'était installée là pour pouvoir surveiller la progression des troupes ennemies. Certes les hourds de la tour offraient une meilleure visibilité en la mettant de surcroît à l'abri de la foudre, mais elle n'avait pas réussi à y rester plus de quelques minutes. Entendre Griffonelle s'indigner dessous lui avait mis les nerfs à vif. Et puis elle voulait être au plus près de ses hommes, capable de courir à une fenêtre pour bander son arc sitôt que le premier soldat pointerait son nez.

C'était là qu'était sa place. Dans l'ardeur du combat.

Un nouveau frisson la transperça, l'agaçant plus encore. Affaiblie. Oui. Elle l'était.

Le nier ne servira à rien.

Affaiblie par cette admiration qu'elle avait ressentie lorsque Griffonelle s'était installée près d'elle sur le coffre.

Elle me ressemble tellement ! avait-elle pensé en l'entendant affirmer qu'elle la tuerait après l'avoir aidée à protéger la fuite des bonnes gens.

Tout aussi brutalement, un élan d'affection l'avait submergée. Elle n'avait su le terrasser qu'en se jetant violemment sur la jouvencelle. C'était inévitable de toute manière. Il y avait trop longtemps qu'elle attendait ce moment. Mais au lieu de la peur de mourir, c'était son propre reflet que Griffonelle lui avait opposé. Pas celui qu'elle avait pris soin lentement, perversement, de lui façonner en lui enlevant tout. Non. Le reflet d'une femme altruiste, capable de regarder de haut même le péril le plus grand pour aller au bout de ses choix, de ses convictions et de sa volonté.

Elle est devenue la meilleure part de moi-même, s'était-elle mortifiée.

Et cette part-là était la seule qu'elle ne s'attendait pas à devoir affronter. Lors, au lieu de cisailler cette gorge qui palpitait, sa main était retombée.

Ensuite, elle n'avait cherché qu'à garder le contrôle sur ses émotions, à lui laisser croire que tout était prévu depuis toujours.

Mais là encore, il a fallu que tu te souviennes du seul moment où j'ai eu peur de te perdre, me rappelant à quel point j'en ai été effrayée, choquée, ulcérée, se crispa-t-elle sous la pluie battante.

Un attachement stupide, incongru, qu'elle ne s'était pas pardonné ce jour-là, à Paris. Elle s'était évertuée à ne plus l'éprouver. Jamais.

Et pourtant...

Pourtant, il était toujours là. Elle avait juste réussi à l'enfouir au plus secret de sa carapace. Elle aurait pu baisser les armes tout à l'heure. Le lui dire.

C'eût été déchoir plus encore.

Elle avait préféré mentir, lui offrir le droit de la tuer à Montségur. Parce que cette vie de haine et de vengeance qui avait été la sienne perdrait toute justification, tout sens, si elle acceptait enfin de l'aimer.

Je préfère mourir et me réincarner encore, oui, que de t'accorder le droit de racheter mon âme, Griffonelle.

Elle plaqua un peu plus contre elle ses vêtements trempés, se confronta à leur froidure, lutta pour la dominer, pour laisser renaître au fond d'elle tout ce qui avait fait d'Étiennette Orbrie de Durban, baronne de Pennautier, cette Louve que tous craignaient.

Dans le roulement de tonnerre qui résonna de nouveau, il lui sembla que Mahaut éclatait brusquement de rire devant ses efforts vains, comme elle l'avait fait peu après la naissance de Griffonelle.

— Ce n'est pas en rejetant les fautes de Simon de Montfort sur ta fille que tu sauveras l'Occitanie, Étiennette. Il n'y a que l'amour pour issue. Il n'y a que l'amour qui soit tout-puissant.

— Vraiment ? Alors explique-moi pourquoi les bûchers ne se sont pas éteints sous la ferveur des bonnes gens au lieu d'encrasser le ciel de leurs hurlements désespérés ?

avait-elle explosé avant de sortir de la pièce en claquant la porte.

Dix-huit ans. C'était il y a dix-huit ans. Si Louis arrivait maintenant, peut-être, oui, que l'amour sauverait Cabaret. Mais j'escompte davantage à présent sur la colère du ciel que sur son regard énamouré.

Elle renversa la tête, lissa ses cheveux en arrière pour dégager son visage. La pluie s'était changée en déluge et, malgré ce crépitement ininterrompu sur les tuiles, elle entendait le grondement sourd des torrents qui dévalaient l'éperon rocheux pour remplir l'Orbiel et le Grésilhou.

Leur niveau est en train de monter à toute vitesse. Tu as perdu, Montfort. Tu n'auras jamais le temps de faire traverser l'ensemble de ton armée. Quant aux hommes qu'il va te rester pour mener l'assaut, entre nos flèches et ces rus chassant les pieds, je doute que tu puisses en dresser beaucoup devant nos épées, se réjouit-elle.

Il en serait de même pour l'ost d'Humbert de Beaujeu qui remontait le lit du Grésilhou. Elle l'avait vu déborder souvent, jusqu'à deux toises une année, les contraignant sitôt la décrue à rehausser les murets qui bordaient sa rive.

Ils ne suffiront pas cette fois à endiguer le flux. Je n'ai jamais connu de tempête estivale si violente. Tout sera balayé. Hommes et pierres. Peu importe. Les innocents sont sauvés.

Elle sentit de nouveau son sang pulser chaudement dans ses veines. Elle écarta les bras, renversa la nuque en arrière, s'offrit à ces lances d'eau qui, malmenant son équilibre, la transperçaient mais ne la glaçaient plus.

Elle resta ainsi quelques secondes, se régénérant à la profonde vibration de ces éléments déchaînés.

Puis, enfin décidée à rejoindre le Joglar et le chevalier d'Hautpoul à l'intérieur de la bâtisse, elle pivota et se mit à avancer prudemment sur les tuiles.

Elle atteignait le bord du toit lorsque son regard fut attiré par deux silhouettes qui sortaient du donjon.

— Un enfant. Il reste un enfant ! hoqueta-t-elle d'angoisse et de stupéfaction.

Et cet enfant avait forcément libéré Griffonelle puisqu'il n'y avait plus qu'elle dans la place.

Comprenant que tous deux ne tarderaient pas à être balayés par le flot qui dévalait l'éperon rocheux, elle s'immobilisa et agita les bras en hurlant pour les alerter. Mais le vacarme autour d'elle étouffait ses cris et, déjà, ils courbaient le dos sur l'esplanade.

Lors, n'écoutant rien d'autre que les battements fols de son cœur, elle descendit en hâte, fondit dans la calade vers l'escalier ruisselant pour le gravir à toute allure et les sauver.

50.

Val du Milieu

Amaury de Montfort plissa le front, espérant rétrécir assez son champ de vision malmené pour percer les ténèbres dégoulinantes. Las, malgré ces éclairs qui rebondissaient de rocher en rocher dans des claquements de plus en plus puissants et rapprochés, il ne parvint à voir au-delà de cette rivière qui, en contrebas, ne cessait d'enfler.

Sacrebleu, où êtes-vous donc ? s'alarma-t-il de nouveau.

Sitôt les flammes étouffées par l'ardeur de la pluie, il s'était jeté en travers de l'Orbiel en sonnant du cor, pensant entraîner derrière lui l'armée et les chevaliers occitans pressés de s'éloigner du cours d'eau. Mais une fois de l'autre côté, sur l'abri momentanément sûr d'une roche en surplomb, il avait dû se rendre à l'évidence : une grosse soixantaine de fantassins, pas davantage, avaient pris pied à leur tour sur cette rive. Ils piétinaient toujours, espérant ses directives. Et plus les secondes passaient, moins il y avait de chances de voir augmenter leur nombre. Sans compter que s'il persistait à les maintenir là, il ne tarderait pas à les perdre aussi.

Ces lâches ont dû se réfugier sur les contreforts ! accepta-t-il enfin, dépité, en tournant bride.

La minute suivante, malgré les réticences de sa monture, il était près de ces courageux qui tentaient désespérément de ne pas être renvoyés dans le lit tumultueux et gonflé de l'Orbiel.

Il sonna du cor pour les rassembler derrière lui, attendit qu'un éclair dantesque illumine le donjon et le village de Cabaret en surplomb du Val.

Encore une demi-lieue à parcourir sur une pente douce avant de pouvoir commencer à gravir l'éperon rocheux. En aurons-nous le temps avant que tout ne soit noyé ?

D'ordinaire, traverser la forêt était facile. C'était ensuite que cela se compliquait. Outre la forte déclivité avec laquelle il fallait composer, les rangées de maisons hautes et jointives entrecoupées de murets constituaient un rempart solide.

Son idée était de profiter de ces ténèbres infernales pour déjouer la surveillance des archers qui devaient y être postés et ensuite déployer ses hommes à l'assaut des rochers et des calades. Il était prêt à parier que les villageois avaient quitté Cabaret avant la tempête, n'y laissant plus qu'une petite garnison.

Les faydits ne pourraient tout surveiller. Tout voir. Tout anticiper.

Et Na Loba non plus, se promit-il en courbant la tête sous l'assaut de la pluie.

Durant de longues minutes, ils avancèrent au milieu des troncs aux frondaisons calcinées. Puis les coulées en provenance de l'éperon rocheux commencèrent à ruisseler entre les jambes de son destrier et de l'escouade derrière lui, ralentissant leur allure.

Bientôt, ce fut pire. Arrachées violemment, les branches brûlées se mirent à voler en tous sens. Il tourna la tête, prêt à hurler à ses hommes de se couvrir de leurs boucliers.

Ils l'avaient déjà fait, ne formaient plus qu'une chenille caparaçonnée qui avançait au pas, chacun se guidant à celui qui le devançait et le premier, un géant de presque une toise, à la queue du cheval qu'il avait empoignée.

À son tour, Amaury de Montfort se protégea pour ne pas se retrouver éborgné. Bien vite pourtant il dut ranger son écu. Le vent s'engouffrait dessous, l'obligeant à déployer une énergie colossale pour le maintenir efficace. Loin de faiblir, la pluie gagnait en intensité, changeant le discret dénivelé en torrent furieux, les rochers en cascades, couchant les arbrisseaux, déracinant les bosquets, roulant pierres et débris, le forçant à fixer sa vigilance à son paroxysme.

À plusieurs reprises, il lui fallut contourner des obstacles, revenir sur ses pas, se frayer des passages improbables, perdant tout repère. Il ne savait plus si ce ronflement inquiétant était celui du Grésilhou dont ils s'étaient trop rapprochés ou de l'Orbiel vers lequel ils étaient retournés. La distance entre les deux rivières était courte, il s'en souvenait. Mais c'était tout ce qu'il pouvait.

Il leva les yeux, fouilla la trouée des arbres pour repérer de nouveau le donjon. Ne vit qu'un bloc de ténèbres.

Il s'inquiéta. En quelques instants, tout était devenu si confus et dévasté autour de lui que seul l'instinct de son cheval lui permettait encore d'avancer.

Quand, s'arrêtant net, celui-ci se cabra de nouveau brutalement, il faillit choir de sa selle. N'eut que le temps de gueuler par-dessus son épaule :

— Reculez ! Reculez !

Entendirent-ils dans le fracas de la tempête ?

Il ne le sut : l'animal retomba sur ses pieds, refusa d'aller plus loin.

Il recommença à sonder l'obscurité, attendit la salve des éclairs comme un salut. Mais ne put distinguer qu'une étendue miroitante entre les troncs, les roches, les buissons.

Cette fois il angoissa.

Les deux rivières débordaient, envahissaient l'étroite vallée, elle-même saturée déjà par l'eau en provenance de l'éperon de Lastours. Il se tourna vers ses hommes. Parvint enfin à les apercevoir, devina leur panique. Il se hissa sur ses étriers, plaça ses mains en porte-voix, cria en direction du premier :

— Les arbres ! Grimpez aux arbres ! Le plus haut possible !

Le temps que l'information circule et ce fut la débandade. Il se retrouva seul au milieu de cette furie.

Plus qu'à attendre demain, se désola-t-il.

Si encore, demain, la pluie cessait et que l'eau se retirait. Si encore, demain, il lui restait assez de soldats vaillants pour lancer l'assaut.

Lui-même était épuisé.

Alors qu'en serait-il après une nuit entière, dans une posture précaire, à lutter contre les éléments ?

À la faveur d'un nouvel arc immaculé, il avisa un gros cèdre sur sa droite. Il obligea sa monture à s'en approcher, se mit debout sur sa selle pour atteindre une branche haute et solide, s'y hissa puis, laissant son cheval s'enfuir, ne songea plus qu'à solidement s'accrocher.

51.

Quelque part aux abords de Paris

Le danger était là. Tapi.

Dans ces ombres qui dansaient autour d'elle, crêtes d'arbres et bosquets se mouvant sous le vent, animaux furtifs. Dans ces nuages lourds qui étouffaient la clarté blafarde de la lune.

Le danger était là.

Dans la sueur qui collait aux flancs de son cheval. Dans le frémissement de ses naseaux, dans le choc répété, effréné des sabots sur les pierres du chemin.

Blanche le ressentait dans chaque fibre de son être. De son cœur comprimé par la cotte de mailles à ses mains gantées, de ses mâchoires crispées à ses jambes tétanisées par la vitesse.

Le danger. Et avec lui la peur. Salutaire.

Celle qui rachetait ses fautes. Celle qui, en quelques minutes à peine, avait définitivement fait d'elle une autre. Redoutable. Désincarnée.

Tandis que Raymond VII de Toulouse se remettait lentement des effets du poison qu'elle lui avait administré, elle avait rameuté deux gardes. Sitôt entrés, répondant à son ordre de le jeter dans la tour-prison, ils l'avaient empoigné sous les aisselles, puis l'avaient redressé sous son œil glacé.

Elle n'avait pas prononcé un mot tandis qu'ils l'emmenaient, le teint verdi par la douleur, le souffle court mais plus régulier.

Tout avait été dit. Et, comme lui, il n'y avait rien qu'elle regrettât.

La porte refermée sur ses amours mortes, elle avait compris que l'inaction la tuerait. Elle ne pouvait rester là, à attendre sagement que Na Loba tienne ses promesses. Promesses consenties, d'ailleurs, à un homme habitué à se dédire des siennes.

Elle s'était munie d'un bougeoir, puis, d'un pas volontaire, avait écrasé les lattes du parquet, gravi un escalier, tourné l'angle d'un couloir pour tirer du lit la poignée de chevaliers qui logeaient au palais.

– Votre Majesté ? s'était étranglé Philippe Hurepel en bondissant le premier de sa couche.

– Combien de temps faut-il à un coursier pour gagner Cabaret en Occitanie ? avait-elle demandé sans préambule, le menton suffisamment haut et fier pour interdire toute supputation.

Le demi-frère de son défunt époux s'était gratté un cuir chevelu sauvagement ébouriffé.

– En collant au cul d'une monture changée toutes les trois heures, avec la queue aux péages et en ne s'arrêtant guère que la nuit, je dirais six jours.

Elle s'était adossée au chambranle, était restée quelques secondes dans l'expectative, face à ces hommes perplexes et ensommeillés, avant de relancer.

– Et en chevauchant nuit et jour ?

– Ce serait folie pour un homme seul. Trop épuisant. Et surtout trop risqué sur une si longue distance, avait répondu un autre. Sans parler des auberges qu'il trouvera closes quand il voudra changer de monture.

Agacée, elle avait battu le sol de la pointe de son soulier.

— Je connais les dangers d'un tel voyage. Voleurs, bêtes sauvages, ornières, arbres versés… Croyez-vous que je vous aie réveillés uniquement pour une information qu'un simple palefrenier aurait pu me donner ?

— Quatre. Quatre jours avec un sauf-conduit et en enfonçant quelques portes, avait aussitôt compris Philippe Hurepel en se jetant sur ses habits.

Nul doute à présent qu'elle était venue les enrôler.

— Trois et demi si l'on feinte aussi les péages. Je connais quelques sentiers sournois qui nous le permettront, au moins jusqu'à Limoges et à condition d'être solidement armés pour dissuader toute tentative de brigandage, avait affirmé un troisième en tendant la main vers ses braies.

Le quatrième et dernier de la chambrée les avait déjà enfilées.

Blanche avait acquiescé, satisfaite, avant de tourner les talons.

— Je vous veux sept en bas dans une heure et prêts à chevaucher. Rameutez qui vous voudrez du moment que vous en répondez, avait-elle lancé par-dessus son épaule.

— N'est-ce point trop pour escorter un simple messager ? s'était étranglé Philippe Hurepel.

Mais elle s'était déjà élancée. De retour dans sa chambre, elle avait appelé sa dame d'atours puis avait ouvert un vieux coffre ouvragé. Elle en avait retiré cette cotte de mailles qu'Aliénor lui avait léguée et qui témoignait encore, ici et là, des combats physiques, puissants, qu'elle avait menés.

— Habillez-moi, avait-elle exigé, toute émotion masquée, de la jouvencelle qui s'était précipitée.

Quelques minutes plus tard, elle avait recouvert son abondante et blonde chevelure du capuchon de fer, avait empoigné l'épée de sa grand-mère puis, l'ayant ceinturée autour de ses hanches, s'était plantée devant un grand miroir.

Alors seulement, elle s'était autorisée à laisser une larme couler. Juste une. À la mémoire de cette grande reine dans laquelle, enfin, elle se reconnaissait.

Ensuite, elle avait confié ses enfants et la fille de Raymond au cardinal de Saint-Ange, coupé court à ses hauts cris et ses sermons. Puis, à l'heure dite, immobile sous le lanterneau de l'écurie du palais, elle avait essuyé les regards anxieux et consternés des hommes qu'elle avait mandés.

Aucun d'eux n'avait imaginé qu'elle serait elle-même le messager. Voulant parler au nom des autres, Philippe Hurepel s'était avancé d'un pas, embarrassé.

– Sauf votre respect, Votre Majesté…

– Silence, l'avait-elle coupé en lui brandissant sa paume ouverte sous le nez avant de résumer la situation dans laquelle Louis se trouvait.

– L'urgence s'entend, Majesté, avait admis Philippe Hurepel. Et m'oblige à insister d'autant plus. Vous n'êtes pas aguerrie à de telles chevauchées. Encore moins sous le fardeau d'une cuirasse.

Elle lui avait tourné le dos pour glisser son épée dans la gaine de selle de son coursier.

– Aliénor avait soixante et onze ans quand elle s'est rendue en Mayenne pour apporter à l'empereur la rançon de son fils Richard[1]. Et soixante-dix-huit quand elle est

1. Revenant de croisade en Terre sainte, le roi d'Angleterre Richard Cœur de Lion avait été fait prisonnier au terme d'un audacieux périple.
Voir *Un dernier baiser avant le silence*, XO Éditions, 2015.

venue me chercher en Castille pour faire de moi une reine. J'en ai quarante et un et sous cette cuirasse qui fut la sienne coule un sang qui est aussi le sien.

Refusant toute aide, elle s'était hissée en selle puis avait ajouté, hautaine :

— Trois jours. Je veux être sous les murailles de Cabaret dans trois jours. Qui ne me permettra pas d'y arriver sera redevable au royaume d'une part de ses terres. Ai-je été assez claire ?

Pour toute réponse, ils avaient enfourché leurs montures et l'avaient encadrée.

Cela faisait deux heures à présent qu'elle chevauchait sous le halo blafard de la lune, lèvres et gorge asséchées par un fort vent d'ouest.

Pourtant, elle était à sa place. Et savait qu'elle dompterait fatigue, privation et douleur aussi longtemps qu'elle le déciderait.

Quant à ce danger qui rôdait, elle l'avait accepté. Elle n'avait jamais été mieux armée pour y faire face et lui interdire de la ralentir ou de la bloquer.

Rien n'y ferait.

Elle reprendrait son fils à Na Loba.

Ensuite elle ferait abattre les tours de Cabaret.

52.

Éperon rocheux de Lastours
Au pied du donjon de Cabaret

Collés à la paroi qu'ils s'étaient mis à longer en découvrant la violence du vent, Griffonelle et Triboulet s'agrippaient l'un à l'autre solidement, comme deux troncs enlacés qui chercheraient une terre ferme où s'enraciner. Mais rien sous leurs pieds ne les rassurait. La modeste esplanade sur laquelle avait été implanté le donjon s'inclinait légèrement en direction des calades de la vallée du Grésilhou. L'eau qui s'y déversait depuis le sommet de l'éperon rocheux formait un courant de plus en plus violent à mesure qu'ils approchaient des premières habitations. Une fois que le terrain plongerait franchement entre elles, ils avaient toutes les chances d'être emportés.

— On va devoir renoncer ! On n'arrivera jamais entiers au pont ! cria soudain Triboulet à son oreille, répondant à son angoisse.

Elle allait approuver quand des hurlements attirèrent leur attention. Ils s'immobilisèrent, en cherchèrent la provenance. Une silhouette s'éclaira sur leur droite, remontant du quartier nord du village. Elle agitait les bras dans leur direction.

Na Loba… Si tu crois que tu peux me retenir ici, décida-t-elle, préférant encore affronter la pente inondée.

Triboulet eut sans doute la même idée car, sans qu'elle l'eût consulté, il se remit à avancer.

— Non ! Non ! Rentrez à couvert ! La crue est amorcée, l'entendirent-ils insister, affolée.

Au mépris de toute prudence, elle rompait d'un pas vif la distance qui les séparait. Griffonelle était prête à lui rétorquer qu'il était trop tard pour qu'elle joue les mères protectrices quand elle la vit soudain soulevée de terre par une vague improbable. Le temps qu'elle comprenne que la citerne venait de lâcher sous la pression des eaux ruisselantes, Na Loba disparaissait, chassée par le flot.

Contre toute attente, Griffonelle sentit son cœur s'arrêter.

— Demi-tour, vite ! réagit Triboulet en l'entraînant dans son mouvement.

Elle se colla un peu plus à lui, l'aida à compenser la faiblesse de son côté gauche tandis qu'il usait de toute la puissance du droit pour s'accrocher aux aspérités et remonter jusqu'au donjon.

Ils s'écroulèrent à l'intérieur sitôt la porte rabattue, épuisés par la tension et l'effort qu'ils avaient dû soutenir. Pourtant, Griffonelle attendit à peine d'avoir repris son souffle pour se lever.

— Je dois savoir. Savoir si elle en a réchappé, jeta-t-elle, blême, en s'élançant vers l'escalier.

Bien qu'il se demandât comment elle le pourrait, dans cette nuit noire, dans ce chaos, il ne chercha pas à la retenir. Lui aussi mesurait l'importance de cette information pour le devenir des bonnes gens. Qui d'autre qu'elle leur assurerait de parvenir saufs à Montségur ?

Il prit une grande inspiration et, puisant dans ses réserves autant que dans sa volonté, la suivit à pas comptés.

Parvenue au sommet de la tour, Griffonelle se précipita dans le vent hurlant qui transperçait le hourd. C'était de là que Na Loba l'avait dominée de sa superbe à son arrivée. Comme elle, elle s'agrippa aux boiseries, avança sur le plancher jusqu'à compromettre son équilibre. Offerte aux bourrasques, elle prit alors la pleine mesure de ce à quoi ils venaient d'échapper.

Le Grésilhou avait quitté son lit, engloutissant le pont, les murets de bordure, absorbant les premières maisons. Jusqu'aux contreforts de la montagne, l'autre rive n'était plus qu'un lac piqué de troncs mangés sur une demi-toise au moins de hauteur. Des torrents grondants continuaient de dégueuler des calades, percutant les habitations avec violence, s'enroulant autour des cuves, des ateliers, des écuries, emportant tout ce qu'ils trouvaient.

Où es-tu ? Où es-tu Na Loba ? s'épouvanta-t-elle face à ces eaux noires qui semblaient vouloir avaler le village, les vallées. Face à ces nues qui n'en finissaient pas de pleurer sous les arcs d'argent glacés.

Elle retraça le chemin que la Louve avait dû parcourir depuis son point de chute, trouva mille obstacles qui eussent pu la briser, autant de recoins où son corps disloqué aurait pu se bloquer.

Elle sentit des larmes envahir ses yeux, se mêler à la pluie, ses phalanges se crisper sur les montants du hourd.

Non. Non, ce n'est pas terminé. Pas maintenant. Ils ont besoin de toi ! hurla sa déraison, mais c'était une autre douleur qui lui poignardait le ventre.

Cette douleur que Na Loba avait dû apprivoiser en la mettant au monde, et dont elle découvrait le fiel terrifiant, dévastateur : l'improbable amour né d'un premier regard, d'une identité, d'une reconnaissance.

Au plus fort d'un rejet. Au plus fort de la haine.

Et puis c'est à moi ! À moi de te tuer ! rugissait cette souffrance qui la dévastait pour lui masquer le fait qu'en courant à son secours, Na Loba avait arraché son propre masque de rancœur et de vengeance. Préférant mourir plutôt que de la perdre.

Un constat qui la laissait démunie, désemparée. Quand rien, non, rien ne l'y avait préparée.

Un contact sur son bras la fit sursauter. Elle tourna la tête. Triboulet l'avait rejointe.

Il devina aussitôt.

Il avait vécu suffisamment longtemps dans les entrailles de la Montagne Noire pour savoir quelle attraction ce pays provoquait sur les êtres. Observé suffisamment longtemps la Louve pour avoir perçu sa complexité : de son abnégation pour la cause cathare et les sacrifices qu'elle exigeait, à son altruisme, profond, sauvage, en passant par le pire de ce qu'elle était capable de faire pour survivre et continuer.

Il ne lui avait pas pardonné de l'avoir écarté si violemment de la vie de Griffonelle, pas pardonné la mort injuste de Mahaut. Et pas davantage d'avoir perverti Altéric, même s'il le rendait seul responsable d'être parti avec elle quand il aurait pu rester, assumer, l'aider à reprendre vie et pied.

Non, il n'avait pas pardonné, mais il avait compris. Et dès lors, il avait pressenti que Griffonelle comprendrait aussi. Et que de sa rencontre avec Na Loba naîtrait un lien qui les opposerait autant qu'il les rapprocherait.

À la vie. À la mort.

Tout comme il avait compris qu'il devait le briser pour permettre à Griffonelle de tout recommencer. C'était pour cela, au-delà de la menace, qu'il avait insisté pour lui faire quitter Cabaret. Avant que la jouvencelle ne soit profondément attachée à cette terre. À cette femme. Et qu'elle s'en veuille de faire ainsi injure à l'amour que Mahaut lui avait porté.

À son amour et à sa perte.

Il ne s'attendait juste pas à ce que Na Loba périsse de cette manière. Laissant au cœur de Griffonelle cette sensation d'inachevé. C'était une chose de tourner le dos à son passé, une autre de le voir se briser sous ses pieds.

Tout ce qu'il pouvait en cet instant, c'était saluer le geste de la Louve. Pour que Griffonelle évacue au moins une part de cette rancœur qui la rongeait.

– Elle nous a sauvés, Griff, cria-t-il pour couvrir le tumulte.

Elle lui décocha un triste sourire.

– Descends, c'est dangereux, reprit-il, inquiet.

Le bois autour d'eux craquait de toutes parts, donnant l'impression à chaque seconde un peu plus que tout allait s'arracher et les précipiter dans le vide.

– Quelques instants encore, insista-t-elle en reprenant son observation.

Une part d'elle refusait de renoncer. Elle se remit à scruter les alentours, descendit ce qui avait été le lit du Grésilhou, en aval du village. Et soudain, elle la vit, se débattant contre le courant en plein milieu de la rivière, tête qui émergeait puis replongeait, un peu plus près des arbres chaque fois. Elle cherchait à les atteindre, à s'y réfugier.

Sa douleur céda d'un bloc.

– Là ! Elle est là ! Vive ! De l'autre côté ! cria-t-elle par-dessus son épaule.

La paume de Triboulet s'enroula dessus et comme autrefois elle y déposa sa joue dans un soupir de soulagement.

Car, à ce moment précis, elle sut que le destin avait choisi pour elle en rejetant Na Loba sur l'autre rive.

La Louve ne reviendrait pas à Cabaret.

Et plus rien en elle ne l'obligeait à la vengeance. Ou à courir la retrouver.

Entre elles, c'était terminé.

53.

Vallée du Grésilhou

Na Loba avait bien cru sa dernière heure arrivée quand elle s'était sentie précipitée pieds en avant dans la calade. Heureusement, son instinct avait aussitôt repris le dessus. Elle connaissait le moindre détail de cette rue et, malgré la vitesse avec laquelle elle s'y retrouvait entraînée, elle put jouer des pieds et des mains pour s'écarter des angles trop vifs des bâtisses, des rochers ou des escaliers. Un instant, elle pensa pouvoir se retenir à l'anneau d'attache d'un licol avant de comprendre qu'elle se mettrait davantage en danger si elle s'approchait trop d'une façade.

Si elle voulait survivre, elle devait accepter de glisser jusqu'à la rivière. Au mieux elle buterait contre l'une des maisons ou l'un des murets qui en ponctuaient la rive et s'immobiliserait. Au pire, elle serait poussée dans son lit.

Cela lui importait peu. Elle se savait capable de gagner la rive opposée si ses os restaient entiers. Car même si la vallée du Grésilhou était déjà inondée, arbres et arbustes casseraient le courant. Elle pourrait s'agripper à quelque chose, se remettre debout, estimer la hauteur du niveau d'eau, marcher dans ce territoire dont elle maîtrisait de mémoire tous les obstacles naturels et monter. Monter jusqu'à être hors de danger.

Aussi nagea-t-elle à perdre haleine sitôt qu'elle put sortir la tête de l'eau et respirer. Sitôt qu'elle put se situer grâce à la déflagration d'un éclair. Elle avait gardé ses forces pour cela. Fixer un point dans l'obscurité et, malgré la puissance du courant qui roulait vers l'aval, s'en rapprocher, coûte que coûte.

Le corps tendu, accusant les impacts des débris, les muscles bandés autour de l'effort surhumain que rester à la surface lui coûtait, elle parvint enfin à hauteur de l'imposant chêne qu'elle visait. Une branche basse caressait l'onde noire. Elle y enroula ses bras, resta suspendue, jambes molles, à la dérive.

Souffler.

Jusqu'à ce que les battements de son cœur s'apaisent.

Jusqu'à ce que ses cuisses, ses mollets tétanisés acceptent de la porter.

Toucher le sol acheva de la ragaillardir. Elle n'avait de l'eau que jusqu'à la taille. Et il y avait bien assez d'endroits où s'accrocher pour progresser sans risque jusqu'au versant de la montagne.

Forte de cette assurance, elle regarda vers Cabaret que les éclairs continuaient de balayer.

Inutile d'espérer rejoindre les autres, soupira-t-elle, le cœur de nouveau pincé en revoyant Griffonelle courbée sous les bourrasques, agrippée à ce petit corps.

Elle refusa de croire que tous deux aient pu être emportés après elle.

Elle a de la ressource. Elle l'aura aidé à remonter, se conforta-t-elle.

Lui vint alors l'idée qu'à sa place elle aurait voulu savoir si son ennemie avait survécu. Elle scruta l'horizon au travers du rideau de pluie, finit par accrocher l'image d'une silhouette au sommet de la tour, là où elle-même s'était embusquée quelques heures plus tôt.

Un sourire ému traversa ses traits mangés par ses cheveux emmêlés. Elle décrocha une main, la leva, convaincue que la jouvencelle guettait d'elle un signe.

Un signe de vie. Un signe de paix.

Lorsque Griffonelle le lui renvoya, défiant le vide, elle sut qu'elle pouvait enfin se détourner.

Partir, sans le moindre regret.

Elle se détacha de la branche et résolument disparut dans la forêt noyée.

Las, elle n'avait pas fait dix pas dans l'obscurité que quelque chose la percuta violemment sur le flanc.

Le souffle coupé, elle bascula, se retrouva sous la surface. Le temps qu'elle reprenne ses esprits, qu'elle sorte la tête de l'eau, elle était de nouveau aspirée vers la rivière, heurtée en tous sens, ballottée.

Refusant la douleur, elle tenta de s'agripper à ces branches effilées qui la déchiraient au passage, ruinaient un peu plus ses forces, l'empêchaient de reprendre pied, de se redresser.

Rien n'y fit.

Ses doigts glissaient, s'arrachaient. Le grondement frénétique du Grésilhou se rapprochait, réduisant ses chances cette fois de lui échapper.

Hors de question que je meure là, sous les yeux de Griffonelle.

Elle se débattit de plus belle, respirant à peine pour atténuer sa souffrance. Peu à peu elle se remit à grignoter la distance qui la séparait des arbres.

Soudain, dans un éclair, elle vit une silhouette massive sortir de derrière l'un d'eux et se précipiter vers elle.

Une silhouette au visage masqué.

Un homme de Beaujeu, pensa-t-elle. *Qu'importe. Sortir de là d'abord. Aviser après.*

Il se déplaça vers l'aval pour lui barrer le passage. Elle chercha à ralentir sa course. Usa de toute l'énergie qui lui restait. Finit par sentir une pression autour de son poignet. Une traction puissante l'immobiliser.

La minute suivante, deux bras massifs lui encerclaient le buste, écrasant ses chairs. Elle serra les dents, se laissa tirer en arrière, éloigner du courant, flotter. Jusqu'à ce que l'inconnu la lâche sur un sol stable.

Elle se redressa, s'adossa à un tronc d'arbre.

Il l'avait ramenée à l'orée d'un étroit sentier qui serpentait sur la montagne. En sécurité.

Les jambes flageolantes, le souffle court, les muscles endoloris, elle s'accorda un bref moment de répit avant de le remercier.

— Vous m'avez sauvé la vie, ajouta-t-elle, reconnaissante.

— Uniquement parce que tu es la seule à pouvoir conduire les miens, saufs, jusqu'à Montségur, tonna une voix aux profondeurs abyssales.

Une voix sortie du passé.

Elle se crispa, le cœur suspendu, tandis que le ciel se zébrait d'une blancheur immaculée, illuminant ce regard qu'elle n'avait jamais oublié.

Ce regard qui la narguait au travers des fentes du masque.

Elle frémit tout entière, mais ne baissa pas le sien.

— Ne restons pas là. L'eau continue de monter et nous avons à parler, décida-t-il pour elle. Besoin d'un appui pour grimper ?

Elle secoua la tête, la gorge nouée sur mille questions. Toutes détestables.

Il se détourna.

Elle avança dans ses pas, de l'eau à hauteur de ceinture. Elle y porta la main, la posa sur le pommeau de sa lame. Avant de renoncer à l'utiliser.

Outre que visiblement il n'entendait pas se venger, on ne tuait pas deux fois le même homme.

54.

Montagne Noire

Louis arriva en vue des trois donjons de Lastours aussi trempé que moulu.

Malmenant leurs montures que la tempête terrifiait, son escorte et lui avaient battu les sentiers avec la même impatience, le même mépris du danger grandissant, évitant branches et rameaux qui volaient, traversant des ruisseaux arrachés à leur lit, sautant ou contournant des arbustes couchés en travers du passage.

À plusieurs reprises, il avait pris conscience de la folie de sa course, de ce que sa mort impliquerait pour sa mère, pour le royaume. Mais chaque fois, sa peur avait été chassée par une confiance absolue en son destin, en la justice qui le poussait.

Comme si, défiant le diable dans ses exactions, Dieu lui-même le protégeait.

Ayant ralenti son allure à l'approche de la vallée du Grésilhou, il immobilisa son cheval entre ceux du Vinassier et d'Olivier de Termes qui les guidait.

Rehaussés sur leur selle, les deux hommes scrutaient le pied de la montagne, une main en visière pour se protéger de la pluie.

— Alors ? cria Louis pour dominer le vacarme ambiant : le vent qui hurlait, la foudre qui déflagrait et le grondement de la petite rivière devenue fleuve à leurs pieds.

Olivier de Termes tendit l'index vers un point en amont de leur position.

— Du mouvement, là ! indiqua-t-il.

Louis plissa les yeux, tendit le cou, mais ne distingua rien de probant.

Tout remuait. De la cime des arbres au flot bouillonnant. Il n'était guère que la masse des tours qui restait stable de l'autre côté de la vallée, le narguant de leur invincible puissance.

— Je les vois ! Une quinzaine d'hommes, renchérit le Vinassier, forçant l'admiration de Louis.

— Ce qu'il reste des troupes d'Humbert de Beaujeu sans doute, appuya le faydit en grimaçant.

Jean s'était approché à son tour, encadré par les deux autres. Il finit par discerner des silhouettes près d'un bloc de rochers.

— Pouvons-nous les rejoindre ? demanda-t-il en chassant une mèche dégoulinante venue se plaquer en travers de ses traits.

— Uniquement si cela ne nous éloigne pas de notre route, tempéra Louis, qui espérait encore atteindre Cabaret avant la bataille.

Le Vinassier lui retourna un rictus ennuyé.

— Notre route est engloutie, Sire. Mais la Montagne Noire regorge d'abris où nous pourrons guider ces hommes et attendre la décrue. Elle ne sera pas longue si ce déluge s'arrête. Quelques heures.

Louis retint un soupir désenchanté.

Quelques heures, n'était-ce pas déjà trop au regard de la situation ?

— Consolez-vous, Votre Majesté. De ce que je peux en juger d'ici, l'eau est montée trop vite pour avoir permis à Amaury de Montfort d'attaquer de son côté, assura Olivier de Termes, comme s'il avait pu lire dans ses pensées.

Louis lui en sut gré. C'était sa seule angoisse. La seule raison qui l'avait un instant détourné de l'assistance qu'il devait aux survivants de son armée : l'idée que Griffonelle soit déjà à la merci de cet homme.

Il hocha la tête.

— Puisque le sort en est jeté !

— Restez bien dans mes traces, Sire, lui conseilla le Vinassier. Le lacet est étroit sur ce versant. Et j'ignore si certaines parties n'ont pas été emportées. Au moindre faux pas, c'est la chute assurée.

Il n'eut pas besoin d'en rajouter. Louis avait compris.

Il le laissa guider son cheval vers un autre point de la crête, suivi par Olivier de Termes, Jean et les trois Occitans qui fermaient la marche, parés à toute éventualité. Puis, confiant en cet homme qui parcourait ces sentes depuis l'enfance et par n'importe quel temps, il s'engagea derrière lui dans l'escarpement.

Durant de longues minutes, retenant son souffle dans le frémissement du corps de l'animal sur les éboulis, il ne songea plus qu'à parvenir à bon port, près de ce groupe d'hommes qui les regardaient à présent descendre vers eux.

Deux ou trois fois, le bruit d'un glissement de pierres lui ramena une bouffée d'angoisse, mais la jument du Vinassier progressait devant lui, imperturbable. Et il s'efforça de croire que Dieu continuerait de veiller.

Le groupe qu'ils finirent par rejoindre était plus étoffé qu'ils ne l'avaient d'abord cru. Guère vaillants pourtant, jaugea Louis en voyant quelques soldats tendre mollement leurs lances devant le Vinassier sur le petit plateau qu'ils occupaient.

— Qui va là ? cria pourtant l'un d'eux.

— Sa Majesté, Louis de France, répondit haut et fort le Vinassier.

— Et pourquoi pas le pape ? se gaussa un autre apparu soudainement au-dessus de leurs têtes sur un rocher plat, arc bandé.

Le Vinassier tourna le buste vers Louis.

— Sire ?

Louis se détacha du groupe au pas de son destrier et se planta devant le cerbère.

— Envoie quérir Humbert de Beaujeu, soldat. Il confirmera mon identité et celle du chevalier de Nesle qui m'escorte. Quant à ces hommes, ne te fie pas à leur accent. J'en réponds sur ma vie. Et prendrai la tienne sans hésiter s'ils venaient à être touchés.

Il ne sut si ce fut l'autorité contenue dans sa voix, mais l'homme abaissa son arc et les autres leurs lances.

— Le gouverneur est blessé. Mais le Fernand peut vous mener à lui si vous laissez votre monture ici.

— Pour sûr, affirma ce dernier tandis que ses compagnons s'écartaient.

Imité par Jean, Louis mit aussitôt pied à terre.

— Vous autres, vous restez là, grommela l'archer en reprenant les Occitans en visée.

Ils ne s'en offusquèrent pas. À sa place ils auraient agi de même.

Louis et Jean contournèrent l'amas de rochers, découvrant dans des fulgurances lumineuses des hommes assis, tassés les uns contre les autres sur le maigre espace horizontal. Tous tendaient vers eux le même faciès épuisé.

— Il est là, ne tarda pas à leur lancer leur guide.

Ils suivirent la direction de son index au travers du rideau de pluie.

Aperçurent Humbert adossé à la paroi, protégé par un imposant rocher en surplomb. Ils se hâtèrent auprès de lui autant que le leur permettait l'eau qui ravinait le sol, l'encadrèrent, s'accroupirent.

Humbert de Beaujeu finit par soulever une paupière molle à l'appel répété de son nom. Néanmoins il lui fallut plusieurs traits de lumière sur ces figures penchées avant qu'il ne consente à admettre qu'il ne rêvait pas.

Alors seulement son visage s'éclaira.

21 juillet

55.

Éperon rocheux de Lastours
Donjon de Cabaret

Sitôt redescendue du hourd, séchée et rhabillée avec une cotte courte récupérée dans la chambre de Brunissende, Griffonelle n'avait pas mis longtemps à s'endormir. Retrouver la chaleur et la tendresse des bras paternels de Triboulet avait épuisé ses dernières angoisses.

Na Loba, qu'elle avait craint de voir à nouveau disparaître, avait été repêchée par le vieux seigneur de Cabaret. Un geste dont la Louve lui serait désormais redevable, lui avait assuré le nain, et qui leur permettrait, cette nuit du moins, de faire la paix pour le bien des innocents qu'elle devait convoyer.

Quant à Amaury de Montfort ou Humbert de Beaujeu, s'ils étaient encore en vie, ils ne représenteraient une menace qu'une fois la décrue amorcée. Or, à l'instant où elle avait fermé les yeux, il pleuvait toujours à seaux sur le village. Et les faydits devaient se sentir à l'abri de la montée des eaux, sinon, ils se seraient retranchés eux aussi dans le donjon.

C'est pourquoi elle s'éveilla en sursaut en entendant hurler et s'entrechoquer des épées.

Triboulet était déjà debout, torse nu, devant la fenêtre dont il avait ouvert le volet, ramenant avec le fracas d'une bataille une lumière blanche dans la pièce. Il tourna vers elle un regard inquiet.

— Montfort, annonça-t-il d'une voix morte.

Elle réagit aussitôt, bondit du lit et prit la place qu'il venait de lui dégager.

La chambre de la dame de Cabaret donnait sur le quartier nord. Si pour l'heure le castel était encore protégé par les tireurs embusqués dans les maisons, la percée des soldats de Montfort était évidente. Boucliers tendus pour se protéger des traits, ils défonçaient les portes à grands coups de pied, forçaient les faydits à croiser le fer.

— Bougre de bougre, d'où sortent-ils ? s'affola-t-elle.

— Des arbres, affirma Triboulet qui en avait aperçu un sauter à terre en criant : « Montjoie ! »

Elle retint un frisson, sonda les alentours.

— Et lui ? Tu l'as vu ?

— Pas encore. Mais ils n'auraient pas attaqué sans son ordre.

C'était un fait.

— Habille-toi, renchérit-il. On file d'ici.

Elle pivota vers lui, perplexe.

— Par où ? Si l'eau a commencé à se retirer, la rivière est encore trop haute. Sans pont, on ne pourra jamais la traverser.

— Le trou de la cité, lança Triboulet en faisant coulisser tant bien que mal son chainse, à peine égoutté, sur son torse.

Griffonelle leva les yeux et les mains au ciel.

— Un trou ? Qui ne soit pas noyé ? Avec ce qui est tombé ?

Il sourit.

— Le donjon de Quertinheux a été bâti au-dessus. Et maintenant que l'eau a cessé de ruisseler, nous pouvons nous y rendre sans crainte de glisser. Enfin, si tu te dépêches. Parce qu'on va nous voir sortir et grimper le sentier.

— Et qu'il vaut mieux que Montfort ne soit pas au pied, frémit-elle à nouveau en se jetant sur sa besace.

— Laisse. Elle nous encombrerait, la retint-il.

Elle secoua la tête.

— Non. Il y a les reliques de saint Denis dedans. C'est un atout dont je ne peux pas nous priver. Hors de question aussi d'abandonner à Montfort la carte tissée par ma mère. Je suis certaine que Na Loba l'a gardée.

Il opina. Il s'était souvent posé la question de son côté. Mais au vu de ce que Griffonelle lui avait raconté avant de s'endormir à propos de sa rencontre avec la Louve, c'était fort probable.

— Elle doit se trouver à Quertinheux. C'est là-bas qu'elle avait ses quartiers. Avec Altéric.

L'idée que ce dernier ait pu vivre avec Na Loba lui poignarda le cœur. Elle s'était imaginé qu'il avait fui Paris par lâcheté, puis qu'il était resté à Cabaret pour servir la cause cathare. Une façon de se racheter de sa vilenie. Visiblement, elle s'était trompée.

Le rejetant de ses pensées, elle récupéra son arc et son carquois et rejoignit Triboulet sur le palier. Le temps de descendre l'escalier à vis, ils se retrouvèrent dehors.

De gros nuages de traîne couvraient encore l'azur, interdisant au soleil de percer, mais la menace d'un regain de tempête s'éloignait avec eux vers le ponant.

— Par là, annonça Triboulet qui avait souvent, à la nuit tombée, sillonné l'éperon rocheux pour réapprivoiser ses anciens réflexes.

Griffonelle le suivit sur le raidillon à l'angle de la bâtisse. La citerne qui avait cédé, provoquant la chute de Na Loba, bâillait lamentablement par le flanc. Les briques avaient été emportées avec l'eau qu'elle contenait.

C'est un miracle que Na Loba n'ait pas été assommée par l'une d'entre elles, songea-t-elle en la revoyant se débattre dans les eaux tourmentées.

Elle jeta un regard en arrière. De nouveau, elle surplombait la bataille. Pour l'heure les faydits contenaient les fantassins de Montfort. Leurs épées tailladaient des lances, crevaient des ventres, rejetaient des cadavres dans les calades.

Mais Montfort opposait à leur dextérité six brutes qui fleuraient la toise, des géants armés de fléaux d'armes. Ils avançaient méticuleusement en les faisant tournoyer autour d'eux, interdisant aux lames d'approcher, brisant au vol les rares flèches que les archers les plus haut placés décochaient encore.

Ceux-là ne seront pas faciles à abattre, s'angoissa-t-elle.

Elle aperçut le Joglar qui croisait le fer sur un toit. Maîtrisant parfaitement son équilibre, il avait le dessus sur son adversaire. Pourtant elle se hérissa à l'idée qu'un autre le désarme, qu'il périsse en croyant que si son père et Na Loba n'avaient pas reparu, c'était qu'ils n'étaient plus. Que tout était perdu, excepté l'honneur.

C'est pour moi. Pour moi qu'ils résistent au lieu de rendre les armes. Pour empêcher Montfort de s'en prendre à moi, comprit-elle brusquement.

Elle s'immobilisa, regarda Triboulet qui continuait de grimper, sentit son cœur chavirer.

Elle ne pouvait pas. Non. Elle ne pouvait pas laisser ces hommes se faire tuer pour garder une tour déserte.

Elle ne pouvait pas fuir devant leur courage. Elle n'était pas Altéric. Elle n'était ni lâche ni désespérée.

Des larmes noyèrent le revers de ses paupières.

— Continue sans moi, cria-t-elle en direction de Triboulet tandis qu'elle se délestait de sa sacoche.

Il pivota aussitôt sur la sente, accrocha son visage dévasté.

— Non ! Non, Griff ! hurla-t-il, comprenant aussitôt quelle folie la traversait.

Mais il ne sut pas l'arrêter.

Déjà, arrachant son arc de l'épaule, elle lui tournait le dos et courait sur le flanc de l'éperon rocheux pour prêter main-forte à ces hommes.

Ces hommes prêts à mourir pour la protéger.

56.

Éperon rocheux de Lastours
Surplomb du quartier nord

Étrangement sa décision lui ôta toute peur. Et pour la première fois, tandis qu'elle bondissait en quête de l'angle de tir capable d'arrêter la progression des géants, elle éprouva dans ses veines ce que ressentait Na Loba : un mélange d'excitation et de sens du devoir exacerbé.

Rien d'héroïque. Plutôt l'impression que quelque chose de puissant émergeait de cette roche sous ses pieds, quelque chose qui la guidait vers sa destinée.

Lorsqu'elle embrassa brusquement du regard les habitations du quartier nord, et ces imposants guerriers qui continuaient d'avancer dans les rues telles de puissantes machines de guerre, elle sut qu'elle avait trouvé l'emplacement parfait.

Tu ne gagneras pas, Montfort, s'éleva en elle une voix étrange, mélange de la sienne et du souvenir qu'elle gardait de celle de sa mère.

Et elle comprit.

Elle comprit que Mahaut l'avait menée à l'endroit même où elle avait déchiré la joue d'Amaury de Montfort autrefois. Et que, quoi qu'il advienne, elle soutiendrait son bras armé jusqu'au bout. Elle plaça sa flèche en visée puis, assurant sa posture, la décocha dans le fracas des fers qui lui parvenait.

L'imposant fantassin porta la main sous son oreille, comme si une simple guêpe l'avait piqué, et elle craignit un instant que son cou ne soit aussi noueux que celui de Triboulet, que sa flèche ne l'ait seulement effleuré. Mais il tourna son front casqué, ahuri de découvrir quelqu'un en surplomb des maisons, là où personne ne l'attendait, puis s'effondra d'un bloc, la gorge transpercée.

Elle encocha de nouveau et en abattit un second qui se rapprochait du Joglar, alertant ce dernier. Elle ne s'attarda pas sur le signe de tête dont il la gratifia. Galvanisée par cette puissance qui fourmillait dans ses muscles bandés, elle tira, flèche après flèche, atteignant ses cibles plus souvent qu'elle ne les manquait. Rééquilibrant bientôt le combat à ses pieds.

Avec ce vent têtu qui chassait ses cheveux vers l'arrière et vivifiait son sang, elle sentit renaître l'espoir. Elle baissa son arc dans la lumière métallique filtrant de l'épaisseur des nuages. Elle ne pouvait désormais plus rien sans toucher les faydits qui se battaient contre les derniers hommes de Montfort. Lesquels, devenus méfiants, se gardaient de ses traits à l'abri des murs de refend ou des enclos.

Maintenant, je peux rejoindre Triboulet, sourit-elle, certaine de l'issue de la partie.

Les chevaliers étaient plus aguerris que ces soldats déjà éprouvés par la tempête. Elle en vit plusieurs se rendre à peine houspillés.

À son arrivée, Louis les trouvera aux mains du Joglar. Il n'en sera que plus soucieux de respecter l'accord du vieux seigneur de Cabaret et de permettre aux Occitans de s'en aller. Que Montfort ait été saisi dans sa cache ou non.

C'était devenu une évidence. Si le comte n'avait prêté main-forte à ses hommes, lui qui connaissait si bien Lastours, c'était qu'il gisait quelque part, capable de donner ses ordres, mais pas de se déplacer.

Qu'il aille au diable, si ce n'est déjà fait !

En paix avec sa conscience, elle remit son arc en bandoulière et tourna les talons.

Elle n'avait pas fait dix pas, pourtant, au milieu des blocs de granit que, jaillissant de derrière l'un d'eux, une silhouette lui barra le passage.

— Croyais-tu vraiment parvenir à m'échapper ? ricana Montfort en la voyant se figer.

Comme ce jour-là dans la rue de Glatigny où il avait tué Mahaut, il portait un haubert de mailles qui lui recouvrait le crâne et le torse.

Comme ce jour-là, la lame d'une épée ensanglantée prolongeait son poing fermé.

Comme ce jour-là, ses traits n'exprimaient que jubilation et cruauté.

Et elle fut soudain rattrapée par ses souvenirs, rattrapée par la peur qu'il ait pris la vie de Triboulet comme il avait autrefois pris celle de sa mère.

Mais cela ne dura pas. Trois années s'étaient écoulées. L'insouciante jouvencelle de Glatigny s'était transformée en une guerrière capable de contrôler ses émotions.

Elle refusa d'extrapoler sur l'origine de la coulée pourpre de son fer, arracha son poignard à sa ceinture et releva un menton fier :

— Je te retourne la question, mon frère.

Il éclata d'un rire narquois.

— Te revendiquer de ma lignée quand tu n'as toujours rien de mieux à m'opposer qu'un vulgaire couteau de cuisine ! Tu ne manques pas de toupet !

— Il deviendra panache quand je t'aurai tué.

Ses traits se glacèrent.

— Il suffit. Tu ne m'amuses plus, bâtarde. Je t'ai épargnée à Paris pour que tu me mènes à la carte. Je n'ai obtenu que de perdre face et profit. Alors tiens-le-toi pour dit : j'ai promis à mon père de laver son honneur avec ton sang et, Dieu m'en est témoin, il marbrera aujourd'hui les pierres de cette terre qui t'a vue naître.

Il leva son épée, marcha sur elle, l'obligea à reculer.

Mais elle avait mis cet échange à profit, comme le lui avait autrefois enseigné Triboulet, évaluant le relief autour d'elle et ce qu'il pouvait lui offrir de possibilités de parades.

Sitôt qu'elle fut à portée du premier coup, elle s'accroupit brutalement. Le temps qu'il fauche le vide devant lui, elle lui avait entaillé l'intérieur de la cuisse puis s'était déplacée avec la vivacité d'un furet.

Il poussa un rugissement de rage, pivota pour fondre de nouveau sur elle. Elle bondit sur un rocher en surplomb, courut sur un autre tandis qu'il escaladait le premier, gêné par sa blessure. Elle était profonde, trempait ses braies.

Elle attendit qu'il soit en haut puis sauta à terre.

— L'avantage avec un couteau de cuisine, c'est qu'il est toujours prêt à découper les charognes, le railla-t-elle.

Elle le vit se ramasser sur lui-même, le visage cramoisi, la cicatrice boursouflée, prêt à se jeter sur elle. Elle recula tout en secouant la tête.

— Tu devrais t'asseoir plutôt… parce que tout bon cuisinier sait aussi exactement où saigner quand la charogne ne veut pas crever.

Elle n'avait pas plutôt fini sa phrase qu'il chancelait. Surpris, il tenta de recouvrer son équilibre avant de blanchir d'un coup et de s'écrouler à quelques pas d'elle, les yeux révulsés.

— Qu'est-ce que je disais, se moqua-t-elle en s'approchant de lui.

Elle s'accroupit, son poignard en direction de cette gorge que, inconscient, il mettait enfin à sa portée.

— Je ne ferais pas cela à ta place.

Saisie, elle releva la tête, suspendit son geste. Épousant la discrétion d'un félin, le Joglar venait de remplacer Amaury de Montfort sur le rocher.

D'une envolée, il la rejoignit à quelques pouces de leur ennemi commun.

— Mahaut aurait pu le tuer, elle aussi. Elle a préféré le marquer à jamais. Je ne sais pas, au regard de l'histoire, si elle a bien fait. Mais je sais pourquoi elle l'a fait, Griffonelle.

Elle se redressa, opposa un froncement de sourcils à son regard gris cendré. Se sentit de nouveau troublée par son intensité. Plus encore quand, la prenant délicatement par les épaules, il lui sourit tendrement :

— Tu as tué beaucoup d'hommes aujourd'hui pour sauver notre communauté, mais si tu achèves celui-ci devenu inoffensif, tu ne vaudras pas mieux que lui. Et ta vie durant tu devras porter le fardeau d'un meurtre de sang-froid. Si Mahaut n'a pas voulu s'en encombrer, je doute qu'elle approuverait que toi, tu le fasses.

Elle sentit son cœur se serrer.

— Pourtant je ne l'ai entaillé que pour cela. Le mettre à la merci de ma vengeance.

— Ne l'as-tu pas déjà avec cette victoire ? Ne sera-t-elle pas plus grande encore lorsqu'il se réveillera et devra affronter ton sourire moqueur sous le regard de son roi ?

Elle tiqua.

— Louis est là ?

— Bloqué encore par la crue, mais Olivier de Termes s'est signalé à nos guetteurs. Notre sort est désormais entre tes mains, Griffonelle. Montre-toi magnanime envers ton pire ennemi, et c'est un exemple que le roi suivra.

— Je suis d'accord avec lui, Griff.

Elle poussa un petit cri de joie. Traînant la patte, Triboulet venait d'apparaître légèrement en contrebas.

— C'est lui qui m'a averti, expliqua le Joglar. Il a vu Montfort se faufiler derrière la crête, descendre vers toi. Je pensais que tu avais besoin de moi.

Elle le couvrit d'un regard empli de gratitude.

— C'était le cas... pour m'empêcher de commettre le pire et sauver mon âme.

Il hocha la tête, soulagé de sa décision. Tandis que Triboulet les rejoignait, elle ôta sa ceinture puis s'agenouilla près de Montfort.

— Soulève sa jambe, demanda-t-elle au Joglar.

Il s'exécuta, la regarda avec surprise et admiration glisser le cuir dessous presque à hauteur de l'aine puis serrer fermement.

Le flot de sang cessa.

— Qui t'a appris cela ? Couper cette veine-là et pas l'artère ? Garrotter au bon endroit pour arrêter la saignée ? s'enquit-il.

— Un bohémien avec la troupe duquel j'ai cheminé quasiment depuis Paris. Il se dirigeait vers l'Aragon. Pourquoi ?

Un sourire fendit les traits du Joglar.

— Parce que je ne connais qu'un seul homme qui en soit capable : le frère de Na Loba. Ton oncle. Elle n'était pas certaine qu'il ait trouvé le moyen de te convaincre de te laisser escorter. Visiblement, si…

Elle revit sa rencontre avec lui devant cette auberge, se troubla.

— Comment pouvait-il savoir que je sortirais du couvent ?

— C'est lui aussi, en orfèvre de talent, qui fabriqua ce joli coffret en argent censé contenir la main de saint Denis. Celle d'un vieillard de Cabaret en réalité, mort depuis longtemps. Coffret qu'il devait confier à l'une des pensionnaires de l'abbaye, chargée ensuite de l'enterrer dans le carré de jardin dont tu t'occupais.

Griffonelle grimaça, entre l'exaspération et l'amusement.

— Y a-t-il un moment où Na Loba n'a pas contrôlé ma vie ?

— Elle a cessé quand elle t'a rencontrée, assura le Joglar au souvenir du trouble qu'il avait lu sur son visage quand elle les avait rejoints.

— Et bougre de bougre, je peux t'assurer qu'en entendant le récit de tes exploits elle sera convaincue d'avoir bien fait ! Si elle n'est pas alors aussi fière de toi que je le suis, moi, je veux bien manger ma barbe par deux fois ! explosa Triboulet dans un joyeux éclat.

57.

Vallée du Grésilhou

Louis se rongeait les sangs depuis qu'il découvrait, sur l'autre rive du Grésilhou, le village dévasté de Cabaret derrière ce qu'il restait du pont. Même si l'eau s'était déjà retirée de la vallée, le torrent filait encore abondamment et des bruits étouffés de cris et de fers entrechoqués lui parvenaient du quartier nord du village, prouvant qu'Amaury de Montfort se rapprochait de Griffonelle.

Un comble. C'est un comble d'en venir à espérer que ma propre armée soit repoussée, s'en voulut-il.

Il avait beau se dresser sur sa selle, battre les environs d'un œil anxieux, il ne voyait aucun moyen de traverser. Tout n'était que désolation sous ce ciel plombé et brûlant.

Alerté par un bruit d'éboulis, il pivota de quart, regarda en direction de la sente qui zébrait la montagne. Se rassura aussitôt. Les troupes de Beaujeu la descendaient toujours en rangs serrés au milieu des blocs de rochers.

Elles mettraient du temps à le rejoindre.

Aucune importance. Moi seul ai l'autorité pour interdire à Montfort de tuer Griffonelle. Si tant est que j'arrive à temps, frémit-il en se rapprochant du Vinassier.

Imité par ses trois compagnons, ce dernier arrachait une hache de sa sacoche de selle, les bottes plantées dans une boue épaisse parsemée de débris.

— Que comptez-vous faire ? s'enquit Louis, les sourcils froncés.

— Vous donner ce que vous êtes venu chercher, Sire ! lui rétorqua l'Occitan en lui clignant effrontément de l'œil.

Stupéfait, Louis vit les quatre hommes se diriger d'un pas collant vers la forêt, et soudain il comprit.

— Une hache ! Je veux une hache moi aussi, cria-t-il en sautant à bas de sa monture dans une gerbe merdeuse.

— Ceci sera plus adapté si vous m'aidez, Votre Majesté, lui lança le vieux seigneur de Cabaret en lui désignant une scie de bûcheron qu'il venait de récupérer dans l'une des cabanes dévastées, voisines du pont.

Louis approuva d'un généreux hochement de tête. Décidément, cet homme lui plaisait.

Au petit jour, il s'était présenté au seuil de la grotte où, grâce au Vinassier, ils s'étaient réfugiés le restant de la nuit. Pierre-Roger de Cabaret leur avait appris que Na Loba avait péri, emportée par le courant, amenant brusquement un sentiment de victoire dans le camp français.

Puis devant la tristesse d'Olivier de Termes, il avait arraché son masque et l'avait serré dans ses bras pour lui chuchoter à l'oreille qu'il ne devait pas se morfondre, que les leurs seraient sauvés.

Face au vieux seigneur retrouvé, le faydit avait simplement incliné le front. Il ne pouvait douter que, quoi qu'il ait pu faire, il avait agi au nom de la paix et du respect de leur communauté.

— Justice est faite, Votre Majesté, avait ensuite lancé Pierre-Roger de Cabaret en s'écartant du fils de son vieil ami. Pour moi. Pour votre père. Pour Griffonelle. Et je n'ai qu'une parole. Les richesses de la Montagne Noire sont à vous contre la vie sauve pour mes hommes. Ceux qui sont ici, ceux qui sont encore à Cabaret.

Confortant son propos, il s'était agenouillé devant lui et lui avait tendu son épée.

À cet instant seulement, Humbert de Beaujeu s'était senti soulagé, ayant eu peine à croire la veille que Louis ne soit pas victime d'une énième ruse de la Louve. Tandis que le roi relevait l'homme sans visage, ratifiant leur accord d'une accolade, il avait tendu la main en direction d'Olivier de Termes.

— Désolé pour vos côtes brisées, s'était excusé le faydit en la serrant.

— La fin justifie les moyens. J'en aurais fait autant, avait assuré Humbert.

— J'ai un onguent qui devrait vous soulager. Assez pour vous permettre de monter à cheval et de gagner Cabaret, avait renchéri son vieux seigneur.

Ainsi fut fait.

Dieu en avait été témoin, jusqu'à leur arrivée devant les piles à nu du pont, jusqu'à ce que l'écho de la bataille se jouant sur l'autre face de l'éperon rocheux emporte sa confiance et sa sérénité retrouvée, Louis avait été certain que Griffonelle était sauve et qu'elle l'attendait.

Désormais, le front ruisselant de l'effort qu'il soutenait avec le vieux seigneur de Cabaret pour scier le tronc épais que le Vinassier et ses hommes avaient puissamment entaillé, il ne songeait plus qu'à elle. À la sauver d'Amaury de Montfort.

Et à entériner la paix.

Lorsque, enfin, l'arbre s'abattit en travers de la rivière, que des cris de joie emportèrent les hommes à ses côtés et son avant-bras celui du vieux seigneur de Cabaret, il sentit l'espoir le regagner.

– Vous serez un grand roi, Votre Majesté, affirma ce dernier en hochant la tête avec respect. Parce que vous ne méprisez ni les petites gens ni leurs outils, mais que, surtout, vous acceptez de les utiliser et de mêler votre sueur à la leur. C'est un honneur pour moi de vous remettre Cabaret.

– En ce cas, messire, allons ensemble rabattre la morgue d'Amaury de Montfort. Il a suffisamment écumé cette terre et ceux qui l'ont aimée, lui concéda Louis, touché.

Escortés de Jean de Nesle, d'Olivier de Termes et du Vinassier, ils parvinrent sans encombre sur l'autre rive, entre deux bâtisses maculées de boue que le vent et la chaleur commençaient à sécher.

À l'instant même où le silence retombait sur Cabaret.

Craignant d'être arrivé trop tard, Louis leva instinctivement les yeux en direction du donjon imposant et carré qui les dominait.

C'est alors qu'il la vit.

Les cheveux au vent, défiant le vide à ses pieds depuis le hourd qui avait résisté, elle rayonnait de douceur et de puissance dans une cotte émeraude.

Et le cœur de Louis, un instant suspendu, se remit à bondir dans sa poitrine, comme un cabri aux premiers jours d'été.

– Eh bien, Sire, il semble que l'armée de Montfort n'ait pas survécu à la mienne, lança gaillardement le vieux seigneur de Cabaret.

Louis se fendit d'un rictus suspicieux.

– Ou qu'il ait entendu nos coups de hache et décidé d'attendre pour enfoncer la porte du donjon.

— Amaury de Montfort ? Cédant avant d'avoir obtenu vengeance ? railla Olivier de Termes. Ce serait comme imaginer un rat se détourner d'un bourbier.

— Pour moi, Sire, il est mort ou prisonnier, approuva Jean.

— Allons vérifier, décida Louis en reprenant sa marche au milieu des habitations.

Chaque pas qui le rapprochait du castel était un baiser qu'il se promettait de donner à Griffonelle.

Elle suivait sa progression, sereine, silencieuse. Pourtant il pouvait presque sentir palpiter sa gorge sous le médaillon en or de sa mère, ce médaillon qu'elle était venue lui reprendre cette nuit maudite de 1226, juste avant qu'ils ne croient Triboulet mort. Juste avant qu'il ne la conduise, inconsciente, à l'abbaye de Montmartre.

Il l'avait reconnu sous ses doigts quand ils s'étaient aimés dans la crypte du *Sanctum Martyrium*.

— Tu le portes toujours ? Malgré ce qu'il t'a coûté ? s'était-il étonné.

— Il me rappelle chaque jour qui je suis, d'où je viens. Et pourquoi je dois y retourner, avait-elle murmuré.

Les trois donjons de Lastours. Na Loba.

Voilà ce qui y avait été gravé.

Avec ce souvenir s'imprégna soudain en lui la certitude que Griffonelle était à sa place là-haut.

Maîtresse du lieu et en sécurité.

Mais il n'en eut véritablement la preuve qu'en parvenant au pied de l'édifice. Lorsque le son d'un cor tomba de ses lèvres et que les chevaliers faydits disposés en quinconce sur l'esplanade autour d'Amaury de Montfort, blessé et ligoté, déposèrent d'un même élan un genou à terre devant lui.

Comme elle venait de le leur commander.

ÉPILOGUE

— Tu pourrais rester, insista Louis en caressant l'épaule nue de Griffonelle.

Elle se pencha au-dessus de ses lèvres, y déposa un baiser léger avant de sourire tristement.

— Avec toi, sûrement, si tu étais un autre. Mais tu es toujours le roi de France, Louis. Et moi, la fille de Na Loba. Ni toi ni moi n'avons plus rien à faire ni ici, ni ensemble, tu le sais bien.

Louis poussa un profond soupir avant de l'attirer contre lui.

Oui, il savait.

Trois jours s'étaient écoulés depuis son arrivée.

Le vieux seigneur de Cabaret l'avait guidé jusqu'aux mines de cuivre, d'argent, de fer et d'or qu'il lui avait promises. Et, pour sceller au plus juste le sort de Lastours, Louis avait choisi d'y laisser une petite garnison à son départ. Une garnison sous le contrôle du Vinassier et de ses compagnons. Une garnison chargée de veiller sur l'extraction des minerais pour le compte de la Couronne. Et en parfait accord avec le souhait du vieil homme au visage brûlé.

La veille, tous avaient partagé un ultime repas dans la grand-salle du château. Comme autrefois, à l'heure où catholiques et cathares se côtoyaient, devisaient, sans crainte ni péché.

Seul Amaury de Montfort manquait. Grâce aux médications du vieux seigneur, deux jours avaient suffi pour qu'il soit sur pied. Louis lui avait ordonné de ramener le reste de l'armée à Carcassonne. Et de quitter l'Occitanie sitôt après.

Ne résistant pas à l'envie de le narguer une dernière fois, Griffonelle avait grimpé jusqu'au sommet du donjon pour saluer son départ d'une trompe joyeuse.

— Na Loba n'est pas morte. Et Louis ne pourra pas toujours te protéger ! lui avait-il crié une fois le son retombé.

Enroulée dans la couverture de sa mère, Griffonelle avait haussé les épaules et il avait tourné bride, furieux.

Elle était redescendue en sifflotant. Elle ne le craignait plus, c'était terminé. Et savait qu'elle ne le reverrait jamais.

Quant au vieux seigneur de Cabaret, avec ce mensonge, il avait fait ce qu'il devait : préserver la légende de la Louve cathare en lui permettant, grâce au pardon qu'il lui avait accordé, de redevenir Étiennette Orbrie de Durban.

À l'aube de ce 23 juillet, les faydits, le Joglar à leur tête, avaient pris la route pour la rejoindre et escorter les bonnes gens jusqu'à Montségur.

Car la croisade contre la foi cathare n'était terminée que dans les textes.

Tous savaient qu'elle allait de nouveau se teinter de sang si le pape maintenait son intention de créer un tribunal de l'Inquisition. Louis ne pouvait rien pour l'empêcher. Lui-même allait devoir faire amende honorable concernant l'affaire des étudiants de Paris s'il ne voulait pas être excommunié.

Mais il avait promis que Raymond de Toulouse pourrait rentrer sur ses terres et que, s'il respectait la paix instaurée, Humbert de Beaujeu fermerait les yeux sur la foi de ceux qui reviendraient s'installer à Cabaret.

Ni Humbert ni Jean ne s'y étaient opposés. L'objectif du père de Louis avait été de pacifier l'Occitanie et d'enlever les richesses de son sous-sol.

Son fils l'avait fait. Dans le respect des codes de l'honneur. À l'Église de gérer ce qui la concernait.

Louis aurait seulement voulu que cette parenthèse hors du temps, du royaume et de sa mère ne finisse jamais. Mais Griffonelle le lui avait annoncé à son tour en s'éveillant : après le matinel, elle quitterait la place avec Triboulet, le vieux seigneur de Cabaret et l'enfant qu'elle attendait.

— Le verrai-je un jour, ce fils que tu vas m'enlever ? demanda-t-il en sentant, malgré sa résolution, sa gorge se serrer.

— Ce sera une fille, affirma Griffonelle pour le taquiner et tromper d'autant sa propre émotion.

Pas plus que lui, elle n'avait envie que tout s'arrête. Pourtant, il le fallait. Chaque heure qui passait rendait leurs adieux plus difficiles.

— Fils ou fille, peu importe, c'est mon enfant, Griff. Crois-tu que je pourrais oublier qu'il existe ? Quand bien même je ne le connaîtrais jamais ?

Cette douleur dans sa voix, elle aussi la ressentait.

Elle lui prit le visage à pleines mains, plongea dans son regard humide.

— Mais je ne veux pas que tu l'oublies. Je ne veux pas que tu m'oublies, Louis. Je veux juste que la vie continue. Je veux que tu préserves ta bonté envers les petites gens, ton empathie envers les miséreux. Je veux que tu réglementes le quotidien des ribaudes, que tu élèves Notre-Dame et rénoves ton vieux palais. Je veux que tu offres une belle reine au royaume et que tu l'aimes. Au moins autant que tu m'aimes, moi. Je veux que vos enfants te ressemblent et qu'ils soient fiers de toi, comme le nôtre le sera. Tu peux me promettre cela ? Dis ?

Elle pleurait. Il la serra dans ses bras.

— Je te le promets, Griff. Oui. Je te le promets.

Elle chercha ses lèvres, murmura :

— Alors aime-moi. Aime-moi pour la dernière fois.

Deux jours plus tard, Blanche de Castille retrouvait enfin son fils. Elle avait tenu bon. Et tête aux chevaliers qui l'avaient escortée, la sommant de nombreuses fois de ralentir l'allure.

— Pour rien, mère. Vous vous êtes déplacée pour rien. Na Loba est morte, la Montagne Noire et ses richesses sont à moi, l'accueillit Louis, abasourdi devant sa folle équipée.

— Et elle ? Où est-elle ? s'indigna-t-elle encore, sale et échevelée mais refusant de perdre face.

Louis l'attira contre lui et lui raconta.

Lors, Blanche de Castille n'abattit pas les tours de Cabaret.

Elle pardonna.

Durant de longues années, sans qu'elle le soupçonne et tandis que la petite cloche de l'église construite près de Quertinheux scandait les heures canoniales, Cabaret resta un refuge pour les cathares traqués par l'Inquisition et ses tortures inhumaines.

Mais un jour, Louis comprit que, les machines de guerre évoluant, cela ne suffirait plus. Ce fut lui qui ordonna que l'on déplace les châteaux au sommet du promontoire. Il en fit même bâtir un quatrième. Ainsi il verrouillait solidement le Cabardès et, en plus des bonnes gens, protégeait l'extraction des minerais destinés aux grandes œuvres que lui avait confiées Griffonelle.

Après la naissance de leur petite Louise, elle lui avait écrit pour lui annoncer qu'elle s'était installée en Aragon avec l'homme sans visage et Triboulet. Il eut de nouveau de ses nouvelles deux ans plus tard. Elle le remerciait de bien vouloir transmettre leur adresse à Gaïa, Solenne et Sibylle. Elle lui demandait aussi de leur fournir de quoi les rejoindre. Au nom de l'affection qu'elle lui portait toujours. Elle disait encore que, ayant quitté Montségur, le Joglar s'était installé avec eux. Comme il était bon et prévenant, elle avait accepté de l'épouser. Désormais, tout ce qu'elle souhaitait, c'était que sa fille et le frère qu'elle lui avait donné connaissent l'amour d'une famille telle qu'elle en avait été bercée dans son enfance.

Il fut heureux de répondre à tous ses souhaits.

Le temps passa sur eux, assombrissant chaque jour un peu plus l'azur occitan.

Raymond de Toulouse resta lui-même, insoumis, infidèle.

On répondit par le sang à la terreur, à la souffrance et aux condamnations injustes des tribunaux du pape.

De nouveau, on prononça le nom de Na Loba.

Et de nouveau, la terre hurla.

Le 16 mars 1244, après un siège de dix mois, le château de Montségur tomba aux mains du sénéchal de Carcassonne. Tandis que Brunissende, Pierre de Lauran et sa femme emportaient en Aragon le secret d'une mine d'or dont la richesse défiait l'entendement, deux cents parfaits refusaient d'abjurer leur foi.

On les enferma ensemble dans un immense cercueil de bois, puis on l'embrasa.

On raconte qu'alors la voix d'une femme, puissante et pure, s'éleva au milieu des flammes, appelant les autres à chanter avec elle.

On raconte aussi qu'emplie d'amour et de pardon, elle fut la dernière à se taire.

Peut-être parce que, ayant enfin réussi à racheter son âme, l'ultime pensée de Na Loba ce jour-là fut pour sa fille.

Mais cela, Griffonelle ne le sut pas.

FIN

Personnages et bibliographie

Nous voici une fois de plus au terme d'une histoire dans l'Histoire. Je vous ai déjà parlé de la mine d'or, ou plutôt des mines de la Montagne Noire à la fin du premier tome et des personnages, réels, qui jalonnent ces pages. Louis IX, qui deviendra quelques années plus tard saint Louis, Blanche de Castille, petite-fille d'Aliénor d'Aquitaine.

Mais que savons-nous des autres ?

PIERRE-ROGER DE CABARET

Avec son frère Jourdain et ses deux fils, Pierre de Lauran et celui que, par commodité, j'ai nommé le Joglar, ils comptent parmi les grands faydits qui s'opposèrent aux croisés. Leur bravoure et leur intégrité marquent toujours et de manière indélébile le domaine de Cabaret.

HUMBERT DE BEAUJEU

Gouverneur du Languedoc de 1226 à 1232, il se croise en 1247 et devient le connétable de Louis IX pour sa campagne égyptienne de 1248. Il meurt en Terre sainte en 1250 à l'âge de cinquante-deux ans après s'être brillamment illustré.

JEAN DE NESLE

Bien qu'il soit souvent cité parmi les proches de la reine, on connaît peu de chose sur lui, hormis sa grande et noble fidélité à la Couronne.

Raymond VII de Toulouse

Rebelle dans l'âme, refusant la tutelle royale, il se lie aux membres de la coalition formée en 1241 contre Louis et son frère Alphonse. Cette coalition, initiée par le roi d'Angleterre, le comte de Foix et les seigneurs poitevins, est vaincue en 1242 à la bataille de Taillebourg. Raymond impute la responsabilité de cet échec au comte de Foix qui leur a fait faux bond avant les combats et se retourne contre lui. Finalement il rend de nouveau hommage à Louis en 1243 et ses terres aux comtes de Foix. En janvier 1244, il envoie pourtant l'un de ses meilleurs ingénieurs pour soutenir les cathares de Montségur alors assiégés sous le martèlement d'imposantes et innovantes machines de guerre. Lorsque Louis part en croisade en Terre sainte en 1248, Raymond tente de reprendre ses domaines. Las, avant de l'avoir pu, il tombe malade et meurt. Alphonse, son gendre, frère de Louis, devient alors comte de Toulouse. Mais en 1271, ce dernier périt à son tour sans laisser de descendance et le comté est définitivement annexé par la Couronne de France. Ainsi que l'avait espéré Blanche.

Olivier de Termes

L'un des chevaliers occitans les plus célèbres. Après cet épisode, il continue de se dresser contre l'Inquisition. Contre le roi aussi, avant, en 1245, de se mettre définitivement à son service. Pendant la septième croisade, il est fait maître des arbalétriers, et se distingue en défendant la cité de Damiette en Égypte (1250), puis en sauvant Joinville à Baniyas en Palestine (1253). En reconnaissance de sa bravoure, Louis lui rend sa seigneurie de Termes. En 1255, il obtient la reddition du château de Quéribus, puis devient conseiller du roi à la cour de France pour les affaires concernant le Languedoc, l'Aragon et la Castille.

À partir de 1257, il se tourne vers Dieu, dote de nombreux établissements religieux et finance deux expéditions en Terre sainte où, en qualité de sénéchal du royaume de Jérusalem, il lutte contre les musulmans. Il y meurt en 1274.

NA LOBA

Figure mystérieuse, épique, chantée par les troubadours Peire Vidal et Raimon de Miraval. Épouse de Jourdain de Cabaret à qui elle donna deux fils, maîtresse du comte de Foix à qui elle en fit un autre. La légende lui prête autant de trahisons que d'amants ou de faits d'armes. J'aime à croire qu'elle m'a chuchoté à l'oreille sa propre histoire. Celle d'une femme éprise de justice, tourmentée par l'amour dans un monde de haine et de violence injustifiée. J'espère qu'elle a trouvé la paix.

Si vous souhaitez en découvrir davantage sur elle, sur eux, sur la doctrine cathare, voici quelques-unes de mes sources, les plus faciles à trouver dans le commerce ou sur Internet. Puissent-elles vous donner envie de comprendre ce qui a motivé la création du tribunal de l'Inquisition (dont vous pouvez voir à Carcassonne les immondes instruments de torture). Et vous écœurer assez, quelle que soit la nature de la foi qui vous anime, pour craindre et empêcher qu'un jour on le réveille sous une forme ou une autre.

ABBÉ Jean-Loup, « Au cœur de la montagne Noire et de l'hérésie, les seigneurs d'Aragon. La croisade et ses répercussions sur le groupe aristocratique en Languedoc (XIe-XIIIe siècles) », *Avant et après la croisade : seigneurs et seigneuries*, vol. II, *Heresis*, nº 8, Centre d'études cathares, 2001, p. 55-87.

BAILLY-MAÎTRE Marie-Christine, « L'argent au Moyen Âge », *Mélanges de l'École française de Rome*, 2010.

—, « Extraction et traitement d'un minerai d'argent au Moyen Âge (XIIe-XIVe siècle) », *Archeoscience*, 2010.

BLANC Jean, ROBION Claude-Marie, SATGE Philippe, *Carcassonne, la cité dans l'histoire*, éditions Christian Salès, 2014.

BRENON Anne, *Les Archipels cathares. Dissidence chrétienne dans l'Europe médiévale*, L'Hydre Éditions, 2003.

—, *Les Cathares*, collection « Spiritualités vivantes », Albin Michel, 2007.

BRENON Anne, DE TONNAC Jean-Philippe, *Cathares, la contre-enquête*, Albin Michel, 2008.

BRUNEL Clovis, « "La Loba", célébrée par les troubadours Peire Vidal et Raimon de Miraval », *Mélanges de philologie romane et de littérature médiévale*, Les Belles lettres, 1949, p. 261-266.

DOVETTO Joseph, *Lastours de Cabaret*, Cercle artistique et littéraire occitan, 1976, aujourd'hui en réédition numérique.

DUVERNOY Jean, *Le Catharisme*, Privat, 1976.

—, *L'Histoire des cathares*, Privat, 1979.

FRANCISQUE Michel, FOURNIER Édouard, *Le Livre d'or des métiers. Histoire des hôtelleries, cabarets, hôtels garnis, restaurants et cafés*, Librairie historique, archéologique et scientifique de Seré, 1851.

GARDEL Marie-Élise, « Les mines de la montagne Noire à travers les âges », université Montpellier-I, colloque international Salsigne, UMR 5815 Dynamique du droit, 20-21 mars 2013 (en téléchargement sur docplayer.fr).

—, *Cabaret. Histoire et archéologie d'un castrum*, Centre de valorisation du patrimoine médiéval, 1999.

—, *Vie et mort d'un castrum. Cabaret, archéologie d'un village médiéval en Languedoc (XIe-XIIIe siècles)*, Cahors, L'Hydre Éditions, 2004.

—, « La seigneurie de Cabaret d'après les sources écrites. Les voies de l'hérésie : Le groupe aristocratique en Languedoc (XIe et XIIIe siècles) », *Avant et après la croisade : seigneurs et seigneuries*, vol. II, *Heresis*, n° 8, Centre d'études cathares, 2001, p. 37-54.

GARDEL Marie-Élise, JAUDON Bruno, OLIVIER Sylvain, *De Rivière à Lastours, histoire d'un village languedocien (XIIIe-XXe siècles)*, Loubatières, 2011.

HANCKE Gwendoline, *Femmes en Languedoc. La vie quotidienne des femmes de la noblesse occitane entre catholicisme et catharisme*, La Louve Éditions, 2006.

—, *Les Belles Hérétiques. Être femme, noble et cathare*, L'Hydre Éditions, 2001.

HASQUENOPH Sophie, *Histoire des ordres et congrégations religieuses de France du Moyen Âge à nos jours*, Champ Vallon, 2009.

JOINVILLE, *Vie de saint Louis*, collection « Lettres gothiques », Le Livre de poche, 1995.

LANGLOIS Gauthier, *Olivier de Termes. Le cathare et le croisé*, Privat, 2001.

NIEL Fernand, *Albigeois et cathares*, collection « Que-sais-je ? », PUF, 2010.

NISARD Théodore, *Histoire de la reine Blanche, mère de saint Louis, 1185-1263*, Librairie de Debécourt, 1842.

PERNOUD Régine, *La Reine Blanche*, Albin Michel, 1972.

ROQUEBERT Michel, *Citadelles du vertige*, Privat, 1992.

—, *Histoire des cathares*, Perrin, 1999.

—, *La Religion cathare. Le bien, le mal et le salut dans l'hérésie médiévale*, Perrin, 2001.

—, *Cathares, la terre et les hommes*, Place des Victoires, 2001.
—, *Simon de Montfort, bourreau et martyr*, Perrin, 2005.
—, *Figures du catharisme*, Perrin, 2018.
TOURNIÉ Jean-Yves, *Guide en terre cathare*, section Cabaret, Guy Authier, 1978.

Il me reste à adresser tous mes remerciements à l'équipe de l'office de tourisme de Lastours qui m'a chaleureusement accueillie pour visiter le site et à Clémence Adam qui a contribué à le fouiller.

Mais l'histoire ne s'arrête pas là…

Vingt ans. Déjà.

Je les dois au professionnalisme sans faille et à l'affection profonde de mes éditeurs, Bernard Fixot et Édith Leblond, mais aussi à toute l'équipe de XO : Catherine de Larouzière, Isabelle de Charon, Marie Salle, Pascale Vachon, David Strepenne, Sarah Hirsch, Camille Le Doze, Stéphanie Keovichith, Florence Ayvayan, Gaëlle Bravard, Roxana Zaharia comme à René Clémenti et à Sylvie Pistono.

Avec une mention particulière pour toi ma chère Gwenaëlle Le Goff et pour toi, Bruno Barbette, qui enjolivez mes livres, de la traque d'un tic d'écriture à l'éclat de leur couverture.

Pour vous aussi, Stéphanie Le Foll, Mélanie Rousset, Renaud Leblond, qui les portez au-delà des murs de la tour Montparnasse.

Tour qui depuis le début déploie Paris à mes pieds en une carte grandeur nature que je n'ai cessé de défaire et de remodeler au fil des grands moments de l'histoire.

Certains d'entre vous, malgré leur départ, ont laissé en moi une vive empreinte, comme autant de rires et de moments privilégiés : Antoine Silly, Anne Mounier, Anne Gallimard, Caroline Lépée, Joëlle Faure, Béatrice Calderon, Valérie Taillefer, Marie-Noëlle Chevalier, Jean-Paul Campos, Caroline Ripoll, Amandine Le Goff,

Caroline Sers, Éloïse Ghertman… Vous me manquez plus que vous ne le pensez.

Merci à toutes les équipes de commerciaux et de diffuseurs de la plate-forme Interforum.

Ces vingt années de félicité, je les dois aussi aux hommes et aux femmes de France Loisirs qui lancèrent *Le Lit d'Aliénor* : Nathalie Thomas, Valérie Léaud, Martine Giraud. Et en particulier à Karsten Dietrich dont je salue la mémoire. Je pense souvent à toi, mon ami. Et plus encore aujourd'hui. Comme j'aurais aimé fêter ce bel anniversaire à tes côtés ! Comme tu aurais été fier de savoir que, vingt ans après moi, mon fils va bénéficier, lui aussi, d'une avant-première du club avec le préquel du *Lit d'Aliénor.*

Merci au Grand Livre du mois.

Merci aussi à toutes les équipes de Pocket, à Charlotte Lefebvre et à ce grand gaillard chaleureux qui m'en ouvrit les portes. Oui, toi, mon cher Laurent Boudin, qui me pris les mains à notre première rencontre en clignant de l'œil et en éclatant d'un rire clair pour me souhaiter un long et fructueux voyage au pays du « petit livre ».

Le souvenir de ce rire m'accompagne toujours, à chaque parution. Comme une promesse.

Merci à mes éditeurs européens, à leurs diffuseurs, leurs commerciaux. À leurs services de presse, avec une affection toute particulière pour Sarah Altenloh et Brigitte Forissier en Belgique et Marie-Ève Provost au Québec.

Merci à vous chers libraires, vaillants soldats d'un monde de papier qui maintenez notre imaginaire en alerte. Que serais-je sans vous ?

Merci aux blogueurs et blogueuses, aux instagrameurs et instagrameuses, aux journalistes qui inlassablement lisent, critiquent, commentent, partagent, publient, parlent de mes livres sur le Net, le papier, à la radio ou sur petit écran. Votre attachement à ma personne autant qu'à mes lignes m'a toujours profondément touchée. Je pense à certains d'entre vous qui, un peu plus, ont marqué mon histoire : Philippe Vallet dont le départ à la retraite a laissé un vide immense au cœur de tous les auteurs. Jacques Debord et sa finesse d'analyse. Thierry Wagner et nos longs échanges. Patrick Poivre d'Arvor qui, le premier, salua *Le Lit d'Aliénor*. Isabelle de Montvert-Chaussy et Martial Maury, fidèles comme moi à l'Aquitaine. Quelques-uns quand il me faudrait des pages pour tous vous citer.

Merci à ceux de la première heure :

À Alain Rousset, qu'Aliénor, si elle l'avait connu, aurait elle-même adoubé à la tête de sa belle région d'Aquitaine ; région à laquelle, Alain, tu continues de donner son panache. Ma confiance et mon affection sont toujours tiennes.

À Patrick Volpilhac, qui œuvre pour la culture à ses côtés et dont l'amitié m'est si chère.

À Jacques Narbonne, l'ancien et défunt maire de Saint-Martin-Lacaussade, petite commune proche de Blaye placée sur les chemins de Compostelle, à qui je dois d'avoir retrouvé suffisamment de confiance en moi pour me lancer à corps perdu sur les pas de Jaufré Rudel et d'Aliénor. Sans ton accueil, ton soutien, ta chaleur humaine quasi paternelle, sans « Les Tréteaux de l'Enfance », l'association de théâtre que tu m'as incitée à créer, sans ce spectacle son/lumière sur Martin de Tours plébiscité par le ministère de la Culture, combien de fois, Jacques, aurais-je renoncé ?

Je ne peux m'empêcher de penser aujourd'hui que tu veilles sur mon fils avec bienveillance et fierté comme tu le fis pour moi.

Merci… Merci à tous les trois. Éperdument.

Merci aussi à Daniel Picotin, à Claude de Munain, et à feu Michel Duvernay, qui mit Régine Pernoud sur ma route et m'offrit à travers elle toutes les informations et l'espoir d'être éditée auxquels l'anonymat ne me permettait pas d'accéder. Merci à vous, Madame, pour m'avoir apporté votre compétence historique, pour avoir donné du sens à mon imaginaire, et permis à celui-ci de pleinement s'exprimer.

À toi mon cher et disparu Jean Bodin. À cet antre du « Bastion » dans lequel je me suis réfugiée tant de fois pour écrire quand la pluie cinglait les murailles du château des Rudel et détrempait mes pages. Ton sourire joyeux et tes chocolats chauds me hanteront toujours.

À vous deux, Tony et Christophe Raymond, pour ces chansons que je vous ai inspirées.

Merci à vous tous, ma famille si grande, si soudée, famille de chair ou d'adoption : mon époux, mes enfants, les siens, nos petits-enfants, mon frère, ma sœur, mes amis, les mêmes qu'il y a vingt ans, ceux qui m'ont connue fragile, qui m'ont vue grandir tout en me permettant de rester celle que j'ai toujours été.

À toi maman, qui jusqu'à ta fin en 2012 resta fière de moi autant que je fus fière de toi et de ton immense don de guérisseuse.

À vous quatre, Gérald Sézille, Benjamin Christophe, Caroline Rudmann, Laurent Saura, dont l'écoute et les soins me gardent en forme jour après jour. Et à toi Philippe Mage, qui m'as guérie de ce cancer il y a maintenant quinze ans.

À vous mes disparus, à qui je n'ai jamais rendu hommage : Yannick Ruis, Jean et Émile Calmel, Mamée Antonia, Solange Corcin, Pierre Sansey, Bob, Gribouille, Michel Courjeau, Jacques Bessières, Renée Gauthier, Odette Veyretout, Bernard Sanchez, Jacqueline Monsigny, Bernard Simonay, Françoise Dorin… Vous ne cesserez jamais de m'accompagner.

À vous mes chers compères auteurs. Je ne sais toujours pas lequel ou laquelle d'entre vous m'a appelée la Bienveillante, faisant circuler ce surnom sous cape dans les salons du livre jusqu'à ce qu'enfin il me parvienne. Aucun autre n'aurait pu me toucher davantage. Et j'aime à croire que ce sera encore demain celui que vous me donnerez.

Merci à vous aussi, maires, organisateurs et équipes bénévoles de ces merveilleux moments de rencontres autour du livre. Et plus particulièrement à vous, mes amis : Pierre Défendini, Éric Portais, Marguerite Michel, Christian Giraud, Stéphane Corsia, Frédéric Garnier, Antoine Chéreau, Patricia Jamin, Claude Garro, Ida Mesplède.

Ces vingt années de magie, je vous les dois aussi et surtout, mes chers, si chers et fidèles lecteurs.

Grâce à vous, vous tous, j'ai pu me réconcilier avec la petite fille de souffrance que j'ai été et faire d'elle la femme, la mère, la grand-mère et la romancière que je suis aujourd'hui, heureuse et comblée. Je vous l'ai déjà dit, oui. Mais il n'y a pas un instant où cela n'a été et reste vrai.

Vingt années derrière moi, certes, mais l'espoir et la force qui me nourrissent, je les puise dans le présent et dans les défis de demain. Dans le regard pétillant de mon fils face à son premier contrat d'édition. Dans la certitude d'une continuité.

Car, quels que soient les combats que nous aurons à mener, j'ai la conviction profonde que c'est dans le vivre-ensemble, dans la confiance et dans le respect mutuel que nous les gagnerons.

Comme cela a toujours été.

Je vous embrasse

Du même auteur chez le même éditeur

Suites romanesques

– Aliénor

Le Lit d'Aliénor, 2002

Aliénor, 2011-2012
Tome 1 : *Le Règne des Lions*
Tome 2 : *L'Alliance brisée*

Richard Cœur de Lion, 2013-2014
Tome 1 : *L'Ombre de Saladin*
Tome 2 : *Les Chevaliers du Graal*

Aliénor, un dernier baiser avant le silence, 2015

La Rivière des âmes, 2007

– Le Bal des louves, 2003
Tome 1 : *La Chambre maudite*
Tome 2 : *La Vengeance d'Isabeau*

– Lady Pirate, 2005
Tome 1 : *Les Valets du roi*
Tome 2 : *La Parade des ombres*

– Chant des sorcières

Le Chant des sorcières, tomes 1 à 3, 2008-2009

La Reine de lumière, 2009-2010
Tome 1 : *Elora*
Tome 2 : *Terra incognita*

– *Les Lionnes de Venise*, tomes 1 et 2, 2017

– *La Fille des Templiers*, tomes 1 et 2, 2018

– *La Louve cathare*, tome 1, 2020

Romans

La Marquise de Sade, 2014

La Prisonnière du diable, 2019

Du même auteur en coédition

Roman jeunesse

Le Secret de Léonard, Belin-XO Éditions, 2020

Du même auteur

Les Tréteaux de l'enfance, 2004, Elytis

Composition et mise en pages
Nord Compo à Villeneuve-d'Ascq

Achevé d'imprimer sur Roto-Page
par l'Imprimerie Floch à Mayenne
en février 2021

N° d'édition : 4453/01 – N° d'impression : 97734
Dépôt légal : février 2021

Imprimé en France